DAVID DIOP
REISE OHNE WIEDERKEHR
oder Die geheimen Hefte des Michel Adanson

 aufbau

DAVID DIOP

REISE OHNE WIEDER KEHR

oder
Die geheimen Hefte des
Michel Adanson
Roman

Aus dem Französischen
von Andreas Jandl

Die Originalausgabe unter dem Titel
La porte du voyage sans retour
erschien 2021 bei Éditions du Seuil, Paris.

ISBN 978-3-351-03961-5

Aufbau ist eine Marke der Aufbau Verlage GmbH & Co. KG

1. Auflage 2022
© Aufbau Verlage GmbH & Co. KG, Berlin 2022
© David Diop, 2021
Einbandgestaltung zero-media.net, München
Satz LVD GmbH, Berlin
Druck und Binden CPI books GmbH, Leck, Germany

Printed in Germany

www.aufbau-verlage.de

Meiner Frau: Nur für dich und dein seidiges Lachen
sind alle Worte gewoben.
Meinen geliebten Kindern und ihren Träumen.
Meinen Eltern, den Weisheitsboten.

Vorbemerkung des Übersetzers

David Diop widmet seinen Roman *Reise ohne Wiederkehr* einer Epoche, die ihm als Literaturwissenschaftler bestens vertraut ist: das 18. Jahrhundert. Der Begriff »nègre« (»Neger«), der von Weißen später diffamierend und abwertend für Menschen mit dunkler Haut benutzt wurde und wird, hatte laut dem Autor damals noch keine wertende Bedeutung.

Das Verhältnis zwischen den Menschen am Senegal und den frühen europäischen Kolonisatoren war keinesfalls frei von Rassismus, doch hatte er die Bezeichnung »nègre« noch nicht behaftet.

Bei der Suche nach einer angemessenen, der dargestellten Zeit entsprechenden Übersetzung, kommen heute geläufige und selbstgewählte (Eigen-)Bezeichnungen nicht in Betracht.

Der Roman versetzt uns in die Mitte des 18. Jahrhunderts, um auf romaneske Weise den Beginn des transatlantischen Sklavenhandels zu untersuchen, und tut dies mit dem Vokabular der damaligen Zeit.

Berlin, im Januar 2021

EURIDIKE: »Doch deine Hand umschließt nicht mehr die meine. Wie, du meidest meinen Blick?«

Christoph Willibald Gluck, *Orpheus und Euridike*

I

Michel Adanson sah sich im Blick seiner Tochter sterben. Er trocknete aus, hatte Durst. Seine verkalkten Gelenke ließen sich nicht mehr bewegen, wie versteinerte knöcherne Gehäuse. Als verdrehte Ranken marterten ihn seine Glieder mit stummem Schmerz. Er glaubte, seine Organe eins nach dem anderen verdorren zu hören. Leises Knacken kündete von seinem Ende, knisterte in seinem Inneren wie das Buschfeuer, das er vor über fünfzig Jahren eines Abends am Ufer des Senegal entfacht hatte. Er musste sich schnellstens auf eine Piroge retten, wo er in Gesellschaft der Laptoten, der Bootsführer dieser Gegend, mit ansah, wie ein ganzer Wald in Flammen aufging.

Das Holz der *sumps*, der Wüstendatteln, brach in den Flammen entzwei, während es gelb, rot, blau schillernde Funken wie Teufelsfliegen umschwirrten. Unter züngelnden Flammenkronen krachten massive, fest im Boden verankerte Fächerpalmen geräuschlos in sich zusammen. Die vollgesogenen Mangroven am Fluss fingen an zu kochen, bevor sie schrill pfeifend zerplatzten. Weiter weg am Horizont trank das Feuer unter einem blutroten Himmel laut zischend den Saft aus Akazie, Kaschu, Ebenholz und Eukalyptus, deren Bewohner vor Angst winselnd aus dem Wald flohen. Bisamratten, Hasen, Gazellen, Eidechsen, Raubkatzen, Schlangen aller Größen ließen sich ins dunkle Wasser des Flusses gleiten, wollten lieber ertrinken als bei lebendigem Leibe verbrennen. Ihr unregelmäßiges Hineinplatschen brachte die Flammenspiegelungen auf der Wasseroberfläche durcheinander. Plätschern, Wellenringe, Untergehen.

Michel Adanson glaubte nicht, dass der Wald sich in dieser Nacht über ihn beschwert hatte. Doch verzehrte ihn ein innerer Brand, der ebenso wütete wie jener, der seine Piroge auf dem Fluss beschienen hatte, und er vermutete, dass die verbrannten Bäume, für Menschen unhörbar, in einer Pflanzensprache böse Flüche gebrüllt hatten. Er hätte selbst schreien wollen, aber kein Ton kam aus seinem erstarrten Kiefer.

Der alte Mann dachte nach. Seinen Tod fürchtete er nicht, ihn reute nur, dass er der Wissenschaft von keinem Nutzen mehr wäre. In einer letzten Aufwallung von Treue bot ihm sein vor dem großen Feind zurückweichender Körper kaum merklich eine Auflistung all seiner Unzulänglichkeiten dar. Methodisch bis ins Sterben, bedauerte Michel Adanson sein Unvermögen, in seinen Heften die Niederlagen seiner letzten Schlacht beschreiben zu können. Hätte er sprechen können, wäre Aglaia am Totenbett zu seiner Sekretärin geworden. Aber nun war es zu spät, um noch vom eigenen Sterben zu erzählen.

Hoffentlich würde Aglaia seine Hefte entdecken! Warum hatte er sie ihr nicht in seinem Testament vermacht? Er hätte das Urteil seiner Tochter nicht wie das Urteil Gottes fürchten dürfen. Quert man die Schwelle zur anderen Welt, kommt das Schamgefühl nicht mit.

An einem Tag verspäteter Hellsicht hatte er verstanden, dass seine botanischen Forschungen, seine Herbarien, seine Muschelsammlungen und Zeichnungen kurz nach seinem

Ableben in der Versenkung verschwinden würden. Aus der endlosen Brandung aufeinanderfolgender Menschengeschlechter würde ein Botaniker oder auch eine Botanikerin auftauchen, die ihn ohne Gnade im Sand seiner alsbald überholten, alten Wissenschaft begrübe. Er wollte in Aglaias Erinnerungen so sein, wie er sich selbst wahrnahm, und nicht der Schatten irgendeines Gelehrten. Die Erkenntnis überkam ihn am 26. Januar 1806. Genau sechs Monate, sieben Tage und neun Stunden vor dem Einsetzen seines Todes.

An dem Tag hatte er eine Stunde vor der Mittagszeit gespürt, wie sein Oberschenkelknochen unter der Last des Schenkelfleischs entzweibrach. Ein dumpfes Knacken ohne ersichtlichen Grund, und es hätte nicht viel gefehlt, dass er kopfüber in den Kamin gefallen wäre. Ohne die Eheleute Henry, die ihn am Ärmel seines Morgenmantels festgehalten hatten, hätte sein Sturz gewiss einige Prellungen und vielleicht Verbrennungen im Gesicht verursacht. Die beiden hatten ihn auf das Bett gelegt und waren jeweils in anderer Richtung davongeeilt, um Hilfe zu holen. Und während die Henrys durch die Straßen von Paris liefen, hatte er sich damit abgequält, mit viel Kraft seine linke Ferse von oben gegen seinen rechten Fuß zu drücken, um die gebrochenen Teile des Oberschenkelknochens zurück in ihre Position zu bringen. Vor Schmerzen war er dabei ohnmächtig geworden. Bei seinem Erwachen, kurz vor dem Eintreffen des Wundarztes, kreisten seine Gedanken um Aglaia.

Er verdiente die Bewunderung seiner Tochter nicht. Bislang hatte sein einziges Lebensziel darin bestanden, dass ihn sein *Orbe universel*, sein enzyklopädisches Meisterwerk, in den Olymp der Botanik befördere. Doch das Streben nach Ruhm, um die bängliche Achtung seiner Kollegen zu erlangen, den Respekt der in ganz Europa versprengten Naturgelehrten, war nichts als eitles Gehabe. Er hatte seine Tage und Nächte darauf vergeudet, aus dem großen Reich der Pflanzen, der Muscheln und der Tiere an die hunderttausend Existenzen höchst detailliert zu beschreiben, ohne jeden Lohn. Bekannterweise existierte ohne den menschlichen Geist nichts auf Erden, da nichts einen Sinn hatte. Indem er sein Werk Aglaia widmete, würde er seinem Leben einen Sinn verleihen.

Nachdem sein Freund Claude-François Le Joyand ihm neun Monate zuvor ungewollt einen schweren Schlag versetzt hatte, plagte ihn nun zunehmend ein schlechtes Gewissen. Bisher mühte er sich, die Reuegefühle klein zu halten, die aber wie Luftblasen in einem schlammigen Tümpel aufstiegen und ohne Vorwarnung hier und dort an der Oberfläche aufplatzten, ungeachtet all seiner Bemühungen. Wiewohl er bei seiner Heilungszeit im Bett gelernt hatte, sie zu bezwingen und in Wörtern einzusperren. Dank Gottes Hilfe waren seine Erinnerungen ordentlich in den Heften aufgehoben und zusammengehalten, aneinandergereiht wie die Perlen eines Rosenkranzes.

Dieses Tun hatte viele Tränen bei ihm hervorgebracht, die nach Meinung der Eheleute Henry seinem Hüftbruch zuzuschreiben waren. Er hatte sie in dem Glauben gelassen und dazu veranlasst, ihm anstelle des Zuckerwassers, das er üblicherweise trank, so viel Wein zu bringen, wie sie ihm zugestanden, nämlich anderthalb Pinten Chablis. Doch der Weinrausch konnte die zunehmend schmerzliche Erinnerung an seine leidenschaftliche Liebe zu einer jungen Frau, deren Gesichtszüge immer vager wurden, nicht lindern. Ihr Antlitz verflüchtigte sich zusehends in die Hölle des Vergessens. Wie sollte er mit einfachen Worten die unbändige Freude einfangen, die er fünfzig Jahre zuvor bei ihrem Anblick empfunden hatte? Er hatte kämpfen müssen, damit sein Schreiben sie ihm unbeschadet wiedergab. Kurz hatte er sich in dieser ersten Schlacht gegen den Tod als Sieger gewähnt, bevor er ihn doch einholte. Als der Tod wieder anklopfte, war die Aufzeichnung seiner Erinnerungen an Afrika zum Glück abgeschlossen. Plätschern, Gedankenwellen, Auferstehen.

II

Aglaia sah ihrem Vater beim Sterben zu. Im Schein der Kerze auf seinem Nachttisch, einem kleinen Möbel mit Zierschubladen, siechte er dahin. Auf seinem Sterbebett war nur noch eine kleine Portion von ihm übrig. Er war mager, trocken wie Brennholz. In der Raserei seines Todeskampfes erhoben sich seine hageren Glieder nach und nach aus den sie zurückhaltenden Laken, als führten sie eigenständige Leben. Nur sein riesiger, schweißbedeckt auf einem Kissen ruhender Kopf ragte aus der Stromlandschaft des Stoffes hervor, der die kärglichen Reliefs seines Körpers verschlang.

Er, der seinen dunkelroten Schopf, wenn er sich zurechtmachte, um sie aus dem Kloster abzuholen und mit ihr in den Garten des Königs zu gehen, mit einer schwarzen Samtschleife im Nacken zusammenband, trug fortan eine Glatze. Der helle Flaum, der im heftig flackernden Schein der Kerze auf seinem Nachttisch immer wieder glänzte, konnte die dicken blauen Adern unter seiner dünnen Kopfhaut nicht bedecken.

Kaum sichtbar unter den grauen, buschigen Augenbrauen wurde der Blick seiner eingesunkenen blauen Augen glasig. Als dieser erlosch, war Aglaia das unerträglicher als alle anderen Indikatoren seines Sterbens. Denn die Augen ihres Vaters waren ihr Leben. Mit ihnen hatte er Tausende Pflanzen- und Tierarten bis ins kleinste Detail betrachtet, um etwa die verschlungenen Geheimnisse ihrer Blattadern, ihrer Baumsaft- und ihrer Blutgefäße zu ergründen. Seine Fähigkeit, die Rätsel des Lebens zu entschlüsseln, erwarb er sich durch das tagelange Beobachten einzelner Tiere oder Pflanzen, die er selbst dann noch sah, wenn er zu einem aufschaute. Er durchdrang einen vollkommen und erfasste auch die geheimsten, mikroskopisch kleinen Gedanken. Man war nicht nur ein Geschöpf Gottes unter vielen, sondern wurde zu einem der wichtigsten Kettenglieder eines universellen großen Ganzen. Sein Blick, der es gewöhnt war, dem unendlich Kleinen nachzustellen, erhob einen ins unendlich Große, als wäre man ein gefallener Stern, der neben Milliarden anderen seinen angestammten, doch verloren geglaubten Platz im Himmel wiederfindet.

Durch sein Leiden in sich gekehrt, erzählte der Blick ihres Vaters nun nichts mehr.

Ungeachtet seines strengen Schweißgeruchs beugte Aglaia sich über ihn, wie sie es bei einer überraschend verwelkten Blume getan hätte. Er versuchte mit ihr zu sprechen. Aus nächster Nähe betrachtete sie die Bewegungen seiner Lippen, aus denen er einige Silben hervorstammelte. Er spitzte den Mund, dann folgte eine Art Röcheln. Zunächst glaubte sie, er sage »Maman«, tatsächlich aber war es etwas wie »Ma-ham« oder »Ma-ram«. Diese Silben hatte er ununterbrochen wiederholt, bis zum Schluss. Maram.

III

Wenn Aglaia jemanden so sehr hasste, wie sie ihn lieben könnte, dann war das Claude-François Le Joyard. Er hatte kaum drei Wochen nach Michel Adansons Tod einen kurzen Nachruf voller Lügen veröffentlicht. Wie konnte dieser Kerl, der vorgab, ein Freund ihres Vaters zu sein, einfach behaupten, die Hausangestellten wären im letzten halben Jahr seines Lebens die Einzigen gewesen, die sich um ihn gekümmert hätten?

Sobald die Henrys ihr mitgeteilt hatten, dass ihr Vater im Sterben lag, war sie von ihrem Landsitz im Bourbonnais herbeigeeilt. Claude-François Le Joyard hatte sich während des langen Leidens ihres Vaters hingegen nie gezeigt. Auch beim Begräbnis war er nicht aufgetaucht. Und dennoch gab sich dieser Mann das Recht, die letzten Tage von Michel Adanson zu erzählen, als wäre er dabei gewesen. Zunächst glaubte sie, die Henrys hätten in bösartiger Absicht Le Joyard mit einigen Informationen versorgt. Doch bereute sie es gleich wieder, die beiden solcher Niedertracht zu verdächtigen, als sie sich erinnerte, wie sie ihr Schluchzen unterdrückt hatten und lautlos weinten, um sie, Aglaia, in ihrer Trauer nicht zu stören.

Sie hatte den Nachruf nur einmal gelesen, in einem Zug, voll Sorge, auf jeder Seite von nie erwiesenen Freundlichkeiten zu lesen, hatte den Kelch bis zur Neige geleert. Nein, nie und nimmer hätte Le Joyard ihren Vater eines Winterabends vollkommen verfroren vor einem kärglichen Kaminfeuer hockend überraschen können, wo er am Boden sitzend im Schein der Glut etwas aufschrieb. Nein, sie hätte ihren Vater nicht derartig verelenden lassen, dass er sich nur noch von Milchkaffee ernährte. Nein, Michel Adanson war nicht völlig allein gewesen, in Abwesenheit seiner Tochter, als er ins Reich des Todes einging, wie dieser Mann es erfunden hatte.

Der Nachruf zielte, ohne dass sie wusste warum, darauf ab, sein Andenken mit einer nicht wiedergutzumachenden öffentlichen Bloßstellung zu behaften. Sie würde zweifellos nie die Gelegenheit bekommen, Rechenschaft von ihm für seine Liederlichkeit zu verlangen. Aber vielleicht war das besser so.

Die letzten Worte ihres Vaters auf dem Totenbett waren also »Mah-am« oder »Maram«, und nicht der stumpfe, lächerliche Satz, den Le Joyard in seinem scheußlichen Nachruf ihm in den Mund gelegt hat: »Adieu, denn alles auf der Welt muss sterben«.

IV

Als kleines Mädchen war es für Aglaia das fast höchste Glück, wenn ihr Vater mit ihr einmal im Monat in den Jardin du Roi ging. Dort zeigte er ihr das Leben der Pflanzen.

Er hatte achtundfünfzig Blumenfamilien ausgemacht, die unter dem Mikroskop alle grundverschieden waren. Seine Vorliebe für die Wunderlichkeiten der Natur, die durchaus geneigt war, trotz scheinbarer Gleichförmigkeit gegen ihre eigenen Gesetze zu verstoßen, hatte auch sie angesteckt. Oft waren sie beide früh am Morgen mit einer Uhr durch die Gänge der großen Gewächshäuser des Jardin du Roi geeilt und hatten sich an den Blüten des Hibiskus ergötzt, wenn sie, unabhängig von der Sorte, ihre Kronblätter zur immer gleichen Zeit dem Sonnenlicht öffneten. Seitdem beherrschte sie, dank seiner Hilfe, die Kunst, eine Blume genau zu betrachten, ganze Tage lang, um sich Einblicke in die Rätsel ihres so vergänglichen Lebens zu verschaffen.

Die Komplizenschaft, die sich am Ende seines Lebens wieder zwischen ihnen eingestellt hatte, ließ sie umso mehr bedauern, dass sie nicht wusste, wer ihr Michel Adanson wirklich war. Wenn sie ihn vor seinem Oberschenkelbruch und dem Sturz in die Rue de la Victoire besuchen kam, hatte sie ihn in der immer gleichen Position hockend vorgefunden, die Knie dicht am Kinn und die Hände in der schwarzen Erde des Gewächshauses, das er sich im hinteren Winkel seines Pariser Gartens hatte bauen lassen. Er empfing sie immer mit denselben Worten, wie um eine Legende zu erschaffen. Wenn er dahockte statt auf einem Stuhl oder in einem Sessel zu sitzen, dann weil er es sich in den fünf Jahren seiner Senegalreise so angewöhnt hatte. Auch sie probierte diese Entspannungsposition, selbst wenn sie ihr nicht besonders elegant erschien. Und er erzählte zum wiederholten Mal, wie Greise, die sich an ihre ältesten Erinnerungen klammern, es gern tun, zweifellos auch zu ihrer Freude, wie er bei den seltenen Anlässen, zu denen er bruchstückhafte Episoden seiner Afrikareise erzählte, von ihren Augen ablas, welche Leben sie als kleines Mädchen ihm einst erträumt hatte.

Aglaia war immer wieder ernsthaft überrascht, was für unterschiedliche Bilder die Erzählrituale ihres Vaters in ihrer Vorstellung erschaffen konnten. Er schien der immer gleichen Worte nie müde zu werden, die im Blick seiner Tochter idyllische Bilder seiner Jugend hervorriefen. Mal hatte sie sich ausgemalt, wie er in sehr jungen Jahren umgeben von Negern auf einem Lager aus warmem Sand unter einem der großen Kapokbäume lag und sich ausruhte. Mal hatte sie ihn im Kreise derselben in schmuckvolle Gewänder gekleidete Neger gesehen, wie sie sich zum Schutz vor der afrikanischen Hitze in den riesigen hohlen Stamm eines Baobab geflüchtet hatten.

Der Austausch imaginärer Erinnerungen, die auf unbestimmte Weise von seinen Talismanwörtern »Sand«, »Kapok«, »Senegalfluss«, »Baobab« zu neuem Leben erweckt wurden, hatte sie eine Zeitlang einander angenähert. Doch für Aglaia konnte das nicht all die Zeit aufwiegen, die sie damit verloren hatten, sich zu meiden. Er, weil er keine Minute für sie übrighatte; sie als Vergeltung für den empfundenen Liebesmangel.

Als sie mit ihrer Mutter fortgegangen war, als Sechzehnjährige, um sich ein Jahr lang in England aufzuhalten, hatte Michel Adanson ihr keinen einzigen Brief geschickt. Er hatte dazu keine Zeit, war freiwilliger Gefangener des Traumes von einer Jahrhundertenzyklopädie, wie die Philosophen ihn hegten. Aber anders als Diderot und d'Alembert oder später Panckoucke, die von einer Hundertschaft Gehilfen umgeben waren, hatte ihr Vater ausgeschlossen, dass irgendjemand anderes die Tausenden Artikel seines Meisterwerks verfasste. Wann hatte er für möglich gehalten, im riesigen Knäuel der Welt die Fäden zu entwirren, mit der alle Wesen in feinen Verwandtschaftsgeflechten verbunden sind?

Just in seinem Hochzeitsjahr hatte er damit begonnen, die schwindelerregende Zeit zu errechnen, die es bräuchte, um seine Universalenzyklopädie zu vollenden. Da er nach »großzügiger Schätzung« voraussah, mit fünfundsiebzig Jahren zu sterben, verblieben ihm dreiunddreißig Jahre, und wenn er durchschnittlich fünfzehn Stunden am Tag für die Arbeit aufwenden könnte, entspräche das einer effektiven Arbeitszeit von einhundertachtzigtausendsechshundertfünfundsiebzig Stunden. Er lebte fortan, als würde jede Minute Aufmerksamkeit, die er seiner Frau oder seiner Tochter widmete, ihn von seinem Werk abhalten, das er wegen ihnen niemals würde abschließen können.

Aglaia suchte sich daraufhin einen anderen Vater, den sie in Girard de Busson fand, den Liebhaber ihrer Mutter. Und wenn die Natur es vermocht hätte, ihn und Michel Adanson zu einem einzigen Mann zu verschmelzen, würde die Kombination dieser zwei Menschen in ihren Augen fast an Vollkommenheit reichen.

Gewiss hatte ihre Mutter Ähnliches gedacht. Denn sie, Jeanne Bénard, die um einiges jünger war als Michel Adanson, hatte die Trennung gewünscht, obwohl sie immer noch verliebt in ihn gewesen ist. Ihr Ehemann hatte bereitwillig vor einem Notar bestätigt, dass es ihm unmöglich sei, seiner Familie Zeit zu widmen. Seine redlichen, aber grausamen Worte, die bei Jeanne einiges Leid verursachten, ließ sie aus Verdruss auch ihre damals neunjährige Tochter wissen. Und als die noch im Kindesalter erfuhr, dass eines seiner Bücher den Titel *Pflanzenfamilien* trug, sagte Aglaia sich voll Bitterkeit, dass die Pflanzen wohl die einzige Familie ihres Vaters seien.

Während Michel Adanson klein und hager gebaut war, war Antoine Girard de Busson groß und stattlich. Während erster plötzlich wortkarg und unumgänglich werden konnte, war zweiter, den Aglaia in der Traulichkeit des herrschaftlichen Stadthauses, in das er sie und ihre Mutter geholt hatte, weiterhin »Monsieur« nannte, gesellig und heiter.

Als Kenner der menschlichen Seele hatte Girard de Busson nicht versucht, Michel Adanson, dem er, ungeachtet der meist ungalanten Abweisungen seitens des misanthropischen Gelehrten, sogar wiederholt seine Mithilfe an dessen mythischem Publikationsvorhaben angeboten hatte, aus dem Herzen des Mädchens und der späteren jungen Frau zu verdrängen.

Anders als Michel Adanson, der sich nie um seine Ehen oder Enkel gesorgt zu haben schien, hatte sich Girard de Busson darum bemüht, sie glücklich zu machen. Denn ihm verdankte Aglaia die Mitgift für ihre zwei unglücklichen Gatten und vor allem das Château de Balaine, das er ihr 1798 gekauft hatte. Durch seltsam irregeleitete Ressentiments aber machte sie ihm zuweilen das Leben schwer. Girard de Busson hatte ihre Unbill und Bitterkeit geduldig ertragen, wirkte sogar zufrieden, dass sie ihn so schlecht behandelte, als sähe er, der selbst keine Kinder hatte, die Empörung und den Trotz gegen ihn als Beweis ihrer töchterlichen Liebe.

Um sich durch die Verheiratung ihrer Tochter von der Schande zu entledigen, die ihr durch die Scheidung anhaftete, hatte die Mutter darauf bestanden, sie, obwohl erst siebzehn, mit Joseph de Lespinasse, einem einfachen Offizier, zu vermählen, der den schlechten Einfall hatte, sie in der Hochzeitsnacht ihrer Jungfräulichkeit *manu militari* zu berauben. Sobald sie sich im Hochzeitsgemach befanden, hatte er sie auf nicht wiedergutzumachende Weise angewidert. Mit brüchiger Stimme hatte er, in dem Glauben, sie empfinde wie er, ihr ins Ohr geflüstert, er wolle sie *more ferarum* in seinen Besitz nehmen, nach Art der wilden Tiere. Das recht rüde Bekenntnis seiner Wünsche in Kirchenlatein hatte sie weniger brüskiert und verletzt als sein brutaler Versuch, ihr seine Leidenschaft einzubläuen. Doch hatte er von seinen Rohheiten abgelassen, da sie ihren Körper auf Kosten des seinen zu verteidigen wusste. Eine Woche lang hat der Nachtschwärmer Joseph de Lespinasse das Haus nicht verlassen, um das blaurote Hämatom an seinem rechten Auge vor der Öffentlichkeit zu verbergen. Und kaum einen Monat später konnte sie sich ohne Schwierigkeiten von ihm scheiden lassen.

Mit Jean-Baptiste Doumet, einem Leutnant der Dragoner, der sich als Händler in Sète niedergelassen hatte, wurde Aglaia auch nicht glücklicher. Das einzige Verdienst ihres zweiten Ehemanns war es, ihr unter strenger Einhaltung der Regeln einer leidenschaftslosen Fortpflanzung zwei Söhne gemacht zu haben. Wenn er besondere Vorlieben bei der

Liebe hatte, dann hatte er sie mit ihr nicht vollzogen. Vielleicht behielt er sie seinen Eintagsgeliebten vor, die er sich, kurz nach ihrer Hochzeit, nicht einmal mehr die Mühe gab, vor ihr zu verbergen?

Sie fürchtete, niemals glücklich zu werden. Das Gefühl, das Glück in der Liebe könnte nur eine große Erzählung sein, stimmte sie traurig. Obwohl ihre Lebenserfahrung für sentimentale Wünsche wenig Anlass bot, hoffte sie nach zwei misslungenen Ehen immer noch, auf den ersten Blick den Mann ihres Lebens zu finden. Ihr Glaube an die große Liebe brachte sie gegen sich selbst auf. Sie kam sich vor wie die Atheisten, die fürchten, am Tage ihres Todes der Versuchung zu erliegen, an Gott zu glauben. Sie verfluchte den Gott der Liebe, ohne ihm jemals ganz abschwören zu können.

Als Girard de Busson, der sie traurig und melancholisch erlebte, ihr ankündigte, das Château de Balaine kaufen zu wollen und sie für einen Monat später dorthin einlud, erwachten ihre Lebensgeister wieder. Sie ging davon aus, noch ohne es gesehen zu haben, das Château werde zu ihrem Kompass. Menschen, Pflanzen und Tiere sollten dort in Harmonie leben. Balaine werde zu ihrem persönlichen Goldenen Zeitalter, einem intimen Meisterwerk, das nur für sie lesbar sein würde. Sie allein würde, in ihrer abschließenden Betrachtung, die Stufen der Hoffnung und die Spitzen der Begeisterung erkennen, die ihr das Vorhaben bescheren würde. Sogar ihre Enttäuschungen könnte sie dort in Ehren halten.

V

Unweit der Stadt Moulins liegt am Fuße des Bourbonnais-Massivs gleich neben dem Siebenhundert-Seelen-Dorf Villeneuve-sur-Allier das Château de Balaine. Als Girard de Busson Aglaia zum ersten Mal dorthin mitnahm, waren sie nur zu zweit. Jean-Baptiste, ihr zweiter Ehemann, wollte lieber alleine in Paris bleiben und Émile, ihr ältester Sohn, war für solch eine Reise noch zu klein, weshalb er in die Obhut seiner Großmutter Jeanne gegeben wurde.

Sie verließen das Haus am frühen Morgen des 17. Juni 1798 in Girard de Bussons luxuriöser Karosse, einem Vierspänner, geführt von Jacques, dem altgedienten Kutscher der Familie. Girard de Bussons herrschaftliches Stadthaus befand sich in der Rue du Faubourg-Saint-Honoré nahe der Folie Beaujon. Also querten sie die Seine über die Pont de la Concorde. Doch jenseits des Faubourg Saint-Germain bog Jacques zunächst nach Süden, dann nach Osten ab, um entlang der einstigen Mur des fermes von Zolltor zu Zolltor zu fahren, unter Vermeidung der populären Viertel Saint-Michel, Saint-Jacques und vor allem Saint-Marcel, durch die sie über die Rue Mouffetard ebenso zur Barrière d'Italie hätten gelangen können. Girard de Bussons Gefährt stellte seinen Reichtum allzu deutlich zur Schau. Zu Zeiten des Direktoriums waren die einfachen Leute von Paris, die sich die Revolution bereits zurückwünschten, noch empfindlich und sehr reizbar.

Jenseits des Zolltors der Barrière d'Italie lag in all seiner Breite der »Große Königsweg«, der von Paris nach Lyon führte und unter Napoleon I. in »Kaiserliche Straße Nr. 8«

umbenannt wurde. Aglaia hatte Paris selten über die Straße zum Bourbonnais verlassen. Weiter als bis nach Nemours, wo die feinen Großstädter mit dem Beginn des schönen Wetters im Frühling gern ihre Sonntage verbrachte und in Kabrioletts ihre Paraden fuhr, war sie nie gekommen.

Sie hatte die lange Reise zum Château de Balaine mit halb geschlossenen Augen begonnen, hatte sich selbst prüfen wollen. Da saß sie, entgegen der Fahrtrichtung, gegenüber von Girard de Busson, der ihre aufgesetzte Schläfrigkeit schweigend respektierte, beachtete in keiner Weise die langsam hinter den Fenstern vorbeiziehende Landschaft und ließ sich vom Schlingern des Gefährts hin und her wiegen. Nach und nach stellte sie sich vor, das Knarren der Wagenfederung verbunden mit dem dumpfen Hufschlag der Pferde stamme vom Pfeifen des Windes in den Segeln und dem Knarren der Takelage eines Schiffes, das fast bis ans äußerste Ende des Atlantiks gefahren war. Dann erlosch plötzlich das Licht, das den Innenraum der Kutsche immer mehr eingenommen hatte, als hätte sich der Lauf der Zeit umgedreht und die Nacht wäre zurückgekehrt. Eine Welle fahlen Lichts hatte sich über sie ergossen, hatte sie in einen für Wachträume anfälligen Halbschlaf gezogen. Die Kreuzung des Obelisken hatten sie hinter sich gelassen und gerieten auf der geradlinigen Straße langsam immer tiefer in den Wald von Fontainebleau. Sie stand auf der Brücke eines mit großen weißen Segeln geflügelten Schiffs. Der Wald unter ihren Füßen war brennend heiß. Über ihr zeigte sich ein Morgenhimmel aus blau-, grün-, orangefarbenen Wolken die zu goldenem Nebel verschmolzen. Schwärme fliegender Fische, denen unsichtbare Räuber nachstellten, bespritzten den

Schiffsrumpf mit Gischt. Ihre Flossen trugen sie nicht weit genug von der Gefahr weg, die unter der Wasseroberfläche auf sie lauerte. Wild aufschnellend flohen sie vor rosafarbenen, weit aufgerissenen Mäulern, die aus der Tiefe kamen. Doch auch weiße Vögel, Kormorane oder Möwen, hatten es auf sie abgesehen. Und die silbernen Pfeile, weder ganz Fische, noch ganz Vögel, wurden als Gefangene der aufspritzenden Gischt, mal von Kiefern, mal von Schnäbeln geschnappt.

Ähnlich verzweifelt wie die seltsamen Fische, die ihren Platz weder im Wasser noch in der Luft hatten, kämpfte sie mit weiterhin geschlossenen Augen gegen die Tränen.

Von ihrer ersten Reise zum Château de Balaine im Juni 1798 erinnert sich Aglaia nur an diesen traurigen, von ihrem Gewissen geleiteten Halbtraum, dem sie, kraft ihres Willens, hätte entkommen können. Doch hatte sie ihn damals bis zur Ankunft am Reiseziel in seiner Gänze ertragen. Erst nach vielen weiteren, oft einsamen Reisen, die sie im Lauf der Jahre bis zum 4. September 1804, an dem sie für die Dauer der Renovierung des Château de Balaine einen angrenzenden Bauernhof bezog, verband sie mit den kleinen Städten und Dörfern, die sie von Paris aus bis nach Villeneuve-sur-Allier durchquert hatte, persönliche Erinnerungen.

Montargis im Regen. Das schwarze Wasser des Canal de Braire. Cosne-Cours-sur-Loire, wo sie mehr als ein Mal angehalten hatte, um Wein aus Sancerre für ihren Schwiegervater und Vater zu kaufen. Maltaverne, wo ein Gewitter sie in einem düsteren Gasthof, der sich vollkommen zu Unrecht *Im Paradies* nannte, als Geisel gehalten hatte. An La Charité-sur-Loire, wo der Zufall einer morgendlichen Abreise ihr den schönsten Ausblick auf den Fluss gewährte, der ihr je untergekommen war. Im Nebel verloren, erinnerte die Loire sie an die geisterhafte Themse, die ihr vor ihrer ersten Ehe während eines einjährigen Aufenthalts in London vertraut geworden war. In Nevers hatte sie das Nötigste des blau-weißen Steingutgeschirrs fürs Château gekauft. Von all den übrigen Orten war ihr nichts in bleibender Erinnerung geblieben.

Girard de Busson hatte ihren ersten Besuch in Villeneuve-sur-Allier auf den Johannistag gelegt. Kurz vor ihrer Ankunft hatte er ihr erklärt, dass sich an diesem Festtag in fast allen Dörfern des Bourbonnais Bäuerinnen und Bauern mitten auf dem Marktplatz auf zusammengezimmerten Podesten drängten, in der Hoffnung, sie würden als Domestiken in einem Bürgerhaus oder als Arbeitskräfte auf einem Bauernhof Anstellung finden. Möglichst gut gekleidet und mit einem Feldblumenstrauß an der Hüfte verkauften sie ihre Arme für die Dauer eines Jahres an den Meistbietenden. Nach zähen Verhandlungen über die Höhe des Arbeitslohns gab ihnen die Herrin oder der Herr, die sie engagieren würden, im Tausch gegen ihren Blumenstrauß ein Fünf-Francs-Stück, das »Scherflein Gottes«. Ohne die Blumen waren sie vergeben, standen nicht mehr zur Verfügung. Als der seltsame Tausch von Blumen gegen Arbeit abgeschlossen war, und die Gemüsegärtner und Bauern ihre Stände abbauten, begann die Jugend einen großen Ball, ein Charivari, ein Tohuwabohu. Und genau zu diesem Zeitpunkt waren Aglaia und Girard de Busson mit ihrem Gefährt auf dem Dorfplatz erschienen.

Wie vom Himmel gefallenen Göttern wurde ihnen eine

große Anzahl der Sträuße angeboten, die am Vormittag den Besitzer gewechselt hatten, und einige Dörfler machten sich einen Spaß, einige auf das Dach der Karosse hinaufzuwerfen. So folgte ihnen eine Zeitlang ein heiteres Trüppchen und sie hinterließen, je nach der Ruckeligkeit des Weges hier und dort Feldblumen, bis sie am Ende einer mit Maulbeerbäumen gesäumten Allee das Château de Balaine entdeckten.

Aglaia hatte sich nicht sofort auf Balaine eingelassen. Sie begnügte sich damit, alles zu beobachten, mit etwas Distanz, um erste Bilder des Schlosses einzufangen, die sie später mit guten oder schlechten Erinnerungen überlagern würde. So hatte sie den Ort zunächst nur begrenzt mit ihren Sinnen erfasst, um das noch einmal intensiv nachholen zu können, wenn sie später mit sich allein wäre. Spitze Türmchen standen auf beiden Seiten eines großen, U-förmigen Schlosshofes. Unkraut überwucherte die für Besucher weit geöffnete Fläche. Auch die Farben der rot und weiß eingefassten Türmchenfenster waren nicht mehr zu erkennen, da alles von einem Gewirr aus Efeu und Moos bedeckt war. Eine unmäßig große Durchfahrt quer durch das Gebäude verschandelte die Fassade.

Girard de Busson hatte die Namen einiger Vorbesitzer von Balaine aufgezählt, bis ins 14. Jahrhundert zurück. Die ersten, die Pierreponts, die Erbauer einer Burg, hatten sich die Anlage über vierhundert Jahre von Generation zu Generation weitergegeben. Nachdem die Linie der Pierreponts im Jahr 1700 ausgestorben war, wechselten sich die Besitzer ab bis zu einem gewissen Ritter von Chabre, der 1783 unter der Federführung von Évezard, einem Architekten aus

Moulins, den vollständigen Umbau des Gebäudes anging. Doch angesichts des Ausmaßes der notwendigen Arbeiten hatte der Ritter seine Meinung geändert und alles verkauft.

Vergeblich versuchte Girard de Busson, die Eingangstür des Châteaus zu öffnen. Durch einen Türspalt wehte ihnen der Geruch von feuchtem Gips und nassem Holz entgegen. Sie gelangten zwar nicht in die Eingangshalle, aber die Läden der großen Fenster an der Hinterseite des Gebäudes waren teilweise aus den Angeln gefallen, so dass sie ein paar Sonnenstrahlen auf ein stark gedunkeltes Parkett fielen sahen, das von dicken Staubflocken bedeckt war.

»Ich habe hier in der Nähe einen Bauernhof gemietet, wo du wohnen und die Arbeiten überwachen kannst«, hatte ihr Schwiegervater gesagt und mit dem Kopf dorthin gezeigt. »Wir werden uns da für eine Nacht einquartieren. Schauen wir das Gebäude doch mal von allen Seiten an!«

Als das getan war, hatten sich die wenigen Dörfler, die ihnen gefolgt waren, zurückgezogen. Jacques machte sich mit den Pferden zu schaffen und schmückte ihr Geschirr mit den Blumensträußen, die es nicht vom Kutschendach heruntergerüttelt hatte. Ihr Schwiegervater und sie waren links um das Château herum an einem Zimmer voll mit schlammigem Wasser vorbeigekommen, das wahrscheinlich aus einem kleinen Bach in der Nähe stammte. Die Rückseite des Gebäudes war von dichtem Gestrüpp bewachsen, und sein Verfall, der schon an der vorderen Fassade augenfällig war, schien hier noch viel schlimmer.

Genau in dem Augenblick spürte sie eine große Freude in sich aufsteigen. Dank einer Geistesgabe, die sie von ihrer Mutter geerbt hatte, vermochte sie es, neben der offensichtlichen Hässlichkeit eines Gegenstandes oder Ortes auch seine potenzielle Schönheit zu sehen. Wenn sich also an der hinteren Fassade des Châteaus auch nur der kleinste Abglanz vergangener Zeiten gezeigt hätte, als möglicher Ansporn, um den alten Glanz in gleicher Weise wiederherzustellen, hätte Aglaia darüber hinweggesehen. Sie wollte Wegbereiterin sein, wollte das Château lieber in neuer Schönheit erstrahlen lassen, als seine verlorene Pracht zurückgewinnen. Sie konnte sich mühelos den letzten Abkömmling der Pierreponts vorstellen, wie er hundert Jahre zuvor, von Schulden gequält, gar nichts mehr tat und ihn die Vorstellung, dass er das Sakrileg beging und seinem Lebensraum das kleinste Anzeichen anachronistischer Modernität hinzufügte, erstarren ließ wie die Steine seines alten Châteaus. Niemals würde sie ihre Nachkommen in die Lage des letzten Vertreters der Pierreponts bringen, der gewiss der Sklave steinerner Überreste war.

Sie würde ihren Kindern vielmehr einen Ort hinterlassen, dessen Herzstück nicht das Château, sondern der umgebende Park war, die Schönheit und Seltenheit seiner Pflanzen, Blumen und all der ihn einfassenden Bäume. Wenn Schlösser nach vierhundert Jahren einstürzen, weil die Erbauer und die Nachfahren ihrer Nachfahren verschwunden sind, verbleiben im Strom der Zeit nur die von ihnen rundum gepflanzten Bäume. Die Natur gerät nie aus der Mode, hatte sie mit einem Lächeln gedacht.

Girard de Busson, der sie heimlich beobachtete, wurde von ihrem Lächeln überrascht, was sie erfreute. Darin bestand eine neue Art, ihm zu danken, vielleicht überzeugender als die Worte der Dankbarkeit, die sie ihm zwar wiederholt gesagt hatte, die aber ihre Anerkennung und Freudenfülle nicht erfassen konnten.

Auf dem Rückweg nach Paris hatte sie Girard de Busson die gesamte Fahrt über ihre Vision des Parks beschrieben. Im Moment bestand er nur aus einem schmalen Grundstück, das es durch den Zukauf angrenzender Flächen zu vergrößern galt. Sie würde dort amerikanischen Mammutbaum, Ahorn und Immergrüne Magnolie anpflanzen. Und ein Gewächshaus würde sie haben für exotische Blumen wie den asiatischen Hibiskus mit seinen fünf großen Blütenblättern. Ihr Vater, Michel Adanson, würde ihr dank seiner botanischen Verbindungen helfen, Baumsetzlinge aus der ganzen Welt zu beschaffen. Und Girard de Busson hatte trotz der Kosten zu all dem Ja gesagt.

Noch am selben Abend hatte Aglaia sich in der Freude über ihre erste Fahrt nach Balaine der Illusion hingegeben, sie könne Jean-Baptiste für ihren Traum begeistern, indem sie sich ihm darbot. Wie gern hätte sie großartige Ausdrücke erfunden, um ihm geradewegs das Glück zu vermitteln, das sie dort für immer erwarten würde, inspirierte Sätze, mit denen sie ihn wie durch Zauberei für sich gewinnen konnte. Doch was sie ihrem Gatten zu sagen fand, brachte ihn nur gegen sie auf:

»Weißt du, woher der Name *Balaine* kommt? Na, rate mal! Daher, dass die Leute vom Dorf seit eh und je in dem Gebiet rund ums Château die Binsen sammeln, aus denen sie Besen herstellen, ihre *Balais*.«

»Ein schöner Name für ein Schloss!«, hatte er sogleich geantwortet. »Immerhin eine saubere Sache ... und als Wappen nimmt man einfach zwei gekreuzte Besen!«

Aglaia fühlte sich weniger von Jean-Baptistes Spott gedemütigt als von ihrem naiven Vergessen, dass ihr Ehemann nicht auch ihr wohlwollender Freund war. Doch als wäre ein Teil von ihr unablässig darauf aus, um jeden Preis mit jemandem zusammen zu sein, so als müssten Umwälzungen in ihrem Leben zwangsläufig die Person rühren, mit der sie ihre Intimität teilte, gab sie sich Jean-Baptiste dennoch hin. Da sie nicht vermochte, sich bei ihrer Suche nach Komplizenschaft zurückzuhalten, beobachtete sie sich von außen, wie sie all ihren Charme aufwandte und eine Zärtlichkeit vortäuschte, derer sie sich ihm gegenüber nie für fähig geglaubt hatte.

Somit geschah es wahrscheinlich an diesem Abend, nach der Rückkehr von ihrer ersten Reise zum Château de Balaine, dass sie ihren zweiten Sohn, Anacharsis, empfing, in genau dem Moment, als sie auch den Entschluss traf, sich von Jean-Baptiste Doumet scheiden zu lassen.

VI

Seit ihrer ersten Begegnung mit dem Château de Balaine war kein Tag vergangen, an dem sie nicht von ihm geträumt hatte wie von einem Geliebten. Sie hatte ein Zeichenheft begonnen und skizzierte darin mit Wachsmalstiften in groben Zügen die Alleen, die Aufteilung der Beete und der Waldgebiete. Für die genauere Gestaltung des Gartens hatte sie ihren Vater ins Vertrauen gezogen und Michel Adanson hatte ihr geschrieben, er würde fortan seine Recherchen jeweils für einen halben Tag die Woche unterbrechen, um sie bei sich zu empfangen. So war sie fast jeden Freitag bei ihm in der Rue de la Victoire zu Besuch gewesen, »alsbald nach dem Mahle«, wie er es in seiner leicht antiquierten Sprache ausdrückte.

Michel Adanson war nicht so, wie seine Gelehrtenkollegen ihn nach seinem Tod beschrieben. Der große Lamarck auf seinem hohen Ross hatte ihm den Ruf des Griesgrams und Menschenfeinds anhängen wollen. Aglaia dachte sich dazu, dass Menschen wie ihr Vater, die Ehrlichkeit und Gerechtigkeit über alles setzten und unfähig waren, von ihren Prinzipien abzurücken – nicht einmal um Freunden einen Gefallen zu erweisen – in diesem Milieu schlecht gelitten waren. Höflichkeit und Courtoisie gehörten nicht zu Michel Adansons Stärken: Entweder er mochte etwas oder er mochte es nicht, ohne Abstufungen. Er hat selten einen Hehl daraus gemacht, welchen Abscheu er vor Kollegen in seiner Gegenwart empfand, wenn er sie nicht schätzte. Doch mit der Zeit und dank der Lektüre von Philosophen wie Montaigne, die er wieder für sich entdeckt hatte, fand er die Kraft, nicht mehr wochenlang das tiefe Unbehagen, das schon die kleinste unangebrachte Äußerung ihm gegenüber auslösen konnte, mit sich herumzutragen.

Ihr Vater hatte in seinem Gewächshaus drei Wasserfröschen Unterschlupf gewährt, die er beim Umtopfen der exotischen Baumschösslinge für seine Tochter und den Park ihres Châteaus de Balaine oft aus dem Augenwinkel beobachtete. Die drei Frösche waren weitestgehend zahm: Die »wohlgesitteten Fröschlein«, wie er sie nannte, ließen ihn ohne Furcht an sich herankommen. Aglaia hatte den Sinn dieser seltsamen Bezeichnung verstanden, als er eine der drei Amphibien mit »Monsieur Guettard, man höre und staune!« ansprach, dem Namen eines seiner schlimmsten Feinde aus den Jahren an der Königlichen Akademie der Wissenschaften in Paris. Angesichts von Aglaias Lächeln hatte er mit einer Verschmitztheit, die sie von ihm sonst nicht kannte, zu ihr gesagt: »Der hier ist nicht so giftig wie seine Cousins im Regenwald von Guayana, wenngleich sein Namensvetter alles daran gesetzt hat, mir das Leben zu vergiften.«

Aglaia hatte herzhaft über die Erzählung ihres Vaters gelacht, als dieser hinzufügte, dass die Namen der beiden anderen Amphibien, nämlich Lamark und Condorcet, seine Erinnerung daran wachhalten sollten, welche Rolle diese beiden für die Beilegung seines Streits mit Guettard gespielt hatten. »Heute kann ich zwischen den Dreien kaum einen Unterschied ausmachen«, schloss er mit Ironie.

Am Ende seines Lebens hatte sich ihr Vater offenkundig von der Jagd nach Ruhm abgewandt, einem Ruhm, der unweigerlich vor ihm floh wie eine Hirschkuh, die im Wind ein Raubtier wittert. Bei ihren letzten Besuchen in der Rue de la Victoire hatte er kaum noch sein Endlosprojekt der naturkundlichen Universalenzyklopädie erwähnt. Er war so zugewandt geworden, ein so ernstlich interessierter Zuhörer, dass Aglaia sich eines Freitags im Herbst letztlich traute, als sie gerade zusammen in einem Gewächshaus saßen, ihm etwas anzuvertrauen.

Sie hatte ihm von der Angst berichtet, die sie als kleines Mädchen in seiner Gegenwart angesichts des astronomischen Schauspiels der Unendlichkeit des Universums empfunden hatte. Erinnerte er sich auch daran? Eines Sommerabends hatte er sie zu einer Sternwarte in Saint-Maur, vor den Toren von Paris, mitgenommen. Ihr Blick durch das Teleskop hatte sie mit ins Nichts gerissen, und hatte sie, da das Sternenlicht ihr eiskalt erschien, darauf gebracht, dass es im Himmel kein Paradies geben konnte – eine brutale Vorstellung für sie, da sie unwissentlich gläubig war. Die Erde war nur ein winziger Punkt im endlosen Raum, und hätte Gott ein Paradies und eine Hölle für den Menschen vorgesehen, warum sollte sich das ganz woanders befinden als derzeitig sie?

»Du hast dir Gottes Pläne nach deinen eigenen Maßstäben und Sorgen vorgestellt«, hatte ihr Vater erwidert. »Vielleicht vermutest du das Paradies im Bereich des Sichtbaren, weil du dir nicht vorstellen kannst, woanders glücklich zu sein, als bei dir zu Hause. Wenn du mich fragst, finden wir Paradies oder Hölle nur in uns selbst.«

Bei diesen letzten, gemurmelten Worten, hatte sie im Blick ihres Vaters ein Zögern zu erkennen geglaubt, das plötzliche Aufleuchten eines Bildes, eine Denkpause für die Dauer entfernten Erinnerns. Doch hatte ihn seine Gedankenflucht diesmal offenbar nicht zu seiner Enzyklopädie-Obsession geführt. Ein Vorhaben anderer Art wurde, angeregt durch einen plötzlichen Entschluss, in dem Augenblick in ihm angestoßen. Aglaia hatte diesen Moment, der sich in ihr Gedächtnis gegraben hatte, geliebt, wenngleich sie nicht verstand, worum es ging. Während er weiterhin in der Hockstellung der Neger vom Senegal im Erdboden wühlte, um im Kreise seiner »wohlgesitteten Fröschlein« seine Pflanzen zu bearbeiten, schien es ihr, als würde er dabei Ausschau halten, wie durch ein Teleskop.

VII

Ächzend unter dem Gewicht des Gepäcks auf dem Dachträger war Girard de Bussons Kutsche sehr langsam in den Hof eingefahren. Jacques gehieß die vier Pferde, Schritt zu gehen. Sie hatten das Gebirge von Kisten voller Muschelschalen, getrockneter Pflanzen, ausgestopfter Tiere und Bücher, die ihr Vater ihr allesamt vererbt hatte, von Paris fast dreihundert Kilometer weit bis hierher gezogen. Aglaia hätte nicht geglaubt, dass Michel Adanson ihr so viele bunt zusammengewürfelte Dinge vermachen würde. Sie hatte gedacht, er würde eine Auswahl getroffen haben.

Sie empfing den Kutscher von der Türschwelle aus zusammen mit Pierre-Hubert Descotils, der gekommen war, um ihr die Renovierungspläne für das Château zu zeigen. Auch der junge Mann hatte angesichts der schönen Karosse, die nun als gewöhnlicher Umzugskarren daherkam, überrascht gewirkt. Nachdem Évezard, ein Architekt aus Moulins, der zwanzig Jahre zuvor die ersten Renovierungsarbeiten geleitet hatte, war sie nun an Pierre-Hubert Descotils herangetreten, um ihn die Arbeiten abschließen zu lassen. Descotils war knapp über dreißig, groß, mit dunklem Haar, schönen Zähnen, hoher Stirn und stolzer Haltung. Das Timbre seiner Stimme war auffällig, tief, doch angenehm. Er artikulierte jedes Wort recht deutlich und schleppte beim Sprechen bisweilen wie ein heimlicher Stotterer, den seine Bemühung um Natürlichkeit verriet. Diese Besonderheit hatte Aglaia den ganzen, gemeinsam verbrachten Nachmittag lang beschäftigt.

Als sie sich mit einander zugewandten Köpfen über die

Pläne des Châteaus beugten, und er ihr im Flüsterton ausreichend laut alles erklärte, glaubte sie, aus seinen feinen Stimmmodulationen Schüchternheit herauszuhören. Doch bestimmt hatte sie sich darin getäuscht, denn beim Anblick von Jacques auf der vollgepackten Kutsche unter besagtem Gebirge unterschiedlichster Pakete in skurrilen Formen war Pierre-Hubert Descotils in unverblümtes, laut-sonores Lachen ausgebrochen, das auch sie ansteckte. Als der Architekt sich wieder gefasst hatte, verabschiedete er sich und versprach, erneut vorstellig zu werden, sobald die Pläne des Châteaus entsprechend ihrer »Vorgaben« angepasst seien. Mit leichtem Lächeln auf den Lippen.

Verstimmt über solch einen Empfang nach seiner erschöpfenden Reise war Jacques auf seine Weise in Wut geraten, still und nachhaltig, und zeigte ihr trotz der Willkommensworte, mit denen sie ihn übertrieben warmherzig besänftigen wollte, die kalte Schulter. Nie würde sie von ihm erfahren, wie viel Spott er allein in Paris hatte ertragen müssen. Vor allem die Rue Mouffetard war für ihn die Hölle gewesen. Ein Trupp übermütiger Kinder hatte ihn bis zur Barrière d'Italie begleitet. Sie hatten sich einen Spaß daraus gemacht, ihn unter den Augen billigender Erwachsener, ihrer Eltern, mit Steinchen zu bewerfen. Für die Gören in der unendlich langen Rue Mouffetard war seine Karosse zu einem Karnevalswagen geworden.

Als Aglaia genauer hinsah, verstand sie, warum Jacques seit Paris eine so schlechte Laune gehabt hatte. Nicht nur das Karossendach war hoch mit Kisten und Ballen bepackt, auch im Innenraum stapelten sich dicht an dicht Topfpflanzen, Bücher und unterschiedlich geformte kleinere Möbel. Das Gewicht dieses Durcheinanders war enorm. Aglaia wusste, dass Jacques sich seinen vier Pferden wie Freunden verbunden fühlte und gewiss mitgelitten hatte, als sie sich unter anderem die langen, schweißtreibenden Steigungen vor La Charité-sur-Loire hatten hinaufmühen müssen. Umso inständiger hat sie nun um Verzeihung gebeten, dass sie, als er in den Hof eingefahren war, gelacht hatte. Aber Jacques verzieh ihr erst, nachdem sie Germain, dem Gärtner, aufgetragen hatte, ihm beim Abspannen, Abreiben und Füttern der Pferde zur Hand zu gehen.

Als sie schließlich allein inmitten des Hofes den Blick zum Himmel hob, sah sie die türkisblauen feingezackten Wolkenmuster der Abenddämmerung. Die Silhouetten der Mauersegler schossen kreuz und quer über sie hinweg und das schrille Rufen begeisterte ihr Herz. Der Duft warmer Erde hüllte die junge Frau ein wie ein wärmendes Tuch. Aglaia spürte, wie sich vor süßer, stiller, tiefer Wonne ihre Kehle zusammenschnürte. Sie glaubte den Grund erahnen zu können, doch verbot sich, da es zu früh dafür war, noch eine eingehende Erklärung. Abwarten wollte sie, um ihre Begeisterung besser zu verstehen und zu analysieren. Sie gelobte sich, dieses Gefühl von ihrem Gewissen prüfen zu lassen, sobald alles auf dem Hof eingerichtet sein würde.

Pierre-Hubert Descotils ließ sie zärtliche Gefühle hegen. Sie wagte noch nicht, es sich einzugestehen: Das könnte Liebe sein.

VIII

Michel Adanson warf nichts weg. Aus einem kleinen, angeschlagenen Tontopf, den er schon lange aufbewahrt hatte, machte er eines schönen Tages kleine, ebenmäßige Scherben, mit deren Hilfe er den Erdboden unter einem jungen Baumschössling entwässerte, bevor er sie schließlich zerrieb und als Mineraldünger für die Pflanzen nutzte.

Nicht nur seine Gartengeräte behandelte er mit Bedacht, auch seine Bücher. Er sagte oft, unter einhundert Botanik-Büchern, seien kaum zehn es wert, gelesen zu werden. »Und wenn man's genau nimmt …«, fügte er hinzu. »Zieht man davon alle Seiten ab, die lediglich akademische Zugeständnisse ihrer Autoren enthalten und hinter falscher Bescheidenheit schlecht versteckte Eitelkeiten, dann bleiben nur fünf brauchbare übrig.« In seinen Augen waren Enzyklopädien und Wörterbücher die ersprießlichsten Lektüren, da ihre Autoren aufgrund der erzwungenen Kürze der Artikel keine Gelegenheit hatten, den Höfling zu geben. Aglaia ahnte natürlich, dass ihr Vater damit für die eigene Enzyklopädie werben wollte, deren riesengroß angelegter Corpus jedoch auf immer im Entwurfsstadium bleiben würde. Aber laut ihr, die ihn am Ende vergötterte, veranlasste ihn sein mangelndes Renommee, jedoch nicht dazu, seine Ambitionen kleinzukochen. Michel Adansons Ambitionen blieben lobenswerterweise gigantisch.

Aglaia hatte beim Entladen der zig Gegenstände und Kleinmöbel aus der kunterbunt beladenen Kutsche sehr bald verstanden, dass Nützlichkeit eine subjektive Angelegenheit war. Die Erbin eines langen Marine-Fernrohrs mit zersprungener Linse konnte sich nicht erklären, warum ihr Vater es für notwendig erachtet hatte, es ihr zu vererben. Im Geiste ging sie alle Schubladen ihrer Erinnerung durch und suchte nach einer passenden Einsatzmöglichkeit dafür. Hatte er ihr all die bunt zusammengewürfelten Dinge geschenkt, damit sie hinter deren Geheimnisse kam? Vielleicht wollte er sich auf diese seltsame Weise in ihre Gedanken schleichen? Wozu konnte der mit Grünspan überzogene Kompass ihr wohl nützen? Das alte, stumpfe Messer? Die rostige Öllampe? Was sollte sie von der kleinen Halskette aus blau-weißen Glasperlen halten, oder dem Stück Stoff, dem Fetzen eines mit lilafarbenen Krebsen und blaugelben Fischen verzierten Kleides, den sie in der Schublade eines kleinen Möbels entdeckt hatte. Im gleichen Möbel hatte auch ein Goldtaler gelegen, bei dem ihr unbegreiflich war, wie ihr so aufs Geld bedachter Vater den einfach hatte herumliegen lassen.

Obwohl sein sonderbarer letzter Wille, sie offenbar mit Dingen zu überhäufen, die keinen anderen Wert besaßen, als ihm einmal gehört zu haben, Aglaia überrascht hatte, war sie zu dem Entschluss gekommen, nichts wegzuwerfen, aus Angst, es eines Tages zu bereuen, sich von irgendwelchen Kleinigkeiten getrennt zu haben, deren Bedeutung sich erst durch unbewusste Erinnerungsarbeit oder über den Umweg eines Traumes für sie erschloss. Als sie unter einer Sitzbank der Kutsche eine Weinkiste fand, in der drei große, sorgsam in Zeitungspapier gewickelte und verschnürte Einmachgläser standen, in denen Marmelade hätte sein können, beglückwünschte sie sich zu ihrer Entscheidung.

Neugierig, was sich wohl hinter dem Papier verbarg, hatte sie vorsichtig die Knoten der Schnur gelöst. In den Gläsern steckten die Herren Guettard, Lamarck und Condorcet, die drei »wohlgesitteten Fröschlein« ihres Vaters. Dass sie die in gelbliches Formalin eingelegt und ohne irgendeinen erklärenden Hinweis hier vorfand, ließ Aglaia lächeln, denn dank der wohlgesitteten Herren verstand sie nun, dass die Hinterlassenschaften ihres Vaters ein Band gemeinsamer Erinnerung nur zwischen ihr und ihm sponnen. Was sie und ihren Vater in seinen letzten Lebensjahren einander nähergebracht hatte bei ihren fast wöchentlichen Freitagsbesuchen in seinem Glashaus, befand sich hier in den drei Einmachgläsern. Ihr reichte dies als Warnung, nichts wegzuwerfen, bis sich ihr nicht der Sinn all der bunt zusammengewürfelten Gegenstände erklärt hatte. Es war wie ein Spiel, dessen Regeln ihr der Vater im Laufe der Zeit zu erfinden auftrug.

Ganz nach dem väterlichen Vorbild hatte Aglaia hinter dem Bauernhaus, in dem sie während der Renovierung des Château wohnte, ein Gewächshaus bauen lassen. Das Gewächshaus diente ihr nicht nur zum Heranziehen neuer Schösslinge für den Parc de Balaine, der schon zu einer gewissen Schönheit gekommen war, seit sie ihn auf ihre Weise gestaltete. Es war ebenso ein Ort, an dem sie eine Verbindung ins Totenreich zu ihrem Vater unterhielt, eine örtliche Übereinstimmung, die ihren gemeinsamen Interessen und Anliegen entspross. Mittels der feuchten, warmen Erde voll von Düften und Blüten kommunizierte Aglaia mit Michel Adanson auch nach dessen Tod. Im Glashaus von Balaine blühten und gediehen stillschweigende Solidarität, fortwährender Austausch und parallele Gedanken. Während sie in ihrem Können als Gärtnerin dem seinen immer näherkam, sprachen sie schweigend miteinander, über das Ziehen von

Schösslingen und das Vermehren von Blüten, ganz im Sinne dessen, was sie einander hätten sagen können, wenn er noch von dieser Welt gewesen wäre.

IX

Zwei Tage nachdem alle Erbstücke ihres Vaters aus der Kutsche ins Gewächshaus transportiert waren, hatte sie sich in aller Herrgottsfrühe dort hineinbegeben. Das taubedeckte Glasdach begann von den ersten Sonnenstrahlen geküsst, leicht zu dampfen. Noch herrschte darin düstere Kühle. Die Umrisse der Dinge konnte sie erkennen, nicht aber ihre Textur oder Farbe. Das Gewächshaus war ein kleiner Tempel der Geistergegenstände. Die in ihren drei gläsernen Gräbern auf einem Regal aufgereihten »wohlgesitteten Fröschlein« waren nichts als unförmige, ununterscheidbare Körper in flüssiger Trübe.

Ganz oben auf dem gleichen Regal hob der Schatten eines ausgestopften Nachtvogels seine Schwingen. Durch eine optische Täuschung, die anhalten würde, bis die Sonne ins Glashaus einströmte, konnte Aglaia sich vorstellen, dass es der heranrauschende Vogel es mit seinen Krallen auf ihren Kopf abgesehen hatte.

Ihre Pflanzen schienen verschwunden, begraben unter einem gewaltigen Durcheinander aus Eimern, Krügen, allen möglichen Werkzeugen und leeren Pflanztöpfen.

Sie gelobte, all die Gegenstände, die Jacques und Germain bis zum Vorvorabend noch in aller Eile gegen die Gewächshauswände gelehnt hatten, fortzuräumen. Das Licht gelangte nicht mehr so gut hinein, wie es müsste, damit ihre Pfropfungen anwachsen, die Stecklinge sich entwirrten und ihre exotischen Blumen den nächsten Winter überstanden.

Aglaia schloss die gläserne Tür von innen und hockte sich, wie sie ihren Vater es hatte tun sehen, in der Art der Senegalneger inmitten des Glashauses auf den Boden. Das Licht nahm mehr und mehr Raum, tilgte die Mysterien, die es den Dingen zuvor verliehen hatte. Zu ihrer Linken fand sich ein niedriges, mit Intarsien verziertes Mahagonimöbel, etwa einen halben Meter hoch, eine Art Sekretär im Kleinformat, dessen vier Schubladen in der Morgensonne glänzten. Die Griffe waren vier kleine, nach oben zeigende, helle, bronzefarbene Hände mit ungebeugtem Zeigefinger. Auf der Deckplatte: eine langgestreckte, dicke weiße Wachsschicht. Aglaia erinnerte sich, dass auf diesem Nachttisch die letzten Kerzen das Sterbebett ihres Vaters erhellt hatten.

Plötzlich, als Lichtreflex und Schatten über die hölzerne Front einer der Schubladen fuhren, glaubte sie, oberhalb des Griffs eine eingeritzte Zeichnung zu sehen. Sie beugte sich herab, um sie besser zu sehen. Dort, wohin der Zeigefinger des Schubladengriffs zeigte, entdeckte sie eine Blume. Gewiss hatte sie jemand mit einem Stichel ins Palisanderholz geritzt, die fast noch geschlossene Hibiskusblüte, aus deren Kelch ein langer Stempel herausschaute, auf dessen Ende einige Staubfäden saßen, an denen Staubbeutel in Form von Reiskörnern hingen.

Sie öffnete die mit der Hibiskusblüte gekennzeichnete Schublade und fand darin die gleiche Halskette aus blauweißen Glasperlen, das Stück Kleiderstoff und den Goldtaler, die ihr schon ein paar Tage zuvor irgendwo untergekommen waren. Doch nachdem sie auch die drei anderen Schubladen herausgezogen hatte, erschien ihr die mit der Magnolie gekennzeichnete nicht ganz so tief wie die anderen. Der Versuch, sie aus ihrer Einfassung herauszuziehen, misslang, und einer plötzlichen Intuition folgend drückte Aglaia, fast unbeabsichtigt, auf die Stelle der Schubladenfront, an der die Hibiskusblüte eingeritzt war. Sie glaubte, unter ihrem Zeigefinger ein leises Klicken zu vernehmen, so als würde durch eine Vorrichtung aus kleinsten Federn, ein geheimer Mechanismus in Gang gesetzt. Tatsächlich glitt die Schubladenfront in einem Stück herunter und gab auf Höhe des unteren Schubladendrittels den Blick auf ein kleines Geheimfach frei, in dem der runde Rücken einer großen Brieftasche aus dunkelrotem Maroquinleder zum Vorschein kam. Der doppelte Boden der Schublade war so hermetisch geschlossen, dass sich auf dem Maroquinleder kein Staub befand.

Aglaia verließ ihre Hockhaltung und setzte sich direkt auf den Gewächshausboden. Sie wagte es nicht, die rote Brieftasche aufzuschlagen, war ebenso unentschlossen wie die Zeichnung der Hibiskusblüte auf dem geheimen Schubladenfach. Würde sie sich bei Anbruch der Nacht verschließen und bei Tagesanbruch wieder öffnen? Behutsam löste Aglaia den Knoten des schwarzen Bandes, das die lederne Tasche zusammenhielt, und entdeckte auf der ersten Seite eines großen Hefts eine getrocknete Blüte. Die dünnen, knallorangefarbenen Fädchen, die ins Wasserzeichen des dicken Papiers eingetrocknet waren, ließen sie vermuten, dass die Blüte zu Lebzeiten scharlachrot gewesen sein musste.

Einige safrangelbe Punkte, die sie krönten, wiesen auf weitere, vom Stempel herabgefallene Staubblätter hin. Auf der nächsten Seite erkannte Aglaia, fast ohne Abstand zu den Rändern, die feine, enge, regelmäßige Schrift ihres Vaters.

Waren die Hefte für sie bestimmt? Es schien ihr, als wären sie keine zufällige Entdeckung und hätten bereits seit einigen Jahren in der Schublade mit dem doppelten Boden auf sie gewartet. Aber warum war ihr Vater die Gefahr eingegangen, dass sie die Hefte möglicherweise nicht entdeckte? Warum hatte er ihrer Lektüre so viele materielle Hindernisse entgegengestellt? Was, wenn sie sich in Balaine geweigert hätte, all die vielen, vererbten Gegenstände von ihm anzunehmen, was, wenn sie nicht jeden davon genau unter die Lupe genommen und sein Geheimnis ergründet hätte? Die Brieftasche aus rotem Maroquinleder wäre für sie verloren gewesen. Seine von Hand geschriebenen Seiten zu finden, bedeutete vielleicht, einen geheimen, vertraulichen Michel Adanson zu entdecken, den sie sonst nie kennengelernt hätte.

Doch Aglaia zögerte. Unsicher, ob sie das alles wissen wollte. Die ersten Worte, die sie las, ließen sie aber alle Zweifel vergessen.

X

Für Aglaia, meine geliebte Tochter,
den 8. Juli 1806

Ich brach einfach zusammen wie ein von Termiten ausgehöhlter Baum. Darin zeigte sich nicht nur mein körperlicher Verfall, wie du ihn in den letzten Monaten meines Lebens miterlebt hast. Lange vor dem plötzlichen Bruch des Oberschenkelknochens war schon etwas anderes in mir entzweigegangen. Ich weiß noch genau wann: Du wirst mehr über die genauen Umstände erfahren, wenn du dich darauf einlässt, meine Hefte zu lesen. Nachdem alle Wandschirme, die ich rund um meine schmerzlichsten Erinnerungen aufgestellt hatte, umgefallen sind, wurde mir klar, dass ich dir erzählen musste, was mir in Senegal wirklich widerfahren ist. Ich war erst dreiundzwanzig, als ich dort hinfuhr. Meine Geschichte ist nicht der von mir veröffentlichte Reisebericht: Es geht vielmehr darum, dir meine Jugend zu erzählen, von der ersten Reue und den letzten Hoffnungen. Ich hätte gern gehabt, dass mein Vater mir sein Leben erzählt, ohne Scham und Zurückhaltung, so wie ich es nun für dich tue.

Ich schulde dir die Wahrheit, weil ich mir erhoffe, dass du meinen wahren letzten Willen ausführen wirst. Ich bin mir nicht sicher, alle Konsequenzen dessen überschaut zu haben. Nun ist es an dir, meine liebe Aglaia, meine Wünsche in die fleischliche Welt zu überführen, sie in dem Moment neu zu erfinden, in dem die Person, die ich dich bitten möchte, an meiner statt aufzusuchen, dir gegenübersteht. Alles hängt fraglos davon ab, ob du meine Hefte lesen wirst ...

Ich erspare dir die Last der Veröffentlichung meines Orbe universel. *Du würdest dich heillos in meinen Entwürfen verlieren. Den Ariadnefaden, den ich gefunden glaubte, um die Natur ohne Irren durchschreiten zu können, den gibt es nicht. Ich habe es deiner Mutter überlassen, Auszüge aus meiner Systematik zu veröffentlichen, in dem festen Glauben, das*

Projekt werde scheitern. Jeanne wird das nichts anhaben, sie weiß wie ich, dass die Herausgabe meiner Bücher immer schon ein aussichtsloser Fall gewesen ist. Ich bin ein abgeschnittener Ast der Botanik. Linné hat das Spiel gewonnen. Er wird in die Nachwelt eingehen, ich nicht. Darüber empfinde ich keine Bitterkeit. Irgendwann habe ich es verstanden, und ich glaube, du hast es bei deinen Besuchen in letzter Zeit gemerkt, dass mein Durst nach Anerkennung, meine akademischen Ambitionen, mein Enzyklopädievorhaben nur Illusionen waren. Illusionen, die mein Geist hervorgebracht hat, um mich auf meiner Senegalreise vor schwerem, dort entstandenem Leid zu schützen. Sobald ich zurück in Frankreich war, habe ich es begraben, lange vor deiner Geburt, aber es war nicht tot, weit gefehlt.

Ich möchte dich nicht mit meinen Schuldgefühlen belasten, doch sollst du den Mann kennenlernen, der ich bin. Was sonst können Kinder als nützliches Erbe von ihren Eltern erwarten? Das ist das Einzige, was mir wertvoll erscheint. Nun, da ich dir diese Zeilen schreibe, fürchte ich zugegebenermaßen, mich vor dir zu entblößen. Nicht, dass ich Angst hätte, du könntest mich verlachen, wie Ham seinen Vater Noah, als er ihn nach einer durchzechten Nacht auf dem Boden schlafend entdeckte, wo er sich vor den Augen seiner Kinder in aller Blöße offenbarte. Ich befürchte nur, dass du als Kind deiner Zeit, Gefangene der Unwägbarkeiten des Lebens und ebenso unsensibel gegenüber anderen, wie ich es zum Teil gewesen bin, meine geheimen Hefte niemals finden wirst. Mir ist bang vor deiner Gleichgültigkeit.

Um diese Seiten zu lesen, musst du zunächst meinen armseligen Hausstand als Erbe akzeptiert haben, einzig und al-

lein, weil die Dinge mir gehört haben. Wenn du mich liest, dann hast du mein verborgenes Leben gesucht und gefunden, weil du ein wenig an mir gehangen hast. Sich zu lieben, heißt auch, die Erinnerung an eine gemeinsame Geschichte zu teilen. Ich habe mir viel zu selten die Zeit genommen, sie wachsen und gedeihen zu lassen, als du ein kleines Kind und später ein größeres Mädchen warst. Ich schenke dir nun meine Erinnerungen, da du eine Frau geworden bist und der Tod mir deinen Blick und dein Urteil vorenthält. Ich war zu sehr damit beschäftigt, mir selbst zu entkommen, um dir Zeit zu widmen, und das bereue ich nun. Doch vielleicht war das der Preis für unsere gemeinsamen Erinnerungen ... Ein kläglicher Trost.

Wenn du mich liest, dann habe ich mich nicht darin geirrt, dass dir unsere regelmäßigen Spaziergänge im Jardin du Roi, als du noch ein kleines Mädchen warst, etwas bedeutet haben. Ich erinnere mich an dein erstes Staunen über die Blüten des Hibiskus, egal, von welcher Unterart, die sich entsprechend des Wechsels zwischen Tag und Nacht öffnen und schließen. Vielleicht erinnerst du dich, wie du mich gefragt hast, ob dies die Art und Weise sei, wie die Blume, genau wie wir, zur Nacht die Augen schlösse. »Nein«, antwortete ich, um die Poesie deiner Welt zu erhalten, »sie hat keine Lider, sie schläft mit offenen Augen«. Erinnerst du dich, dass du den Hibiskus danach eine Zeitlang die »Blume ohne Lider« genannt hast?

Dich wird also nicht wundern, dass ich den Hibiskus als unser Erkennungszeichen gewählt habe. Der Hibiskus ist der Schlüssel zu meinem Geheimnis, und wenn du ihn gefunden hast, heißt das, in den wenigen gemeinsam verbrachten Stun-

den in der Natur habe ich dich lehren können, dieses Wunderwerk zu lieben.

Ich hoffe mit ganzer Seele, dass du eines Tages diese Zeilen zur Einleitung meines titellosen Reiseberichts lesen wirst. Ich überlasse dir die Aufgabe, eine passende Betitelung zu finden. Lies ihn mit Nachsicht. Hoffentlich kannst du darin Dinge finden, die dich von unnötiger Last befreien, wie wir sie uns alle nur zu gern aufbürden, als wäre das Leben nicht schon schwer genug: eine passende Betitelung der Last unserer Vorurteile.

Michel Adanson

Aglaia schaute vom roten Maroquinleder auf. Das Gewächshaus war nun in strahlendes Licht getaucht: Die drei »wohlgesitteten Fröschlein« ihres Vaters saßen schrecklich sichtbar in ihren formalingefüllten Einmachgläsern auf dem Regal. Ihr wurde heiß und ihre Beine waren steif geworden. Es war gewiss bald neun Uhr und sie hatte noch einiges zu erledigen, bevor am Nachmittag Pierre-Hubert Descotils vorbeikam, der junge Architekt, um ihr die überarbeiteten Pläne für das Château zu bringen. Er hatte sein Kommen mit einem kleinen Brief angekündigt.

Sie wollte ebenso vermeiden, dass Violette, die Köchin, und Germain, ihr Gärtner, die sie zur letzten Johannistagsfeier eingestellt hatte, sie dabei überraschten, wie sie gedankenverloren auf dem Boden im Gewächshaus saß, mit zitterndem Kinn, wie ein kleines Mädchen, das jeden Moment in Tränen ausbricht.

XI

Als es Abend war, ließ sie Germain das kleine Hibiskusmöbel neben ihr Bett tragen und stellte eine Öllampe mit graviertem Glasschirm darauf. Sobald sie zu Bett gegangen war, den Rücken in zwei Kissen mit den eingestickten Initialen ihrer Mutter gelehnt, die Beine mit einem schweren Plumeau aus goldgelbem Samt bedeckt, begann Aglaia mit ihrer Lektüre der geheimen Hefte des Michel Adansons. Das flackernde hellgelbe Lampenlicht, das über die langsam geblätterten Seiten huschte, erinnerte sie an den Flammenschein, in den die letzten Momente ihres Vaters getaucht waren.

*

Mit dreiundzwanzig verließ ich Paris und fuhr nach Senegal. Wie andere in der Dichtung und wieder andere in der Finanz oder Politik, so wollte ich mir einen Namen in der Botanik machen. Doch aus einem Grund, den ich trotz seiner Offenkundigkeit nicht vorausgesehen hatte, kam es anders als geplant. Ich war die Reise nach Senegal angetreten, um Pflanzen zu entdecken, traf aber auf Menschen.

Wir sind die Früchte unserer Erziehung und wie jene, die mir die Welt und ihre Ordnung erklärt hatten, war ich davon ausgegangen, dass die Berichte über die Wildheit der Neger stimmten. Warum hätte ich die Worte meiner geschätzten Lehrer anzweifeln sollen, denen wiederum ihre Lehrer versichert hatten, die Neger wären ungebildet und grausam?

Die katholische Kirche, deren Diener ich um ein Haar geworden wäre, lehrt uns, die Neger seien von Natur aus Sklaven. Wenn aber die Neger Sklaven sind, so weiß ich ganz genau, dass dies nicht auf göttlicher Fügung beruht, sondern dass dieser Glauben nur aufrechterhalten wird, um weiterhin ohne schlechtes Gewissen mit ihnen zu handeln.

Ich fuhr also nach Senegal, um Pflanzen, Blumen, Muscheln und Bäume zu entdecken, die noch kein europäischer Gelehrter zuvor beschrieben hatte, traf aber auf Leiden. Die Bewohner von Senegal sind uns nicht unbekannter als die sie umgebende Natur. Und doch glauben wir, sie ausreichend zu kennen, um sie für unterlegen zu halten. Liegt es daran, dass sie uns bei unserem ersten Aufeinandertreffen vor bald dreihundert Jahren ärmlich erschienen? Oder daran, dass sie, anders als wir, keine Notwendigkeit sahen, generations-überdauernde Paläste aus Stein zu errichten? Halten wir sie für unterlegen, weil sie keine Fregatten für die weite Fahrt über den Atlantik bauten? Möglicherweise erachten wir sie für unebenbürtig aus Gründen, die allesamt falsch sind.

Wir bewerten das Unbekannte stets im Vergleich zu dem uns Bekannten. Wenn sie keine Paläste aus Stein errichteten, dann vielleicht, weil es ihnen wenig zuträglich schien. Haben wir erfahren wollen, ob sie die Größe ihrer einstigen Könige etwa mit anderen Mitteln bekundeten als wir? Die Paläste, Schlösser, Kathedralen, derer wir uns in Europa so rühmen, sind ein an einige wenige Reiche geleisteter Tribut von hundert in Armut lebenden Generationen, deren Bretterbuden niemand für erhaltenswert hielt.

Die historischen Denkmäler der Neger vom Senegal finden sich in ihren Erzählungen, in ihren Sprichwörtern und den Märchen, die ihre geschichtskundigen Sänger, die Griots, von Generation zu Generation weitergeben. Die Worte der Griots können schmuckvoll sein wie die Ornamente an unseren Palästen und sind ebenso Monumente zum bleibenden Andenken an ihre Monarchen.

Dass die Neger keine Schiffe bauten, nicht zu uns kamen, uns nicht versklavten und nicht unser Land okkupierten, scheint mir ebenso kein Beweis für ihre Unterlegenheit, sondern für ihre Weisheit. Wie können wir uns des Baus von Schiffen brüsten, auf denen wir sie wegen unseres unstillbaren Appetits auf Zucker millionenfach nach Amerika transportiert haben? Die Neger halten Habgier für keine Tugend – was wir ohne Weiteres tun und unser Handeln auch noch für natürlich erachten. Ebenso wenig kommt es ihnen in den Sinn, Herrscher und Besitzer über alle Natur sein zu wollen, wie Descartes es uns nachdrücklich nahelegt.

Ich wurde mir unserer unterschiedlichen Weltsicht bewusst, ohne daraufhin irgendwie verächtlich über sie zu denken. Falls sich einer der europäischen Reisenden die Mühe machen wollte, die Afrikaner wirklich kennenzulernen, müsste er einfach wie ich eine ihrer Sprachen lernen. Sobald ich ausreichend viel Wolof verstand, um Gesprächen im Groben zu folgen, hatte ich das Gefühl, mehr und mehr von einer zauberhaften Landschaft zu entdecken, die mir zuvor mit einer schlecht gemalten Theaterkulisse vorgegaukelt worden war.

Das Wolof, wie die Neger vom Senegal es sprechen, ist unserer Sprache durchaus gleichrangig. Sie bewahren darin all die Schätze ihres Menschseins auf: ihren Glauben an Gastfreundschaft und Brüderlichkeit, ihre Dichtung, ihre

Geschichte, ihr Wissen über Pflanzen, ihre Sprichwörter und ihre Weltphilosophie. Dank ihrer Sprache verstand ich, dass die Neger neben den Dingen, die wir kontinuierlich auf unsere Schiffe luden, noch andere Reichtümer besaßen. Reichtümer immaterieller Natur. Doch wenn ich das schreibe, will ich damit nicht sagen, die Neger vom Senegal wären vom Rest der Menschheit in irgendeiner Weise verschieden. Sie sind nicht weniger Mensch als wir. Und auch bei ihnen können das Herz und der Geist nach Ruhm und Reichtum trachten. Auch bei ihnen gibt es Habgierige, die bereit sind, sich auf Kosten anderer zu bereichern, zu rauben und für Gold zu töten. Ich denke an ihre Könige, die wie unsere, bis hin zu Kaiser Napoleon, nicht davor zurückschrecken, mittels der Sklaverei ihre Macht zu sichern und zu erweitern.

Mein erster Sprachlehrer hieß Madièye. Er war um die vierzig und hatte bereits als Dolmetscher für mehrere Generaldirektoren der hiesigen Konzessionsgesellschaft gearbeitet. Madièye war im Umgangsfranzösischen recht bewandert, kannte sich in der Botanik allerdings nicht aus. Nur wenige Eingeweihte, gleichsam Frauen wie Männer, waren mit den botanischen Begriffen und mit den Heilwirkungen der Pflanzen wirklich vertraut. Ich entließ Madièye also alsbald aus meinem Dienst und hielt mich daraufhin an den damals zwölfjährigen Ndiak, der mir, nachdem ich ihn die botanischen Begriffe gelehrt hatte, bei meinen Treffen mit den Pflanzenkundigen, mit denen ich Wolof sprach, eine echte Hilfe war.

Estoupan de la Brüe, seinerzeit Generaldirektor der hiesigen Konzessionsgesellschaft, hatte mir Ndiak vom König der

Waalo vermittelt, mit dem er in regelmäßigem Austausch stand. Ndiak wurde in Senegal zu meinem Türöffner. Dank seiner Begleitung und der einiger Bewaffneter, die uns eben jener König zum Geleit gab, war ich vor jedem Verdruss gefeit. Ndiak erklärte mir, er sei ein Prinz, dürfe aber niemals König von Waalo werden. Da er von der Thronfolge im Königreich Waalo ausgeschlossen war, erlaubte sein Vater, dass Ndiak den Hof in Nder verließ, um – auf de la Brües Bitte – mich zu begleiten. Nur die Neffen mütterlicherseits dürfen in Senegal den König beerben. Ndiak erklärte mir diesen Umstand bei unserem ersten Treffen auf seine besondere Weise:

»Wenn eine Königin ein Kind gebiert, besteht zumindest die Gewissheit, dass die Hälfte seines Bluts königlich ist. Bei einem frisch geborenen Panther zeigen sich im Fell immer die Flecken der Mutter, selten die des Vaters.«

Wie bei jedem seiner Scherze zeigte Ndiak geflissentlich kein Lächeln, sondern ließ sein Gesicht, wenngleich er kurz davor war loszuprusten, vollkommen ungerührt. Allein sein häufiges Blinzeln verriet ihn, wenn er sich irgendwelche Possen zurechtlegte und vielleicht die leicht verzogenen Mundwinkel. Ndiak war ein großer Erfinder spontaner Sprichwörter und alle, die mit ihm verkehrten, konnten nicht anders, als ihn zu lieben.

Ndiak sagte oft, er komme eher nach seiner Mutter. Sie sei die edelste und schönste Frau im Königreich Waalo, wenn nicht auf der ganzen Welt, und da er ihre Schönheit geerbt habe, wäre er natürlich der schönste junge Mann, den ich in meinem ganzen Leben zu Gesicht bekommen hätte. Tatsächlich waren seine Züge von erstaunlicher Ebenheit und Symmetrie, als hätte die Natur die Proportionen seines Gesichts ebenso nach dem Goldenen Schnitt berechnet wie der Bildhauer beim Apollo von Belvedere. Wenn Ndiak so groß dahertönte, reagierte ich lediglich mit lächelndem Nicken, was ihn dazu antrieb, mit ernster Miene zu behaupten, und zwar vor jedem, der es hören wollte: »Weißt du, ja du mit deinen großen Negeraugen, sogar der *toubab* Adanson hier, der mehr Länder gesehen hat als wir alle zusammen bis ins fünfte Glied, sogar Adanson gibt zu, dass ich der Allerschönste bin.«

Ich ertrug seine Blasiertheit geduldig, weil ich verstanden hatte, dass er sich damit seiner Vorbehalte entledigte, bevor er mir von zahlreichen Menschen mit großem botanischem Wissen erzählte. Man hegte Misstrauen gegenüber allen Weißen, besonders mir gegenüber, da ich ungewöhnliche Fragen stellte. Ndiak besaß die Gabe, Menschen ihre Geheimnisse zu entlocken, und hatte ein außergewöhnliches Gedächtnis. Und dank seiner Hilfe lernte ich einige Bräuche kennen, die die Angestellten der Konzessionsgesellschaft einschließlich ihres Generaldirektors bestimmt auch gekannt hätten, wenn sie denn den Handel mit den verschiedenen Königreichen des Senegal und damit ihren Gewinn tatsächlich hätten ausbauen wollen.

XII

Etwa zwei Jahre nach meiner Ankunft in Senegal hörte ich zum ersten Mal von der mysteriösen Wiederkehrerin.

Es war Nacht und ich befand mich in dem Dorf Sor, eine gute Stunde Fußmarsch vom Markt von Saint-Louis entfernt.

Ndiak und ich hatten das Fort bei Sonnenaufgang verlassen, um Pflanzen zu sammeln, und näherten uns nun dem Dorf, das von der Flussseite äußerst schwer zu erreichen war. Von Stachelsträuchern verdeckt, von Büschen versperrt, führte der Weg kaum sichtbar nach Sor und schien mir unwürdig angesichts seiner relativen Nähe zur Insel Saint-Louis, auf der ja zur Zeit meiner Senegalreise rund ums Fort des Generaldirektors von der Konzessionsgesellschaft etwa dreitausend Menschen lebten, Neger, Weiße und Mulatten. Die fehlende Instandhaltung eines Weges, der den Austausch und den Handel zwischen Saint-Louis und dem Dorf Sor, in dem seinerseits dreihundert Seelen wohnten, hätte vergrößern sollen, wirkte wie ein Beweis für die Nachlässigkeit der Neger. Doch noch am selben Abend erkannte ich meinen Irrtum.

Baba Seck, der Vorsteher von Sor, dem gegenüber ich mehrmals das beschwerliche Fortkommen auf dem Weg ins Dorf erwähnte, entgegnete mir jedes Mal lächelnd, dass, so Gott wolle, bald der Tag komme, an dem Sor gar nicht mehr zugänglich sei. Auch wenn mir seine Antwort missfiel, fragte ich nicht weiter nach, da ich für Baba Seck ein freundschaftliches Gefühl empfand, und er sich mehrmals aufgeschlossen und weise gezeigt hatte. Er war um die fünfzig, groß gewachsen, von sehr fülliger Statur, wirkte freundlich und seine natürliche Autorität über die von ihm verwalteten Dorfbewohner wurde von seiner Beredtheit noch erhöht.

Bei einem meiner ersten Besuche im Dorf wurde mir sein Redegeschick zur Rettung, als ich es gewagt hatte, vor versammelter Runde eine heilige Schlange zu töten, eine Viper, die sich, als ich im Schneidersitz auf einer Binsenmatte saß, gefährlich meinem rechten Oberschenkel näherte. Mit einem einzigen Satz stoppte Baba Seck den Stock, den Galaye Seck, sein Erstgeborener, mir auf den Kopf schlagen wollte. Mit einem weiteren ließ er die Schreie der Umsitzenden verstummen, während er behände die tote Schlange aufhob und in einer großen Tasche seines Gewands verstaute. Ich begnügte mich also mit seiner ausweichenden Antwort, bis zu dem Abend, als ich verstand, dass die Geschichte von der mysteriösen Wiederkehrerin, die er uns erzählte, die Antwort auf meine Kritik war.

In fast allen Dörfern, die ich in Senegal besuchte, sah ich quadratische Podeste, knapp einen Meter hoch und von vier kräftigen Akazienästen umrahmt. Die Podeste, auf denen bis zu zehn Menschen sitzen oder liegen können, bestehen aus kreuzweise geflochtenen Zweigen sowie darübergelegten Binsenmatten und dienen als sichere Aufenthaltsorte im Freien. Nicht vor den Mücken, die sie zahlreich umtanzen, sondern als Zuflucht vor der schrecklichen Hitze, die zwischen Juni und Oktober in den wärmsten Nächten in den Hütten herrscht. Dort im Freien, unter dem Nachthimmel, dessen Sternbilder die Neger allesamt nicht schlechter kennen als wir, finden sie, ohne sich von den Stechmücken beeinträchtigen zu lassen, etwas Abkühlung und verplaudern miteinander einen Teil der Nacht, bevor sie schließlich in den Schlaf gleiten. Ein jeder ergreift der Reihe nach das Wort und gibt kurze Märchen oder lustige Geschichten zum Besten, man tritt mit langen Wortgefechten in Wettstreit oder erzählt zuweilen auch ernste Geschichten. Eine, bei denen mir das Lachen im Halse stecken blieb, war die von der mysteriösen Wiederkehrerin, die Baba Seck mit zu den

Sternen erhobenem Blick, auch wenn er sie scheinbar der gesamten Versammlung erzählte, mir zugedachte:

»Die letzte Nachricht, die mir von meiner Nichte Maram Seck zugetragen wurde, besagt, sie sei aus einem ganz unerfindlichen Land wieder hierhin zurückgekehrt. Auch wenn dieser Ort nicht das Totenreich war, ist es von dort bis zur Hölle zweifellos nicht weit. Vor drei Jahren wurde sie auf dem Weg, über den du, Michel, von Saint-Louis nach Sor gekommen bist, entführt. Damals brauchte es keine Machete, um sich durch die Sträucher zu schlagen. Niemand musste unter Ranken hindurchkriechen oder wurde von Dornen gestochen. Nachdem Maram entführt worden ist, wir wissen nicht von wem, ließen wir den Weg sich hinter ihr verschließen. Wir überantworteten ihn dem Gestrüpp, das uns vor den Kindsräubern und Sklavenjägern schützt.

Maram war wie du, Michel, sie liebte das Alleinsein. Schon als kleines Mädchen unterhielt sie sich mit den Pflanzen und Tieren. Sie kannte die Geheimnisse der Gegend und wir wissen nicht, wie sie, die uns schon von Weitem herankommen hörte und sich auf das Zeichenlesen verstand, hatte überrascht werden können. Ich, Baba Seck, der Vorsteher von Sor, der ältere Bruder ihrer Mutter und, seit ihre Eltern verschwunden sind, ihr einziger Verwandter, bin losgerannt, um sie in Saint-Louis zu suchen. Ich fragte die Laptoten, die seit der Morgendämmerung am Fluss fischten, die Wäscherinnen und sogar die Kinder von Saint-Louis, die jeden Tag am Wasser spielten. Ich ging zum Gefängnis im Fort und fragte auch die Wachen. Niemand hatte Maram gesehen.

Ich war bereit, sie zurückzukaufen, hätte mich den Entführern sogar selbst verkauft, doch die waren verschwunden, ohne dass wir wussten, wer sie waren, noch woher sie kamen. Vermutlich haben sie sich nach Süden abgesetzt, im großen Bogen um die nächsten Dörfer, denn trotz der Boten, die wir dorthin entsandten, gab es von Maram keine Spur. Also begannen wir drei Jahre nach ihrem Verschwinden, nachdem wir das Gestrüpp rund um das Dorf in allen Richtungen durchsucht hatten, um sicherzustellen, dass sie nicht von einem verliebten Dämon in der Gestalt eines wilden Tieres entführt worden war, ihre Beerdigung vorzubereiten. Ich, Baba Seck, der sie zu gegebener Zeit an einen lebenden jungen Mann hätte verheiraten sollen, entschied damals, nachdem sie von uns gegangen war, ohne sich verabschieden zu können, sie mit dem Tod zu verheiraten. Also weinten wir und sangen und tanzten zwei Tage lang, wie es bei uns Brauch ist, damit sie nach der erlittenen Gewalt endlich Ruhe finde und uns in Frieden ließe, ganz gleich ob sie bei den Lebenden oder bei den Toten war. Gott ist mein Zeuge, dass seitdem kein Tag vergangen ist, an dem ich nicht meiner Nichte Maram Seck gedacht habe. Deswegen entschieden wir, den Weg nach Saint-Louis hinter ihr zu verschließen und dem Gestrüpp zu überantworten. Das ist unser Tribut von Untätigkeit, den wir zahlen, damit es uns vor den Kindsräubern und Sklavenjägern schützt.«

Baba Seck fiel in Schweigen und wie alle anderen, die Maram Seck gekannt hatten und an sie dachten, beschäftigten mich die soeben gehörten Worte. Wer hat sie bloß entführen können? Maurische Reiter, die von der anderen Flussseite gekommen wären, hätte man gesehen, ebenso wie raubende Krieger, die von Negerkönigen abgesandt ihre eigenen Dörfer überfielen, um Gefangene als Sklaven an die Europäer zu verkaufen. Hatte Baba Seck auf Saint-Louis die richtigen Menschen befragt? Hatte man ihn belogen?

Wir hoben den Blick zu den Sternen, geradeso wie Baba Seck, der für die gesamte Dauer seiner Erzählung den Blick nicht vom Himmel gewandt hatte, als ließen sich in den Sternbildern die Schicksale der Männer und Frauen auf unserer Erde erkennen oder als fänden sich dort die Antworten auf ihre angesichts der Unermesslichkeit des Universums winzigen Fragen.

Also dachte ich, während ich den afrikanischen Himmel betrachtete, dass wir im Universum ein Nichts waren oder zumindest sehr wenig. Um zu glauben, dass ein rächender Gott die kleinste unserer guten oder schlechten Taten verfolgt und beurteilt, müssen wir schon ziemlich verzweifelt über die unergründliche Weite um uns herum sein. Dieser Gedanke, meine liebe Aglaia, kam mir in ähnlicher Form, wie du ihn mir jüngst bei einem Besuch in der Rue de la Victoire diktiert hattest. Unter dem Sternenhimmel von Sor drängte sich mir bei Baba Secks Geschichte von Marams rätselhaftem Verschwinden der Gedanke auf, dass mein ganzes Leben nicht ausreiche, auch nur ein Millionstel der Geheimnisse unserer Erde zu verstehen. Aber statt mich zu betrüben, bereitete mir die Vorstellung, nicht viel mehr als ein Sandkorn in der Wüste oder ein Wassertropfen im Ozean zu sein, große Freude. Mein Geist konnte meinen Aufenthaltsort bestimmen, egal wie winzig ich in diesen Weiten auch war. Das Bewusstsein von meiner Begrenztheit eröffnete mir die Unendlichkeit. Als denkendes Staubkorn verfügte ich über eine Vorstellungskraft, die wie das Universum grenzenlos war.

Nach einigen Momenten des Nachdenkens fuhr Baba Seck in seiner Erzählung fort, die nur Ndiak und mir unbekannt war, der aber auch alle anderen aufmerksam lauschten:

»Drei Jahre lang haben wir an Maram nicht mehr gedacht. Wir haben sie mit einer Trauerfeier geehrt, bei der unser Schmerz so groß war wie unsere Unwissenheit über ihr Schicksal. Doch eines schönen Morgens, vor kaum einem Monat, tauchte plötzlich ein Mann aus dem Gebüsch auf, wie du, der hartnäckig genug war, den Weg bis zu uns zu gehen, ungeachtet der uns schützenden Dornen, Ranken und Gestrüppe. Der Mann, ein Serer namens Senghane Faye, stellte sich uns als ein Bote von Maram vor, die nach Ben geflohen war, einem Dorf am Cap-Verd unweit der Insel Gorée. Sie sei lebendig von jenseits des Meeres zurückgekehrt, aus dem Land, aus dem die Sklaven sonst nie zurückkommen. Maram wollte wissen, ob ihr Begräbnis schon stattgefunden hatte. Wenn dem so sei, würde sie nie nach Sor zurückkehren und bat alle darum, sie auf keinen Fall wiedersehen zu wollen, da sonst unserem Dorf großes Unheil drohe.

So sehr wir auch versuchten, aus Senghane Faye, Marams Boten, etwas herauszubekommen, erzählte er weder etwas von ihr, noch wollte er begründen, warum sie ihn als Boten ausgewählt hatte. So inständig wir ihn auch baten, die aktuelle Lage unserer Tochter etwas genauer zu erklären, hüllte Senghane Faye sich in Schweigen. Einige, wie mein erstgeborener Sohn, und die verstehe ich, zeigten sich erstaunt über sein Gebaren, derart, dass sie die Wahrhaftigkeit seiner Geschichte in Zweifel zogen. Warum berichtete er nicht mehr? War er womöglich ein Scharlatan, der zufällig von Maram Secks Verschwinden erfahren hatte und nun Profit daraus schlagen wollte? Doch welchen Profit würde er aus solch einer Nachricht schlagen können? Den Angehörigen einer Person fälschlicherweise zu erzählen, sie wäre am Leben, wäre doch eine Grausamkeit sondergleichen!

Ich fasste den Vorsatz, ihn mit gutem Begleitschutz vor den *kady* von Ndiébène zu führen, den Vertreter des Königs, damit der in dieser Sache befinde, aber am Morgen nach seiner Ankunft war Senghane Faye, wenn er denn wirklich so hieß, einfach verschwunden, ein wenig wie Maram, ohne jede Spur. Seit seinem Verschwinden wissen wir nicht, was wir von dem Mann und seinen Behauptungen über Maram halten sollen. Sicher ist nur, dass seine Worte in unseren Gedanken und Herzen wieder die Hoffnung aufkeimen ließen, Maram sei tatsächlich am Leben.«

XIII

»… zu uns zurückkommen, nach Senegal, aus der Sklaverei der Weißen in Amerika? Das ist genauso unmöglich wie dass einem Beschnittenen seine Vorhaut wieder wächst!«

Ndiak, der inzwischen fünfzehn war, hatte sich auf unserem Heimweg zur Insel Saint-Louis hinlänglich über die Geschichte von der mysteriösen Wiederkehrerin ausgelassen. Baba Seck habe sich das alles nur ausgedacht. Die Leute im Dorf würden sich bestens über mich amüsieren, über den *toubab* Michel Adanson, der dem Alten seine Hirngespinste abgekauft hatte. Ich würde noch zur Legende werden.

»Ja! Baba Seck ist ein alter Fuchs! Er könnte dir schwören, dass neben dem Dorf ein Stück vom Mond herabgefallen ist, und du würdest ihm glauben. Doch es stimmt schon, er kann gut erzählen.«

Ich ahnte schon, dass Ndiak genauso neugierig sein würde wie ich, mehr über das Schicksal der Wiederkehrerin zu erfahren, als ich ihm mein Ansinnen erklärte, am Cap-Verd nach ihr zu suchen. Ich wusste, wie hart die Sklaverei der Neger auf den Antillen und in Amerika war, und fragte mich, wie die Geschichte, die von Maram erzählt wurde, sich nur ereignet haben konnte. Zwar kam es vor, dass Siedler von den Antillen mit einigen ihrer Negersklaven eine Zeitlang ins Mutterland Frankreich zurückkehrten, damit sie den Beruf des Böttchers, Zimmermanns oder Hufschmieds erlernten, doch kehrten diese dann nie nach Afrika zurück, geschweige denn in ihr Heimatdorf.

Ich wusste, dass Ndiak und ich, trotz der neun Jahre Altersunterschied, den gleichen jugendlichen Drang nach Abenteuer verspürten. Zum einen kehrte Ndiak seine Ungläubigkeit über den Fall sehr stark hervor und drängte mich zu meinem Vorhaben, trotz aller damit verbundenen Widrigkeiten, herauszufinden, ob sich die Wiederkehrerin tatsächlich im Dorf Ben befand. Zum anderen hielt Ndiak, der wie alle jungen Leute seines Alters immer gern Recht hatte, sich eine Hintertür offen, falls wir vor Ort feststellen sollten, dass die Geschichte der Wiederkehrerin nur erfunden war. Doch unserem mehr oder minder offen bekannten Verlangen, zu erfahren, ob es die Wiederkehrerin gab, standen große Schwierigkeiten entgegen. Zunächst einmal war ich gerade von einer Reise zum Cap-Verd zurückgekehrt und es würde mir gewiss nicht gewährt, diese Region des Senegal vor meiner Rückreise nach Frankreich noch einmal zu besuchen. Der Generaldirektor der Konzessionsgesellschaft, Estoupan de la Brüe, der für meine botanischen Studien wenig übrig hatte, erlaubte es nie und nimmer, Mittel und Menschen bereitzustellen, um mich auf einer Reise ohne ein für ihn verdienstliches Ziel zu begleiten.

Er und sein Bruder, Monsieur de Saint-Jean, der Gouverneur von Gorée, der Sklaveninsel, mochten mich nicht. Ich hatte sie verstehen lassen, dass für mich außer Frage stand, für die Konzession als Handlungsgehilfe zu arbeiten. Als einer ihrer einträglichsten Handlungsgehilfen auf einer Mission ins Innere von Senegal an einem bösen Fieber verstarb, hätten sie darauf gehofft, dass ich mich im Gegenzug für die durch meine Forschungsarbeiten entstandenen Kosten dazu entschlösse, für ihn einzuspringen. Aber ich hatte keinerlei Absicht, sämtliche Handelsposten entlang des Flusses abzuklappern, um mit Elfenbein, Gummiarabikum oder Sklaven im Austausch gegen Schießpulver und Gewehre zu handeln. Ich war Botaniker, Anwärter auf einen Platz in der Akademie, kein Handlungsgehilfe.

Wie sollte ich denen erklären, dass ich auf die Suche nach einer Negerin gehen wollte, von der es hieß, sie sei laut der Erzählung des Vorstehers eines Negerdorfs nach drei Jahren Sklaverei aus Amerika zurückgekehrt? Die beiden Brüder, die ihrerseits an meiner Rückkehr nach Frankreich durchaus interessiert waren, würden mir ins Gesicht lachen. Sie würden schleunigst meinen Gönnern vermelden, ich schadete der Senegalkonzession, da ich mich schuldig gemacht hätte, das wichtigste Geschäftsfeld zugrunde richten zu wollen, nämlich den Sklavenhandel. Wenn die Geschichte von der Wiederkehrerin wahr wäre und ich sie bekannt machte, würden Monsieur de la Brüe und Monsieur de Saint-Jean vorgeben, ich behinderte die Geschäfte der Königlichen Gesellschaft, die im Durchschnitt damals doch drei bis vier Millionen Pfund mit der Sklaverei verdiente.

Ndiak, der von meinen Zwistigkeiten mit den beiden Herren der Kommission wusste und mich in einer Sackgasse wähnte, machte kein Geheimnis aus seiner großen Lust, der Wahrheit über die Wiederkehrerin auf den Grund zu gehen, und schüttelte mir wie nebenbei einen Plan aus dem Ärmel. Ich erinnere mich noch heute genau an seine Worte. Er musste sich zurückhalten, über seine eigene Flegelei nicht zu lachen.

»Lieber Adanson, normalerweise geben Kinder Erwachsenen keine Ratschläge, aber in dem Fall kann ich es mir nicht verkneifen, dir einen zu geben. Wenn du eine unbändige Lust verspüren solltest, die Geschichte der Wiederkehrerin vor Ort zu überprüfen, erzähl doch Monsieur de la Brüe, dass du von einer neuen Indigopflanze größter Qualität am Cap-Verd gehört hast. Sag ihm, es wäre für die Konzession sehr lohnend, wenn du persönlich dort hingingest, um die Pflanze zu untersuchen und ein paar Proben zu sammeln. Oder warum erklärst du nicht, du müsstest vor Ort ein Färbeverfahren begutachten, das nur die Neger in dieser Region von Senegal nutzten? Adanson, das ist eine sehr einfache List und ich wundere mich, dass du mit all deinem Wissen nicht selbst darauf gekommen bist!«

An Ndiaks Versuche, mich aufzubringen, war ich bereits gewöhnt. Er hat sein Ziel auch schon einmal erreicht und mir mit fröhlicher Miene umgehend gestanden, es sei für ihn ein sehr großes Vergnügen, meinen stechenden Blick und vor allem meine puterroten Wangen und Ohren zu sehen. Daraufhin gab er mir für eine Zeitlang den Spitznamen *Khonk Nop*, Rotes Ohr. Ich hatte mich also befleißigt, auf seine Spötteleien nur mit Lächeln zu reagieren, um ihm nicht noch einmal die diebische Freude zu machen, mich zu verfärben. Und doch, obwohl seine Unverschämtheiten mich gegen ihn aufbrachten, konnte ich Ndiaks listiges Vorgehen zu seiner großen Befriedigung gutheißen.

Während des Gesprächs, das ich ein paar Tage später mit Estoupan de la Brüe in seinem Büro im Fort von Saint-Louis führte, nannte ich neben den von Ndiak mir eingeflüsterten Argumenten eines, das ebenso für eine weitere Reise zum Cap-Verd sprach und bei dem ich mich schon im Voraus freute, es meinem jungen Begleiter zu nennen, um diesmal ihn gegen mich aufzubringen. Und das besagte, dass wir von Saint-Louis nach Ben am Cap-Verd diesmal nicht mit dem Boot, sondern zu Fuß reisen würden.

Monsieur de la Brüe schlug mir zudem vor, es sei sehr nützlich für die Kommission, neue Kenntnisse über das Dorf Meckhé zu sammeln, wo der König von Kajoor und sein Gefolge manchmal ihr Lager aufschlugen, wenn er für den Sklavenhandel persönlich hier in die Nähe der atlantischen Küste kam. Das große, befestigte Dorf befinde sich ungefähr auf halber Strecke zwischen Saint-Louis und der

Cap-Verd-Halbinsel und es sei gut, wenn ich dort einmal rastete. Ich stimmte dem zu und Monsieur de la Brüe erklärte mir nach unserem Gespräch, er stelle mir für die Reise bis nach Cap-Verd umgehend eine Eskorte aus sechs Bewaffneten und zwei Trägern zur Verfügung.

»Wenn Sie dort dann irgendetwas benötigen sollten, besuchen Sie meinen Bruder, Monsieur de Saint-Jean, auf seiner Insel Gorée!«

Monsieur de la Brüe war ein pragmatischer Mensch und würde es in der Indienkompagnie, von der die Senegalkonzession abhing, zu etwas bringen können, sofern er seine Hauptaktionäre davon überzeugte, ihnen durch ein Aufblühen des Sklavenhandels beträchtliche Gewinne bescheren zu können. Als ich ihn Ende August 1752 kennenlernte, sah er voraus, dass ich bald nach Frankreich zurückkehren würde, und es schien ihm zweifellos notwendig, unserer bislang miserablen Beziehung einen schönen Anschein zu verleihen.

Er selbst kam von einem fast zweijährigen Aufenthalt in Frankreich zurück, zu dem er aufgebrochen war, um Familienangelegenheiten zu klären. Sein Großonkel Liliot-Antoine David, der Generalgouverneur der Indienkompagnie, bei dem mein Vater vorgesprochen hatte, um sich für mein Vorhaben einer Senegalreise einzusetzen, hatte seinen Großneffen offensichtlich wissen lassen, er könnte ihn als seinen Nachfolger vorschlagen. Und tatsächlich war Monsieur de la Brüe nach seiner Rückkehr aus Paris nicht mehr derselbe.

Wenn er zuvor seine Vorliebe für Ausschweifungen weder vor mir noch vor den Handlungsgehilfen der Senegalkonzession verheimlicht hatte, tat er dies nun so gut es ging. Die

Truppe »unglücklicher Kurtisanen«, die ihn fortwährend begleitet hatte, etwa wenn er auf dem Seeweg vom Weißen Kap bis zur Insel Bissau sämtliche Handelsposten der Konzession besuchte, war verschwunden. Er verkündete nicht mehr lauthals wie zuvor, dass er alle zwölf Stunden mindestens einmal »auf Expedition gehen« und die »Tiefen Afrikas ordentlich durchforschen« würde. Seine Ausschweifungen waren fortan nur noch an seinem von der Syphilis verpockten Gesicht abzulesen.

Aus ähnlichem Kalkül legte Estoupan de la Brüe mir für meine Reise – über Land – von der Insel Saint-Louis bis nach Ben am Cap-Verd keine Hindernisse in den Weg. Bislang hatte er sich erlaubt, mir all meine Bitten um freies Geleit, um Männer und Mittel, die vonnöten wären, kleine Behelfsbauten zum Erforschen und Verwahren naturkundlicher Materialien zu errichten, in rüdester Weise auszuschlagen. Er musste von nun an bedenken, dass seine Nominierung auf den begehrten Posten des Generalgouverneurs der Indienkompagnie sehr begünstigt würde, wenn er fundierte Kenntnisse über die Könige von Senegal, über ihre Politik, ihre Stärken und Schwächen vorweisen könnte. Und er glaubte, in mir einen nützlichen Informanten gefunden zu haben.

Beglückt über seine neue Gunst mir gegenüber und darüber, dass mein Plan aufgegangen war, erklärte ich mich also einverstanden, Kundschafter für Monsieur de la Brüe zu werden. Die Hoffnungen auf Beförderung des Generaldirektors der Senegalkonzession wurden fünf Jahre nach meiner Rückkehr nach Frankreich zunichte gemacht, als das Fort von Saint-Louis ebenso wie Gorée einige Monate später von den Engländern erobert wurden.

Ndiak, mit dem ich gleich nach meinem Gespräch mit Monsieur de la Brüe zusammentraf, missdeutete die Freude, die mir im Gesicht stand. Sie rührte nicht so sehr von dem, wie ich dachte, über den Geiz des Konzessionsdirektors erzielten Erfolg als von meiner Vorfreude auf die zerknirschte Miene meines jungen Freundes über die Nachricht, dass wir nach Ben nicht mit dem Schiff, sondern zu Fuß reisen würden. Und tatsächlich sprach sein Gesicht Bände. Ndiaks Lächeln, das ich die ganze Zeit darüber hatte strahlen lassen, dass er die Idee gehabt hatte, de la Brüe über die wahren Gründe für unsere Reise anzulügen und vorzuschieben, auf der Suche nach einem fabelhaften Indigostrauch zu sein, versteinerte sich bei der Nachricht, wir würden die gesamte Küste, wahrscheinlich über Wochen hinweg, entlanglaufen. Was mich erfreute, war die Tatsache, dass er ausnahmsweise kein Wort des Protestes verlauten ließ. Damals wusste ich noch nicht, dass Ndiak um sein Leben fürchtete, doch es mir, aus Stolz, nicht eingestand.

XIV

Früh am Morgen des 2. September 1752 verließen wir also zu Fuß Saint-Louis, und im Gegensatz zu Ndiak war ich darüber hocherfreut. Die Bemerkung in meinem Reisebericht ist nicht gelogen, wegen der Seekrankheit, gegen die ich trotz all der Rezepte, von denen ich glaubte, dass sie helfen würden, nie etwas habe ausrichten können, verabscheue ich es, das Schiff zu nehmen. Wir waren zehn: Ndiak, ich, zwei

Träger meiner Kisten mit Instrumenten, Büchern und Kleidern sowie sechs Krieger vom Königreich der Waalo, die Gewehre aus dem Tauschhandel mit den Weißen trugen. Es war mir recht egal, dass wir langsamer als auf dem Meer vorankamen.

Wir folgten der Straße, die im senegalesischen Hinterland Saint-Louis mit der Cap-Verd-Halbinsel verbindet. Es wäre schneller gewesen, entlang der Küste zu laufen, also den hellen Sandstrand der sehr langen Grande Côte entlang, die sich von Saint-Louis in südwestlicher Richtung bis zu der Ortschaft Yoff erstreckt. Und um meine Mission zu erfüllen, die Siedlungen des Königs von Kajoor auszuspionieren, hatte ich geplant, die aus dem Osten kommenden Straßen als Abkürzungen zu nutzen. Estoupan de la Brüe hatte uns ein freies Geleit gewährt, das uns eine relative Sicherheit auf dieser Straße versprach, an deren Rand wir regelmäßig aus Süßwasserbrunnen trinken konnten. Und nicht zuletzt war ein wesentlicher Faktor zumindest für mich, dass die Pflanzen- und Tierarten dort weitaus vielfältiger und weniger bekannt als entlang der Atlantikküste waren.

Unser Aufbruch aus Saint-Louis gestaltete sich schleppend. Wir hetzten uns nicht, als wollten wir den Moment unseres etwaigen Aufeinandertreffens mit der Wiederkehrerin möglichst lange hinauszögern. Solange wir sie noch nicht sahen, bestand die Chance, dass es sie wirklich gab. Außerdem scheuten wir uns nicht, Ndiak und ich, bisweilen von der Route abzuweichen, um in einiger Entfernung einer Herde gleichgültiger Elefanten, oder – ebenso mit Abstand – einem Rudel sattgegessener Löwen zu folgen.

Ndiak erwies sich nicht minder geduldig als ich. Ich hatte ihm die Methoden der Naturkunde in einem Alter beigebracht, in dem ich selbst, mit dem Segen des Vaters, meine Begeisterung dafür entdeckt hatte. Mein junger Freund lenkte meine Aufmerksamkeit beständig auf Dinge, die ihm interessant genug schienen, dass ich sie untersuchte oder sie zeichnete, und die mir nicht entgehen sollten. Er bemerkte auch inmitten eines kleinen aber tiefen Überschwemmungsgebiets, an dem wir entlangliefen, ein wundersam prächtiges Gewächs namens *Cadelari*. Seine Blätter glänzten spiegelnd im Sonnenschein wie silbrige Seide, man hätte meinen können, dort läge ein pflanzliches Federbett voller Wasser und Licht. Ndiak zeigte es mir mit einem Zwinkern beider Augen und versuchte dabei, nicht zu lachen. Er sah bereits voraus, dass ich gewaltige Probleme haben würde, eine Probe der mir unzugänglichen Pflanze einzusammeln. Ich kann nicht schwimmen und wollte nicht gänzlich nass werden. Wir hatten am Ufer Halt gemacht, das Gewächs befand sich etwa zwanzig Klafter von uns entfernt. Ich schätzte das Wasser als nicht sehr tief ein und glaubte, auf den Schultern eines unserer Träger sitzend, einem Bambara, der etwas über sechs Fuß maß, möglicherweise dort hingelangen und etwas von der geheimnisvollen *Cadelari* pflücken zu können. Ich zog mir Gehrock und Schuhe aus und kletterte auf die Schultern meines Trägers, dem das Wasser, schon auf halber Strecke, bis zum Hals ging. Er war tapfer und hörte auch nicht auf zu laufen, als sein Kopf unter Wasser war. Auch ich hing schon halb im Wasser, bis ich schließlich ein Stück von der *Cadelari* in die Finger bekam. Während ich sorgsam etwas abpflückte, vergaß ich, dass meinem Bambara, der sich Kélitigui nannte, langsam die Luft knapp werden musste, und dass meine Begeisterung über die *Cadelari* vielleicht ihm und mir noch den Tod brächte. Aber Kélitigui war eine Naturgewalt und wusste aufgrund meiner Bewegungen auf seinen Schultern, dass ich im Besitz meiner Beute war, woraufhin er kehrtmachte und langsam zum Ufer zurückging, ohne jede Hektik, als hätte er sich plötzlich in ein kiemenbesetztes Amphibienwesen verwandelt. Wieder auf dem Trockenen angekommen, setzte er mich wie ein leichtes Päckchen ab. Er wirkte nicht sehr mitgenommen, zumindest gab er sich den Anschein. Zur Belohnung schenkte ich ihm einen ledernen Geldbeutel, den er sich sogleich um den Nacken hängte. Aus Ndiaks Blick war das Lachen gewichen, er zwinkerte auch nicht mehr, wirkte bestürzt. Ich war ebenso stolz auf den Effekt des Ganzen auf meinen jungen Freund wie darauf, meine Pflanze zu haben.

Obwohl wir, auch nach zwei Tagen Fußmarsch, noch nicht weit von Saint-Louis entfernt waren, machten wir uns daran, Wasservögel zu jagen. Ich erlegte einige Schnepfen, mitunter Knäk- und Krickenten, allesamt Vögel, die wie unsere europäischen Schwalben in diesem Teil Afrikas nisten, um dem Winter zu entgehen. Am Abend brieten wir sie über dem Feuer, teilten auch mit unserer Truppe einige wilde Früchte, die wir unterwegs gesammelt hatten. Vor allem die Ditakh schmeckten mir gut, kleine runde Früchte, deren nussbranntweinbraune Schale ein wenig härter ist als die Schale eines gekochten Eis, unter der mehliges, leuchtend grünes Fruchtfleisch verborgen liegt, das ein Flechtwerk weißer Fasern an einem großen Kern festhält. Saugt man an diesem Kern, dringt aus diesem Fleisch ein Saft, der zugleich süß und leicht säuerlich schmeckt. Die in Europa unbekannte Frucht nährt nicht nur, sondern löscht auch den Durst, weshalb ich auf unserer gesamten Reise eine große Menge davon verzehrte. Manchmal habe ich, wenn ich an meine geheime Reise durch Senegal zurückdenke, heute noch den Geschmack der Ditakh im Mund.

Erst nach Ndiébène, dem ersten Küstendorf an der Grande Côte, das damals dem König von Kajoor gehörte, erhöhten Ndiak und ich unser Reisetempo, legten größere Etappen zurück.

Wenn wir am Abend Halt in einem Dorf machten, schlugen unsere Träger ein von unseren sechs Kriegern, allesamt Waalo-Waalos wie Ndiak, gewissenhaft bewachtes Lager auf. Denn unsere Route war nicht nur schön und ausgezeichnet für meine naturkundliche Forschung, sie war auch gefährlich. Das verstanden wir sehr schnell angesichts des Schreckens der Bauern, die sich, wenn wir uns ihnen näherten, in den Busch flüchteten. Wenn sie unsere Gewehre sahen, hielten sie uns für Sklavenjäger auf *moyäl*, einem Raubzug, wie die Söldner des Königs von Kajoor oder die seines östlichen Nachbarn im Königreich Jolof.

Nur selten baten uns die Bauern ihre Gastfreundschaft an. Der ständige Kriegszustand, der damals in diesem Königreich herrschte, führte zur Hungersnot, obwohl die nahrhaften Getreide wie Hirse, Sorgho hier gut gedeihen. Aber die Könige dieser Länder, und aller Länder auf der Welt, vergessen trotz ihrer Verrücktheit nicht, sich um die Ernährung der Menschen zu kümmern, wenn auch nur, um weiterhin lebende Untertanen zu haben. Wie Ndiak mir einmal schulmeisterlich, mit beiden Augen zwinkernd und mit erhobenem rechtem Zeigefinger dazu sagte:

»Die Toten bringen nichts ein, zahlen für nichts, auch keine Steuern. Für Könige sind sie also gänzlich uninteressant.«

Einige Dörfer wurden von Raubzügen allerdings verschont. Sie konnten sich besser schützen als andere, waren wohlhabender und sicherten ihr Überleben, und das der kleineren Siedlungen in ihrem Bezirk, indem sie einen Felderverbund bildeten. Bei ihnen herrschte kein Hunger, und in einem der kleinen Dörfer, das von Raubzügen weitestgehend verschont blieb, erlebte ich ein Abenteuer, das Ndiak zum ersten Mal auf der Reise so richtig erheiterte.

Wir hatten am frühen Morgen unser Lager aufgehoben, das wir am Vorabend unweit eines Örtchens namens Tiari aufgeschlagen hatten, und wollten noch vor der Mittagszeit das Dorf Lompoul erreichen, das südlich eines breiten Wüstenstreifens lag, der von der Sahara abgesondert schien. Die gleichen Dünen aus weißem oder rötlichem Sand, und je nachdem wie der Wind blies und die Sonne stand, die gleiche Angst, sich darin zu verirren und zu verdursten, obwohl es vom Atlantik bis zu seinen östlichsten Ausläufern höchstens zwei oder drei Meilen waren.

Die Zeit drängte. Seit dem Morgengrauen stiegen die Temperaturen in einem ungewöhnlichen, auch von den Negern selbst gefürchteten Ausmaß. Wir mussten um jeden Preis das Dorf Lompoul erreichen, bevor die Stunde anbrach, in der, wie Ndiak es beschrieb, »die Sonne den Schatten verschlingt«, also über allem Dasein steht und es gnadenlos verbrennt.

»Ursprünglich waren wir weiß«, sagte Ndiak. »Durch die Sonne über der Welt wurden wir schwarz. An einem Tag extremer Hitze rettete sich der von der Sonne gejagte Schatten auf unsere Haut, seine einzige Zuflucht.«

Nach zwei Stunden im prasselnden Regen aus brennendem Licht begann der Sand der Dünen, durch den wir mühselig stapften, zu kochen. Ich stieß meine Füße tief in das Feuermeer, das meine Schuhe mit zusätzlichem Gewicht beschwerte, so wie ein Selbstmörder Gewichte an seinen Knöcheln anbringt, um nicht wieder an die Oberfläche des Lebens aufzusteigen. Gemessen an Ndiaks Gesicht, dessen Schwarz einen rötlichen Schimmer bekam, musste meines puterrot sein. Doch diesmal litt Ndiak trotz seiner dunklen Haut, die ihn eigentlich gegen Sonnenbrand schützen sollte, derart, dass ihm nicht in den Sinn kam, sich über mich lustig zu machen. Ich spürte, wie meine Wangen unter meinem Hut glühten. Schweiß, der mir den Hals hinunterrann, trocknete, noch bevor er den unteren Saum meines Hemdes erreichte. Obwohl er aus leichter Baumwolle war, hatte ich den Gehrock ausgezogen, ertrug nicht mehr sein Gewicht auf meinen Schultern. Doch zog ich ihn bald wieder an, da mir die zusätzliche Stoffschicht ein besserer Schutz gegen die Flammen schien, die direkt von oben auf uns herabfuhren. Wir verdursteten fast, obwohl wir ständig tranken. Das lauwarme Wasser aus den Lederschläuchen reichte nicht, um unseren Durst zu stillen. Ich glaubte, in den Ditakh gute Durstlöscher zu finden, indem ich das mehlige Fleisch mit meiner Spucke vermischt in mich einsog. Aber jedes Mal beim Öffnen des Mundes schluckte ich auch etwas trockene, heiße Luft, die meine Zunge austrocknen ließ und mir im Rachen brannte.

Als wir Lompoul erreichten, hatten wir noch kleine Schatten, die uns treu an den Füßen hingen. Die Sonne hatte noch nicht all ihre Bestände an Hitze auf unsere Köpfe herabgegossen. Schnellen Schrittes gingen wir zu dem Brunnen. Der Vorsteher des Dorfs, den wir kaum gegrüßt hatten, gehieß seinen Leuten, uns beim Schöpfen kühlen Wassers behilflich zu sein. Da man hektische Ankünfte aus der benachbarten Wüste gewohnt war, führte der alte Mann uns in den Schatten eines Schutzdachs aus Stroh, groß genug für uns alle sowie für die Neugierigen des Dorfes. Die gefühlte Kühle des Ortes ließ uns, die wir überströmt vom Schweiß, der uns aus der Haut rann, seit wir eine große Menge Wasser getrunken hatten, fast vor Kälte schlottern. Da ich versäumt hatte, unter dem Schutzdach zum Gruß des Vorstehers von Lompoul meinen Hut zu ziehen, tat ich es nun vor der versammelten Menge. Meine vom Schweiß tropfnassen Haare und die von meiner Kopfbedeckung mit einer schwarzen Linie gezeichnete Stirn blieben nicht unbemerkt. Ndiak, der mir all die Leiden, die unsere Reise durch die brennende Glut mit sich brachte, ziemlich übelnahm, brach, als er mich mit unbedecktem Kopf sah, plötzlich in Lachen aus:

»Adanson, du trägst deinen Schatten als einen Strich auf der Stirn. Wären wir länger durch die Wüste gelaufen, wärst du jetzt schwarz wie wir.«

Die Umstehenden lachten im Chor und ich lächelte dazu, um nicht vollends lächerlich zu sein. Ndiak wusste nicht, wie Recht er damit hatte, dass ich meinen Schatten trug. Auch wenn der Strich, der wohl vom Farbstoff meines Huts herrührte, nur oberflächlich war, schien es, als wäre mein Schatten mir als Melancholie ins Blut gegangen, die mich nach der unglücklichen Reise nie mehr ganz loslassen würde. Doch davon ahnte ich damals noch nichts und löste – zum Dank für den freundlichen Empfang durch unsere Gastgeber, von denen wir auch Hirse-Couscous und Kamelmilch angeboten bekamen – mit theatralischer Geste vor ihren neugierigen Blicken mein damals sehr langes Haar.

Wie ich so umgeben von meinem Publikum im Schneidersitz auf einer Strohmatte saß, wähnte ich mich als Vertreter einer von den Negern dieser Region selten gesehenen Rasse, öffnete langsam den Lederbeutel in meinem Nacken, der mein Haar zusammenhielt, und schüttelte den Kopf, bis es mir frei über die Schultern hing. Mit gesenktem Kopf beobachtete ich durch die Strähnen die vor mir sitzenden Kinder, für die ich wohl ein furchterregendes Tier war. Nur die Allerjüngsten schienen versucht, sich mir zu nähern. Ein besonders tapferes Kleinstkind, wohl kaum älter als eins, wand sich plötzlich aus den Armen seiner großen Schwester, die vor Angst sogleich losschrie, es aber nicht wagte, das Kleine zurückzuholen. Splitternackt bis auf ein Lederamulett um den Hals griff der unsicher tapsende Junge, nach zehn wankenden Schritten, um nicht zu fallen, nach meinen Haaren.

Wenn ein Volk kleinen Kindern einen besonderen Herzensplatz einräumt, dann sind es die Senegalneger. Und so konnte auch ich die Herzen der Dörfler gewinnen, als ich, nachdem ich die Fäustchen des Kleinen von den umklammerten Strähnen sanft gelöst hatte, meinen zu ihm vorgebeugten Oberkörper aufrichtete und mein Haar nach hinten warf. Mit dem gleichen Schwung setzte ich das Kind ganz dicht vor mich hin und schloss plötzlich seine rechte

Hand in meine, um die Umgangsformen vorzuführen, mit denen zwei erwachsene Neger einander begrüßten. Meine Parodie dieser Grußformen brachte die Umstehenden zum Lachen:

»Na, wie ist dein Zuname? Plagt dich kein Verdruss? Lebst du in Frieden? Gott sei Dank geht es mir gut. Wie geht es dem Vater? Wie geht es der Mutter? Und wie deinen Kindern? Und deiner großen Schwester, die eben in Angst aufschrie, als du dich entwunden hast, um meine Haare zu berühren, geht es der wieder gut?«

Ich habe kein Talent für Komik, doch spielte ich gern dieses Spiel, umso mehr als das Kind vor mir, wenn es auch noch nicht sprechen konnte, ein paar Silben brabbelte, und zwar in einem Ton ganz ähnlich dem meinen, so als beantworte es all meine Fragen nach Treu und Glauben.

Mein kleines Gegenüber und ich haben die Zuhörer um uns herum schallend zum Lachen gebracht. Und die freundlichen, herzlichen Blicke, die mir während meines kurzen Aufenthalts im Dorf Lompoul geschenkt wurden, bewiesen ein weiteres Mal, dass die Menschen, die Senegalneger, weder wild noch blutrünstig, sondern gutmütiger Natur sind.

Dieweil ich dir diese Zeilen schreibe, Aglaia, schnürt sich mir das Herz zusammen bei dem Gedanken, dass der kleine Makhou, dessen Vorname mir gerade wieder einfällt, wahrscheinlich in einer Zeit der Fehde aufwachsen musste, die nach meiner Senegalreise über die Gegend von Lompoul hereingebrochen ist. Was wurde ihm wohl über mich, den ersten *toubab*, den er in seinem Leben sah, erzählt? Hatten seine Eltern oder seine große Schwester Gelegenheit, ihm von unserer krausen Unterredung zu berichten? Lebt er noch heute inmitten der Seinen in Lompoul oder ist er ein Sklave für Amerika geworden? Hat er Enkel, denen er heute mit vergnügtem Lächeln die Geschichte unserer Begegnung erzählt, oder beschwört er, in Ketten gelegt und mit tiefem Hass auf die Weißen, ich sei die Vorahnung seines Ruins gewesen?

Mit dem zeitlichen Abstand, meine liebe Aglaia, vermischen sich die Freuden und Leiden unseres Daseins zu einem bittersüßen Geschmack, wie ihn die verbotene Frucht im Garten Eden wohl einst hatte.

XV

Am Dorfausgang von Lompoul gingen wir nicht weiter nach Süden, was der schnellste Weg zum Cap-Verd gewesen wäre, sondern folgten einem Pfad in östlicher Richtung. Als ich Ndiak erklärte, dass wir unterwegs nach Meckhé waren, dem nach Mboul zweitwichtigsten Ort des Königreichs Kayor, versteinerte sich sein Gesicht, doch entgegnete er nichts. Ich bohrte weiter und er bekannte schließlich, dass ich ihn und unsere gesamte Gruppe mit dem Abstecher nach Meckhé großen Gefahren aussetzte. Hatte ich denn vergessen, dass er einer der Söhne des Königs von Waalo war? Wusste ich denn nicht, dass sein Vater, Ndiak Aram Bocar, siegreich eine Schlacht gegen den König von Kayor geschlagen hatte, bei der viele Krieger den Tod gefunden hatten? Tatsächlich wusste ich, dass der König von Kayor 1749 kurz vor meiner Ankunft in Senegal eine Schlacht verloren hatte, die in Ndob, einem Küstendorf in der Gemeinde Ndiébène unweit des Forts der Insel Saint-Louis ausgefochten worden war. Doch trotz Ndiaks berechtigter Sorge musste ich mein Versprechen erfüllen, das ich dem Generaldirektor der Senegalkonzession gegeben hatte, nämlich Informationen über Meckhé, seine genaue Lage, die Anzahl der Einwohner, die Größe seines Hofes und der königlichen Armee einzuholen. Das war der Preis für die Erlaubnis, zum Cap-Verd aus einem Grund zurückzukehren, den ich Monsieur de la Brüe unmöglich hätte offenbaren können: die Wiederkehrerin zu finden und ihre Geschichte in Erfahrung zu bringen. Ndiak befand sich also in der unangenehmen Lage des getäuschten Täuschers. Ich machte mir Vorhaltungen, dass ich ihm meine Vereinbarung mit dem Konzessionsdirektor verheimlichte, doch hatte ich zu seinem eigenen Schutz keine andere Wahl, als ihn in der Unwissenheit zu lassen.

Es war unser Glück, dass der bisherige König von Kayor nach der verlorenen Schlacht von Ndob abgesetzt worden war. An seiner statt war in Mboul von einem Kollegium aus sieben Weisen Mam Bathio Samb zum König gewählt worden. Doch in Wahrheit hatte Mam Bathio Samb seine Wahl nicht der Entscheidung der sieben Weisen zu verdanken. Er war hinter den Kulissen vom König von Waalo, von Ndiaks Vater, als *damel* des Königreichs Kayor durchgesetzt worden. Wovon Ndiak ebenso wenig wusste wie ich. Wir sollten davon erst zusammen in Meckhé erfahren, woraufhin sich unsere Sorge um unser mögliches Schicksal mit einem Mal minderte.

Als wir nach zwei Tagen strammem Fußmarsch Meckhé schließlich erreichten, war der Trubel dort groß. Wir glaubten zu verstehen, dass die Garde des Königs uns auf der Straße von Meckhé passieren ließe, sogar mich, den Weißen, der ihren Verdacht hätte erregen müssen, dass sie annahmen, wir würden zu König Mam Bathio Sambs Hochzeit anreisen.

Da wir geistesgegenwärtig vorgaben, auf unserem Weg zum Cap-Verd einen Umweg gemacht zu haben, um an der Hochzeit teilnehmen zu können, nahm uns am nördlichen Dorfeingang der Chef des Viertels unter seine Fittiche und wies uns eine Unterkunft zu. Es handelte sich um ein Grundstück mit fünf Hütten, umgeben von einer mannshohen Palisade, wohin der Chef uns Krüge mit frischem Wasser und etwas zu essen bringen ließ. Ich wunderte mich nicht über die Gastfreundschaft, landläufig *téranga* genannt, die gemeinhin bei allen Senegalnegern anzutreffen ist. Doch wiesen all die Aufmerksamkeiten womöglich darauf hin, dass der Chef des Viertels uns erwartet hatte. Die Kundschafter des Königs müssen ihn schon seit längerem darüber unterrichtet haben, dass wir, mein Geleit und ich, der *toubab*, die Absicht hatten, den Weg nach Meckhé einzuschlagen. Ganz sicher konnte ich sein, als, nachdem wir uns erfrischt hatten, ein Mann von stattlicher Erscheinung gefolgt von zwei Kriegern mit langen Freibeutergewehren in den Hof unseres Grundstücks trat.

Im Gegensatz zum Chef des Viertels entblößte der Mann, der eine rote Kopfbedeckung in Form einer phrygischen Mütze trug, sich in meiner Gegenwart nicht und zeigte damit, dass er mir nicht untergeben war. Auch ich rührte nicht an meinem Hut, der bei der Durchquerung der kleinen Wüste von Lompoul stark gelitten hatte, und lud den Mann so zivil wie möglich ein, sich auf eine große Strohmatte zu setzen, die ich auf dem feinen Sand unseres Hofs hatte ausrollen lassen. Anders als Baba Seck, der Vorsteher von Sor, der sich, obgleich wir uns angefreundet hatten, immer nur an eine Ecke der geteilten Matte setzte, weil ich Franzose war, platzierte sich dieser Mann mir direkt gegenüber und sprach, während er mich geradewegs ansah, Worte, die ich heute noch weiß, so sehr ergriffen sie mich:

»Ich heiße Malaye Dieng. Im Namen unseres Königs Mam Bathio Samb danke ich dir, Michel Adanson, dafür, Ndiak, den Sohn des Königs von Waalo, des uns verbündeten Ndiak Aram Bocar, bis nach Meckhé begleitet zu haben, damit er an seiner Hochzeit teilhaben kann.«

Verdutzt stotterte ich einige Dankesworte in unserem Namen an alle und stellte mir dabei vor, wie der junge Ndiak hinter mir stünde und sich zurückhalten musste, um nicht loszulachen. Nicht er war mir behilflich gewesen, sondern ich ihm. Und mit einem einzigen Satz war ich zum Gegenstück des Höflings mir gegenüber geworden, war nun nichts weiter als einer der Begleiter des Prinzen Ndiak. Ich fragte mich sogleich, wie der Gesandte des Königs von Kayor uns erkannt hatte. Waren wir seit unserem Aufbruch von der Insel Saint-Louis als jene, die wir waren, erkannt worden, dieweil wir glaubten, dass Ndiaks Identität unsere ganze Reise lang verborgen bleiben würde?

Malaye Dieng verabschiedete sich und lud uns im Namen des Königs von Kayor ein, am darauffolgenden Tag einem Teil der Festlichkeiten beizuwohnen. Er würde uns nach dem zweiten Tagesgebet abholen kommen. Nachdem ich ihn, gemäß der Höflichkeitsregeln des Landes, bis zur

Grenze unseres Grundstücks begleitet hatte, und ich meinerseits von ihm verabschiedet worden war, kehrte ich in den Hof zurück, wo Ndiak im Schneidersitz inmitten der Strohmatte saß. Er hielt sich kerzengerade und blinzelte hastig mit den Lidern, um seinen Ernst zu wahren. Mit seinen fünfzehn Jahren blickte er nun auf mich herunter und spielte den König. Ich schlüpfte in die Rolle desjenigen, der ihn um seine königliche Fassung brachte, indem ich mich bescheiden auf eine Ecke der Decke setzte und unterwürfig meinen Hut hob. Das reichte aus, damit unsere Begleiter, sowohl die Bewaffneten als auch die Träger, in Lachen ausbrachen. Zum ersten und letzten Mal auf unserer Reise kamen Ndiak vor lauter Lachen die Tränen.

Der bereits vielfach verheiratete König von Kayor ehelichte eine Lahobe, um sich, wie es hieß, mit den geheimen Kräften über die Bäume und die Tiere des Buschs zu versöhnen, die von den Hütern der Kaste seiner neuen Frau gefangen gehalten wurden. Im Unterschied zu unseren Königen und Kaisern in Europa zeigten die Könige des Senegal keine Angst vor einer Missheirat. Obgleich es dem Adel des Landes verboten ist, eine Heirat anzusetzen, um sich die geheimen Kräfte der Kaste seiner Vermählten anzueignen, ist dem König dies gestattet.

»Die Lahobe sind gut im Roden von Buschland«, erklärte mir Ndiak. »Mit ihrer Hilfe kann ein Königreich seine Ackerfläche vergrößern. Sie kennen die notwendigen Gebete, die vor dem Fällen von Bäumen zu sprechen sind, ebenso alle Vorkehrungen, um Geister von den Dörfern auf Buschland fernzuhalten. Ohne die Lahobe könnten die Könige keine neuen Ackerflächen an ihre Höflinge und Soldaten verteilen.«

Ich war noch jung, und da mir fast nie peinlich war zu sagen, was ich dachte, hätte ich Ndiak um ein Haar erwidert, dass die Vorstellung, Menschen hätten Einfluss auf angebliche okkulte Kräfte, nur ein großer Aberglauben sei. Doch jetzt, da ich alt geworden bin, sehe ich in diesen Vorstellungen eine wunderbare List einiger Völker, um die Ausplünderung der Natur durch die Menschen einzudämmen. Trotz meiner Sympathien für Descartes, trotz meines Glaubens an die Allmacht des Verstandes, wie die Philosophen, deren Ideale ich verehrt habe, sie feiern, gefällt mir der Gedanke, dass Frauen und Männer auf dieser Welt mit den Bäumen sprechen und sie um Verzeihung bitten können, bevor sie sie fällen. Die Bäume sind wie wir Lebewesen, und wenn es stimmt, dass wir zu Herrschern und Besitzern der Natur bestimmt sind, sollten wir dennoch Skrupel hegen, sie achtlos auszubeuten. Es mutet mir heute, da ich mehr Lebenserfahrung habe und sogar kurz davor bin, aus dem Leben zu scheiden, also nicht mehr absurd an, dass Menschen, die einer anderen Rasse angehören als ich, zu einer Weltsicht neigen, die Respekt vor dem Leben der Bäume zeigt.

Von den Ebenholzwäldern, die sich sechzig Meilen weit entlang der Küste zwischen der Halbinsel vom Cap-Verd und der Insel Saint-Louis erstreckten, stehen heute nur noch sehr wenige einzelne Bäume. In den zwei Jahrhunderten vor meiner Senegalreise von den Europäern in großer Anzahl gefällt, schmücken sie fortan unsere Sekretäre als Einlegearbeiten, füllen Kuriositätenkabinette, dienen als Tasten unserer Cembali. Sie zeigen sich oder verstecken sich in den Chören unserer Kathedralen, in den Schnitzereien vieler Orgelprospekte, Kanzeln, Chor- und Beichtstühle. In einem Anflug von Animismus dachte ich eines Tages vor den tiefschwarzen Retabeln eines Altars, wenn für jeden gefällten Baum die heidnischen Gebete eines weisen Lahobe notwendig waren, wäre der große Ebenholzwald in Senegal vielleicht noch nicht verschwunden. Da kniete ich im Halbdunkel der Kirche, umgeben von den zusammengenagelten und lackierten Leichen der Ebenholzbäume und bat sie darum, all jenen ihre Sünde zu vergeben, die sie abgesägt, zugeschnitten und an einen Ort weit von ihrer Mutter Afrika befördert hatten.

XVI

Meckhé war ein befestigtes Dorf aus sehr vielen Hütten mit sehr hohen Palisaden rundherum. Auch hier war der Natur vom Menschen ein hoher Tribut an Holz abverlangt worden, aber wohl mit Zustimmung der Lahobe. Ndiak hatte mir erklärt, dass der Heerführer Farba Kaba sämtliche seiner Feinde dazu bewegt hatte, nach seinem Beispiel Palisaden aus Dorngehölzen zu errichten, um einige Dörfer vor dem *moyäl* zu schützen. Außerdem hatte er mir erklärt, dass die Sitzungen der königlichen Räte über den Beginn eines Krieges oder Raubzuges, die *lël*, meist auch in Kriegerdörfern wie Meckhé abgehalten wurden.

Ich musste glauben, dass wir unter Beobachtung waren, denn obwohl in allen bisher durchquerten Dörfern meine weiße Haut eine Attraktion war, versteckte sich nun hinter den Zäunen unserer Unterkünfte niemand mehr, um uns zu beobachten, nicht einmal Kinder. Wenn ich nach Malaye Diengs Abschied Leute ansprach, um sie nach dem Weg zum Markt zu fragen, blieben sie mir eine Antwort schuldig. Auch auf allgemeine Fragen, etwa wie oft der Markt stattfand oder wie viele Einwohner Meckhé hatte, erhielt ich nur ausweichende Antworten oder ein höfliches Lächeln. Da ich fürchten musste, allzu deutlich als Spion zu erscheinen, begnügte ich mich schließlich damit, die Größe des Dorfes und der Bewohnerschaft selbst zu beziffern.

Nach einigem Herumschlendern schätzte ich die Kochfeuer auf über 200, was bedeutete, dass die Bevölkerung bis zu 1800 Seelen zählte, also fast über die Hälfte der Bevölkerung der Insel Saint-Louis ausmachte. Jedes Viertel der befestigten Siedlung verfügte offenbar über einen Brunnen, so dass Meckhé eine Belagerung von einigen Wochen ohne Wassermangel überstehen könnte. Auf dem großen Platz in der Ortsmitte befand sich ein Markt für Obst, Gemüse, Getreide, Gewürze, Trockenfisch, gejagtes Wild sowie Fleisch aus der Viehzucht. Da die umliegenden Dörfer im Gegensatz dazu kurz vor einer Hungersnot zu stehen schienen, schlussfolgerte ich, dass alle Ressourcen dieser Region des Königreichs Kayor nach Meckhé geschafft wurden. Ich war mir unsicher, ob diese Information für Estoupan de la Brüe von Nutzen sein würde. Ich wollte sie ihm wohl geben, aber wie du, meine Aglaia, in den folgenden Heften lesen wirst, sollte der Konzessionsdirektor von mir niemals einen schriftlichen Bericht über meine letzte Reise zum Cap-Verd verlangen.

XVII

Am darauffolgenden Morgen nach dem zweiten Tagesgebet kam wie angekündigt der Abgesandte Malaye Dieng, um uns abzuholen. Wir hatten uns, um dem König von Kayor zu huldigen, so reinlich wie möglich gekleidet. Ich hatte neue Kleidung angelegt und trug nun eine cremefarbene Kniebundhose passend zu meinem Gehrock. Meine in der Wüste von Lompoul durch die Hitze ruinierten Schuhe hatte ich gegen welche aus Schafsleder mit glänzend polierten Schnallen getauscht. Mein Haar hatte ich mit einer Samtschleife in der Farbe meines schwarzen Dreispitzes zusammengebunden, der wie alle meine sauberen Kleider aus einem eigens von einem Träger mitgeführten Reisekoffer stammte. Ndiak, der ebenfalls über einen kleinen Koffer mit Ersatzkleidern verfügte, hatte sich in eine gelbe, baumwollene Pluderhose gekleidet. Dazu wählte er ein großes, indigoblau gefärbtes Hemd mit goldfadenbesticktem Kragen, das an den Seiten offen war und an der Taille durch einen breiten Stoffstreifen in der Farbe seiner Hose zusammengehalten war. Dazu trug er wadenhohe gelbe Lederstiefel mit markanten Spitzen, mit denen er anzeigte, dass er ein guter Reiter und von königlichem Blute war. Auf dem Kopf trug er, mit Bändern unter dem Kinn festgebunden, die gleiche phrygische Mütze wie der Abgesandte des Königs von Kayor, doch in dunkelgelb und mit noch mehr Kaurimuscheln verziert, Gehäusen der Kaurischnecke, die bei den Negern bisweilen als Währung dienten.

Ndiak war stolz darauf, dass er und nicht ich der Ehrengast des Königs war und schritt möglichst langsam vor uns her, wendete den Blick nach rechts und links und reckte mit zusammengezogenen Brauen die Nase in die Luft. In den engen, staubigen Straßen von Meckhé zählte ich weiter die Brunnen. Auf unserem Weg hatte ich bislang drei gesehen, wobei aber, anders als am Vortag, die Brunnenplätze menschenleer waren.

Schon lange bevor wir den südlichen Dorfeingang erreichten, durch den wir auf einen großen quadratischen, von Hunderten dicht an dicht gedrängter Dörfler gesäumten Platz gelangten, hörten wir das fortdauernde Dröhnen der *sabar*, der vierzehn unterschiedlich großen Trommeln. Das Getöse brachte mich fast zum Taumeln, als wir dicht an ihnen vorbeigingen, um, wie vom Abgesandten angewiesen, auf die andere Platzseite zu gelangen und uns gegenüber des Tores, durch das wir gekommen waren, unter dem großen königlichen Baldachin unweit zweier mit Schnitzereien verzierter Holzthrone niederzulassen.

Der Trommelklang war so gewaltig, dass meine Innereien zerdrückt zu werden schienen und mein Herz nicht anders konnte, als ihrem Rhythmus zu folgen. Ein Drittel der Trommeln gab tiefe, schwere Töne von sich, mit leiseren Nuancen erwidert von den anderen zwei Dritteln, während die Trommel des Leiters, des offenkundig ältesten unter den Musikern, dazu erklang wie das Prasseln eines Starkregens. Der Leiter in seinem blau-weißen, an den Seiten offenen Baumwollhemd war nicht sehr stattlich anzusehen, doch er bearbeitete das Fell seines Instruments mit so energischer Geschicklichkeit, dass man glaubte, seine *sabar* schwebte über allem, wenngleich sie sich fortwährend auf die anderen Trommeln stützte wie ein alter Mann auf seinen Stock. Der Hagelschlag seines Spiels brach plötzlich los, pausierte kurz und raste weiter in wild taumelndem Lauf.

Neben den vierzehn Trommeln liefen überdies zwei junge Männer zur Unterhaltung der Zuschauer auf dem Platz herum. Sie trugen jeweils eine über die Schulter gehängte und unter der linken Achsel gehaltene *tama*, schlugen sie mit der eingeknickten linken Hand oder einem mit rechts gehaltenen winkelbogigen Stock. Der erzeugte Klang variierte zwischen tief und hoch, je nachdem, wie sehr die Trommelschnüre eingedrückt wurden, die das schlaggemarterte Fell spannten. Sie müssen so etwas wie die Hofnarren des Königs gewesen sein, denn sie lächelten selig mit eingezogenen Hälsen, streckten immer das eine oder andere Bein in die Luft und wedelten mit dem linken Ellbogen wie mit einem verkümmerten Flügel. Es schien, als ahmten sie die großen fischfressenden Vögel am Ufer des Senegal nach, die, wenn der Schlaf sie überkam, auf ihren zwei dünnen Beinen stehend den Kopf unter einen Flügel steckten und den anderen plötzlich ausfuhren, um nicht das Gleichgewicht zu verlieren.

Ndiak und ich wurden bei den wichtigsten Persönlichkeiten des Königreichs platziert, während die restliche Truppe sich weiter hinten am Rand des königlichen Baldachins lagern konnte. Als wir uns einen Weg durch die am Boden sitzenden Gäste bahnten, spürte ich das Gewicht ihrer Blicke auf mir. Sie erwiderten kaum unsere Grußformeln und wandten den Blick ab, damit es nicht so aussah, als würden sie uns beobachten.

Kaum dass wir auf den schönen Binsenmatten saßen, die

den Duft frisch geschnittenen Schilfes verströmten, verstummten die vierzehn Trommeln. Der König, lauthals von seinem lobrufenden Griot angekündigt, schritt hoch zu Ross langsam heran. Ein Baumwollschirm mit goldener Borte, den ein ganz in weiß gekleideter Diener an einem langen Stiel trug, schützte ihn und sein Reittier vor der Sonne.

Der hochgewachsene König trug eine hellblaue, an den Seiten offene Baumwolltunika, deren Stoff derart gestärkt war, dass er fest und glänzend schien wie eine Rüstung. Eine gelbseidene Schärpe mit goldenen Quasten umspannte seine Taille und man sah in den langen Steigbügeln seine hohen gelben Lederstiefel mit ihren Spitzen, die an marokkanische Sandalen erinnerten. Auf dem Kopf trug er eine blutrote Filzmütze mit goldener Quaste, die, wenn ein Sonnenstrahl sie traf, als Stern auf seiner rechten Schulter funkelte.

Das vom König gerittene Pferd war ein Berber aus heimischer Zucht, ein Apfelschimmel, dessen Fell den dunkelroten Ledersattel und die gleichfarbigen Zügel, die der Monarch in der rechten Hand hielt, kontrastreich hervorhob. Ein großes Lederamulett in der gleichen roten Farbe wie Sattel und Zaumzeug verdeckte die Brust des Tieres, und damit einen breiten Wulst aus rosafarbenem Fleisch, offenbar eine Narbe aus dem Krieg. Gelbe und dunkelblaue Wollbommeln schmückten seinen Kopf. Es trug keine Scheuklappen. Der König tätschelte ihm hin und wieder mit der linken Hand den Hals.

Es folgte die Braut, ebenso zu Pferde. Kopf und Schultern waren mit einem weißen, reich mit Goldstücken verzierten Schleier bedeckt. Wie Ndiak mir erklärte, hatte der König seine zukünftige Gattin zuvor unter einigen anderen jungen

Frauen, deren Köpfe ebenfalls verschleiert waren, herausfinden müssen. Da das Paar laut Tradition glücklich sein würde, wenn der Bräutigam seine Frau beim ersten Versuch erkannte, hatte die Braut wahrscheinlich einen sehr reich verzierten Schleier gewählt, um sich so von den anderen zu unterscheiden und ihm die Aufgabe zu erleichtern.

Das Pferd der Braut war ebenfalls ein Apfelschimmel und trug das gleiche Sattel- und Zaumzeug wie das des Königs. Doch seine Zügel wurden von einer imposanten Frau in einem weißen Baumwollkleid gehalten mit einer Kopfbedeckung aus dem gleichen Stoff, wahrscheinlich der ältesten Tante der Braut.

Sobald das Paar unter dem Baldachin angekommen war, ertönten wieder die vierzehn Trommeln.

Ndiak und ich sahen den König und die Königin von hinten. Sie saßen, so gut es ging, aufrecht auf niedrigen Sitzen, die mir aus der Entfernung unbequem, aber schön erschienen. Die Einzelheiten dieser kleinen geschnitzten Throne sind mir heute nicht mehr präsent, aber ich weiß noch, dass sie zu Ehren der Braut von Lahobe gefertigt worden waren, die Bekanntheit als Schnitzmeister genossen. Die neue Braut des Königs hieß Adjaratou Fam und König Mam Bathio Samb heiratete sie, um sich mit dem Obersten ihrer Kaste zu versöhnen. Malaw Fam, der Brautvater, stand in dem Ruf, die Geheimnisse des Holzes so tief zu kennen, dass er Figuren schnitzen konnte, die sich in mondlosen Nächten von selbst fortbewegten und auf sein Geheiß hin Morde begehen konnten.

Ich glaubte nicht an diese Kindereien. Aber sie zeigten mir, dass Menschen überall dort, wo sie ihre Macht erhalten wollen, Mittel und Wege finden, den Untergebenen eine heilige Furcht einzuflößen. Hinsichtlich ihrer Macht verhält sich der verbreitete Schrecken proportional zu ihrer Angst, die Macht zu verlieren. Je größer sie ist, desto mehr Schrecken verbreiten sie. Malaw Fams Stellung muss äußerst beneidenswert gewesen sein, wenn man ihm so viel Wissen um tödliche Geheimnisse zusprach. Und er muss geschickt im Taktieren gewesen sein, denn obgleich der Adel des Landes seine Kaste verachtete, ließ der König von Kayor sich ohne zu zaudern darauf ein, seine Tochter zu heiraten und ihn zu seinem Verbündeten zu machen.

Wie ich bei den folgenden Feierlichkeiten erlebte, sind die Lahobe nicht nur für ihre wunderbaren Holzarbeiten, sondern auch für ihre Tanzkunst berühmt. Seit dieser Hochzeit habe ich nie wieder Tänzer in unverblümteren Posen gesehen als die Lahobe. Im Rhythmus der Trommeln stellt sich eine Reihe von etwa zehn Frauen der gleichen Anzahl von Männern gegenüber. Nacheinander verlassen Männer und Frauen ihre Reihen und bilden in der Mitte der Tanzfläche Paare. Dort stellen sie im Takt, den der älteste Trommler dirigiert, den Liebesakt nach, solange dies geboten ist, in emsigen Bewegungen, doch immer im Rhythmus der Musik, und kehren dann in ihre jeweilige Reihe zurück. Eine schöne Darbietung, die darin endet, dass die beiden Tänzerreihen sich in einer gemeinsamen Bewegung erneut annähern, fast bis die Schenkel sich berühren, in einem Gewirr wild verschränkter Arme und Beine, eingehüllt in Wolken ockerfarbenen Staubs.

Wie die Mimen, die ich in Paris oft auf dem Jahrmarkt von Saint-Germain gesehen habe, die in übertriebener, grotesker Weise vorgeben, sie würden hinfallen, mit Stöcken geschlagen oder sonstigen Verdruss erleiden, dachte ich angesichts der Lahobe bei ihrer stürmischen Nachahmung des Liebesakts, dass dies auch sehr gut zur Unterhaltung dienen könnte. Doch muss ich eingestehen, dass der Tanz auf meine Jugend, die Derartiges nicht gewöhnt war, nicht nur eine komische Wirkung hatte. Beim *Leumbeul*, so heißt der Tanz, passt das Hüftkreisen der Lahobefrauen so gut zum Rhythmus der Trommeln, dass man irgendwann denkt, der wahre Musiker bei dieser teuflischen Kunst sei ihr Hintern. Tatsächlich hatte mich der Anblick all dieser wie Bacchantinnen tanzenden Aphroditen zu Tränen gerührt.

Nachdem die Gefährten seiner neuen Gattin den Anfang der Festlichkeiten bestimmt hatten, ließ der König von Kayor im Weiteren seine Pferde tanzen. Ich verstand zunächst nicht, warum sich etwa zehn Reiter langsam den Trommlern näherten. Alle trugen sie aufwendige Kleidung und es schien, als wären die Farben ihrer Kleider mit den Farben der großen flatternden Tücher abgestimmt, die sie an den Sätteln, ihren Beinen und an den Flanken der Pferde befestigt hatten. Die meist sonnengelben, indigoblauen oder ockerfarbenen Tücher, die sowohl die Reiter als auch die Pferde schmückten, erweckten durch eine Art optische Täuschung den Eindruck, zweifellos verstärkt durch die grelle Sonne auf dem Sand, dass sie Zentauren waren, antike Fabelwesen, halb Mensch und halb Pferd. Der Eindruck verstärkte sich noch, als die Reiter nacheinander in unmittelbarer Nähe des Königs und seiner neuen Frau zu tanzen begannen.

Von Ndiaks und meinem Sitzplatz aus war zuweilen die Sicht auf das Geschehen von den hohen Kopfbedeckungen des Königs und der Königin versperrt. Dann sah es aus, als würden die Oberkörper der Reiter zu den Köpfen ihrer Reittiere und ihre mit Tüchern bedeckten Beine eindeutig zu Pferdebeinen. Und indem die Reiter ihre Arme in die Höhe streckten, verbargen sie, dass sie ihre Tiere lenkten, und ich hätte schwören können, vor uns stünden lächelnde Riesen, die im Takt ihres Hufschlags den Sand aufwirbelten. Als die zehn Pferde schließlich im Einklang tanzten, johlte die Menge so laut, dass sie fast die vierzehn Trommler übertönte, die ohne Anzeichen von Müdigkeit auf ihre Felle droschen, obwohl die Sonne schon seit Stunden auf uns niederbrannte.

Als der König in Richtung seines Kammerherren ein unsichtbares Zeichen schickte, hörte der Krach plötzlich auf. Doch in der Stille, die dem überschwänglichen Pferdetanz folgte, dröhnten die Trommeln in meinem Kopf weiterhin so laut, dass mir war, als könnten meine Sitznachbarn das Geräusch aus meinen Ohren auch noch hören. Wahrscheinlich aber war es nur mein Herzschlag, der sich dem stetigen Schlag der tiefsten Trommeln angepasst hatte und in meinem Kopf weiterpochte. Noch heute, wenn ich in einer schlaflosen Nacht meinem Herzen lausche, glaube ich, das Trommeln zu Ehren des Königs von Kayor und seiner neuen Frau Adjaratou Fam in Meckhé zu hören.

Der König und seine jüngste Königin bestiegen wieder ihre Apfelschimmel. Ihnen voran eilten die wieder ihr Lob ausrufenden Griots zurück zum königlichen Palast, der an einem geheimen Ort im Labyrinth der Gassen lag, den nur die Leibgarde kannte. Sobald der Tross durch den südlichen Dorfeingang verschwunden war, den gleichen, den er vor der Zeremonie genutzt hatte, wurden auf dem großen Platz einundzwanzig weiße, schwarze und rote Stiere nach langen und komplizierten, mir nicht verständlichen Ritualen geopfert. Und als die Nacht heraufzog, konnte ich sehen, wie über großen, rotglühenden Feuern auf dem Sand, wo wenige Stunden zuvor noch Frauen, Männer und Pferde in der Sonne getanzt hatten, große Fleischstücke gebraten wurden. Man hatte sie auf Stangen gespießt und deren Enden auf lange, knorrige Pflöcke gesetzt.

Später kehrten wir, gesättigt von gegrilltem Fleisch, angerichtet in Schalen aus Flaschenkürbissen, und erfrischt vom Palmwein, den uns ebenfalls die Sklaven des Königs serviert hatten, zu unserer Unterkunft zurück. Hinter uns stiegen die letzten, nach dem Fett der Opfertiere duftenden Rauchwolken in den Himmel über dem weiten Busch. Und die ganze Nacht über hörten wir, wie Hyänen, Löwen und Panther vor der befestigten Siedlung sich um die Überreste der einundzwanzig Stiere stritten, mit denen der König beide Gruppen seiner Untergebenen beschenkt hatte: zum einen die Menschen und zum anderen die Geschöpfe des Buschs, die ihm die Lahobe zur Hochzeit beschert hatten.

XVIII

Am nächsten Tag ließ der König von Kayor, um Ndiak, dem Sohn des Königs von Waalo, für seine Anwesenheit bei der Hochzeit und mir für Ndiaks Begleitung zu danken, durch seinen Abgesandten Malaye Dieng jedem von uns einen jungen, sandbraunen Berber aus heimischer Zucht überreichen. Die beiden Pferde, die hochgradig verwandt sein mussten, da beide die gleiche halbmondförmige Blesse zwischen den Augen hatten, waren uns zusammen mit zwei Sätteln geschenkt worden. Doch etwas an Ndiaks Sattel weckte meine Neugierde. Er war ganz anders als meiner, der all jenen aus dunkelgelbem oder rotem Leder mit den silbernen, maurisch anmutenden Blumenarabesken glich, die wir am Vortag gesehen hatten. Ich ließ mir aber nichts anmerken und wollte ihn später einmal genauer betrachten.

Nachdem er sich herzlich bei Malaye Dieng bedankt hatte, überreichte Ndiak nun unser Geschenk an ihn. Trotz Ndiaks recht ausgeprägter Bescheidenheit hatte ich ihm vorgeschlagen, dem König eine der beiden Uhren zu schenken, die ich kurz vor meiner Abreise nach Afrika bei Caron, dem wohl berühmtesten Pariser Uhrmacher, gekauft hatte. Ich verband damit auch die Hoffnung, die Vermutung zu widerlegen, ein Spion der Senegalkonzession zu sein. Ndiak reichte dem königlichen Abgesandten also die kunstvollere der beiden Zeitmesser und erzählte ihm, wie ich zuvor erklärt hatte, der französische König und seine Schwestern besäßen haargenau die gleiche Uhr. Malaye Dieng verabschiedete sich von uns, nachdem Ndiak ihm die Funktionsweise der Uhr gezeigt hatte, deren Präzisionsmechanismus in Versailles sehr guten Absatz fand. Der Sohn des alten Caron hatte, lange bevor er als Pierre-Augustin Caron de Beaumarchais in den Adelsstand erhoben werden sollte, zunächst nur durch Erfindungen im Uhrmacherbetrieb seines Vaters von sich reden gemacht.

Ndiak war so taktvoll, Malaye Dieng zum Dank für seine guten Dienste in unserer beider Namen einen Krummdolch mit Elfenbeinknauf in silberdrahtverzierter Lederscheide zu schenken. Wir begleiteten ihn bis zur Grundstücksgrenze unserer Unterkunft, wo wir ihm, wie bei den Negern üblich, noch einmal unseren Dank und unsere guten Wünsche aussprachen, bevor er endgültig davonging. Sobald er uns den Rücken gekehrt hatte, eilte Ndiak zu unseren beiden Pferden, die angebunden an den Stamm eines Mangobaums, ruhig wartend in der Mitte des Hofes standen. Die Pferde waren Zwillinge, hatten aber, wie schon erwähnt, Sättel unterschiedlicher Machart, also ließ ich, ungeachtet Ndiaks Protest, der sogleich ein wenig herumpreschen wollte, den auffälligen Sattel vom Pferd abnehmen, um ihn eingehend zu untersuchen.

Der Sattel besaß oben eine ringförmige Wulst aus braunem Leder, um den Reiter im Rücken zu stützen, und an der Unterseite drei Gurte, wie sie für englische Sättel typisch sind. Ohne zu wissen warum, vermutete ich, dass der Ndiak geschenkte englische Sattel eine verborgene Nachricht an mich und den Generaldirektor der Senegalkonzession enthielt. Wollte uns der König von Kayor damit nicht sagen, dass er es als vorteilhaft erachtete, lieber mit den Engländern als mit den Franzosen Handel zu treiben? Für den Sohn eines Königs, der traditionell mit Frankreich verbündet war, schien mir dieses Geschenk vielsagender als eine lange politische Abhandlung. Es war an der Zeit, befand ich, Ndiak von meiner Vereinbarung mit Monsieur de la Brüe zu erzählen, damit er sich nicht der Kritik seines Vaters aussetzte, sobald der den englischen Sattel zu Gesicht bekam.

Ich wollte nicht, dass sich ihm der Eindruck vermittelte, ich hätte ihn die ganze Reise über getäuscht. Ich würde ihn wie einen Freund behandeln.

Als wir uns außerhalb von Meckhé auf dem Weg nach Keur Damel befanden, einer temporären Ortschaft an der Küste des Atlantiks, die der König von Kayor manchmal besuchte, um mit den Franzosen und offensichtlich auch mit den Engländern Handel zu treiben, erzählte ich Ndiak, was ich bislang verschwiegen hatte. Er lachte nur darüber und behauptete, er habe geahnt, dass ich im Dienste der Senegalkonzession stünde auch ohne ihr Angestellter zu sein. Für ihn war es nur natürlich, dass Estoupan de la Brüe mich gebeten hatte, die Königreiche nördlich des Senegal auszuspionieren. Und da wir gerade vertraulich miteinander sprachen, gestand er seinerseits ein, dass er mich seit jeher im Auftrag seines Vaters, des Königs von Waalo, ausspioniert habe. Doch solle ich mir keine Sorgen machen, er würde meine Geheimnisse bestimmt nicht preisgeben. Er erzähle ihm nicht alles. Nur Details.

Ich wusste nicht, was ich von seiner Ehrlichkeit halten sollte. Weder wusste ich, ob er mit mir wie so oft sein Spiel trieb, oder ob er tatsächlich Spion für seinen Vater war. Ich fand es seltsam, dass ein so junger Mensch – er war erst zwölf, als Monsieur de la Brüe ihn mir zugewiesen hatte – mit der Bürde einer solchen Mission belastet wurde. Aber der weitere Verlauf unserer unglücklichen Reise zeigte mir, dass Ndiak trotz seiner Jungend und Schalkhaftigkeit mir wirklich verbunden war.

Gegenwärtig war er so glücklich und stolz auf das vom König von Kayor geschenkte Pferd mit dem englischen Sattel, dass er es auf dem Weg zu unserer nächsten Etappe oft galoppieren ließ, um sich an der Geschwindigkeit zu berauschen. Doch wenn ich angesichts des aufgewirbelten Staubs hinter ihm in der Annahme ging, wir würden ihn eine ganze Weile nicht mehr sehen, stand er kaum eine halbe Meile weiter wieder neben dem Tier, streichelte Hals oder Beine und prüfte die Hufeisen. Nach einer dritten solchen Rast, bei der er das Tier in seinen hohlen Händen mit Wasser aus der eigenen Feldflasche tränkte, gab ich ihm zu verstehen, dass sein Pferd gewiss krank würde, wenn er in diesem Tempo weiterritt.

»Oder, was noch schlimmer wäre«, fügte ich hinzu, »du könntest seine Achtung verlieren. Ein Rennpferd wie deines muss gute Gründe haben, um zu galoppieren. Sonst ignoriert es deinen Willen vielleicht, wenn es mal gehorchen muss. Du rastest so oft, um dein Tier zu versorgen, dass es bald deine Flausen für allgemeine Verhaltensregeln hält. Wenn du so weitermachst, lässt es sich nie mehr umziehen.«

Damit traf ich einen Nerv. Ndiak war so stolz auf seinen Rang, dass er lieber auf mich hörte, um nicht Gefahr zu laufen, irgendwann vor »Seinesgleichen« das Gesicht zu verlieren. Mit »Seinesgleichen« bezog er sich auf die Mitglieder – Männer, Frauen und Kinder – seiner königlichen Familie. Schon als Junge hatte ihn sein Umfeld wie die Angehörigen des Ancien Régime gelehrt, keine öffentliche Schmähung hinzunehmen, ohne sie umgehend zu ahnden, auch auf die Gefahr hin, das Leben zu verlieren. Wer sich respektlos behandeln ließ, riskierte nicht nur, die eigene Ehre zu verlieren, sondern die der gesamten Familie.

»Du hast recht, Adanson, mein Pferd soll sich nicht lächerlich benehmen, da es fortan zu meiner Familie gehört. Und auch wenn es ein Hengst ist, werde ich es nach der Person benennen, die ich am allermeisten liebe. Nach meiner Mutter, Mapenda Fall.«

»Mein Pferd«, antwortete ich ihm, »wird nicht den Namen meiner Mutter tragen.«

»Magst du es denn?«, erkundigte sich Ndiak sofort.

»Doch, aber ich mag das Tier nicht ausreichend, um es nach meiner Mutter zu benennen.«

»Dann wird es also namenlos bleiben«, schloss Ndiak, der meinen Seitenhieb offenbar nicht verstanden hatte.

Nach seinen geschwollenen Worten ließ Ndiak das Pferd im Schritt neben dem meinen laufen und versuchte nach einigen Minuten des Schweigens, mich dazu zu bewegen, unsere Route zu ändern:

»Neben der Uhr, die wir ihm geschenkt haben, wäre das größte Geschenk, das wir dem König von Kayor machen könnten, einen großen Bogen um das Dorf Pir Goureye zu machen. Hier leben viele Rebellen und alle möglichen Abtrünnigen flüchten sich, wenn ihnen die Zeit bleibt, hierher. Man sollte seine Schritte nie von der Straße leiten lassen, die einem am besten erscheint, Adanson! Die besten Fallen sind die, in die man freudig selbst hineintappt, nur weil der Weg dorthin bequem anmutet. Und im Busch lauern Raubtiere...«

Schon im Vorhinein überdrüssig der langen Aufzählung von Sprichwörtern, die Ndiak mit erhobenem Zeigefinger aufzusagen drohte, unterbrach ich ihn mit der Frage, worauf er genau hinauswolle. Er erklärte in knappen Sätzen, das

Dorf Pir Goureye werde von einem Großen Marabou regiert, der dem König vorwarf, sich nicht an die Regeln des Islam zu halten. Der König trank Alkohol, machte nicht die fünf täglichen Gebete, hatte weit mehr als vier Ehefrauen und glaubte an Fetische, Hexerei und die dunklen Mächte des Busches. Für die bisherigen Könige von Kayor, also Mam Bathio Sambs Vorgänger, war es das Schlimmste, dass ihre freien Untertanen, wenn sie fürchteten, von königlichen Kriegern versklavt zu werden, die ebenso gottlos waren wie ihre Herren, alle nach Pir Goureye flüchteten. Dort wurden sie zu *talibés*, zu Anhängern des Großen Marabou. Als Gegenleistung für seinen Schutz und seine Lehre des wahren Islam arbeiteten die geflohenen Bauern auf seinen Feldern. Und obgleich der heilige Mann keine eigene Armee besaß, flößte er den Königen von Kayor so viel Furcht ein, dass sie es nicht wagten, das Dorf anzugreifen. Da die Könige von Kayor aus politischen Gründen behaupten mussten, Mohammedaner zu sein, hatten sie keine andere Wahl, als gute Miene zum bösen Spiel zu machen, wie ein Mann mit einem dicken Dorn der Wüstendattel, *sump* auf Wolof, im Fuß, der sich aber bemüht, aus Stolz vor »Seinesgleichen« beim Gehen nicht zu humpeln.

»Am besten«, fügte Ndiak stolz auf seinen Vergleich des Königs von Kayor mit einem Fußlahmen hinzu, »umgehen wir Pir Goureye, wo wir wahrscheinlich nicht freundlich empfangen werden, da wir wissen, woher wir kommen. Gehen wir lieber nach Westen zum Dorf Sassing, von wo wir leicht nach Keur Damel gelangen, bevor wir südlich nach Ben am Cap-Verd abzweigen, unserem endgültigen Ziel. Wir müssen unseren eigenen Weg finden. Wie das Sprichwort besagt, das ich – verzeih mir, Adanson – gerade erfinde: »Es ehrt nicht den Reisenden, dem breiten Weg zu folgen, sondern den neuen zu trampeln.«

Ndiak verkannte die Ironie, mit der ich ihn fragte, woher er all sein Wissen nur schöpfte. Mit ausgestrecktem Zeigefinger antwortete er gelehrtenhaft, Klugheit kenne kein Alter.

Trotz seines Mangels an Bescheidenheit war der gegebene Rat nicht schlecht. Seine Hinweise auf die angespannten Beziehungen zwischen dem König von Kayor und dem Großen Marabou von Pir Goureye würden durchaus in meinen Bericht an Estoupan de la Brüe Eingang finden. Es war unnötig, den König von Kayor zu brüskieren, denn Ndiak hatte mir, um es mit seinen Worten zu sagen, gerade den Dorn gezeigt, der in seinem Fuß steckte.

Um das letzte Wort zu haben und ihm zu beweisen, dass auch ich, so ich nur wollte, mich auf Sprichwörter verstand, entgegnete ich nach kurzem Nachdenken, ich würde seinen Rat befolgen, denn: »Auch die mächtigsten Könige verdammen den, der die Frechheit besitzt, sie nicht für so hart zu halten, wie sie scheinen wollen.«

Ndiak lächelte und sprach dabei, ich habe recht und unrecht zugleich. Recht, seinem Rat zu folgen, und unrecht, wie er in Sprichwörtern sprechen zu wollen, weil ich das Wolof nicht ausreichend beherrschte, um nicht Gefahr zu laufen, statt göttlicher Gedanken, Banalitäten zu verkünden. Als ich das Wort »hart« in Bezug auf die Könige gebraucht hatte, wollte ich gewiss die von ihnen erträumte Allmacht über ihre Untertanen bezeichnen, hatte aber das Wort für sexuelle Potenz gewählt. Ich hatte die Wörter schlicht verwechselt. Während Ndiak mich über meinen Fehler aufklärte, musste er sich ein Lachen verkneifen und blinzelte auffällig oft. Er wollte mich weder verletzen noch bloßstellen. Schließlich hatte er mich, obwohl ich weiß und auch nur bürgerlich war, zu »Seinesgleichen« erhoben.

Am Vorabend unserer Abreise aus Meckhé hatte ich ihm Überblick über meinen Stammbaum gegeben und konnte ihn wohl davon überzeugen, dass mein Familienname auf einen entfernten schottischen Vorfahren zurückging, der sich in der Auvergne niedergelassen hatte und dessen Nachkommen über die gesamte Provence verstreut waren. Ndiak, der sich sehr für die Herkunft von Familien interessierte, wollte zunächst von mir wissen, wer die Schotten seien. Als ich erklärte, dass sie ein Kriegervolk waren, das sich stets im Kampf gegen die benachbarten Engländer befand, und es daher ganz natürlich sei, dass ein schottischer Adanson in die Auvergne ziehe, um den Schutz des französischen Königs zu erbitten, sah er mich plötzlich mit anderen Augen an.

In gewisser Weise hatte ich einen Teil seiner Denkweise für mich übernommen. Als ich meiner Familienherkunft einen kriegerischen Anstrich gab, wurde mir klar, wie sehr unsere Auffassung von uns selbst von unseren Gegenübern abhängt. Als ich Ndiak von meinem Stammbaum erzählte, entdeckte ich, dass man, wenn man eine fremde Sprache lernt, im gleichen Zuge eine andere Lebensauffassung vermittelt bekommt, die ebenbürtig der unseren ist.

Ich beherzigte also Ndiaks Rat, und wir verließen sofort den Weg nach Pir Goureye und zogen stattdessen weiter nach

Westen. Nach mehreren kleinen Dörfern, aus denen die Menschen, sobald wir uns annäherten, schnell flohen, erreichten wir drei Tagesmärsche hinter Meckhé die temporäre Ortschaft Keur Damel. Keur Damel, auf Wolof »das Haus des Königs«, liegt knapp eine Viertelmeile vom Ufer des Atlantik entfernt und diente dem König von Kayor sowie seiner Leibgarde auf Reisen als zeitweise Unterkunft. Der König begab sich dorthin, um ohne Mittelsmänner direkt mit Europäern Handel zu treiben. Wahrscheinlich stammte von dort Ndiaks englischer Sattel, der vielleicht gegen einige Sklaven eingetauscht worden war. Beim Anblick des Ortes, an dem nur ein paar vom Seewind in den Sand gewehte Strohpalisaden auf die zeitweilige Anwesenheit von Menschen schließen ließen, ergriff mich ein Schaudern.

Die Luft, die durch das Geisterdorf strich, war nicht kalt, außer vielleicht im Gegensatz zu der sengenden Hitze, die wir auf dem bisherigen Weg erduldet hatten. Große Müdigkeit überkam mich, und ein starkes Fieber. Ein Unbehagen, das ich seit dem Morgengrauen im Hals gespürt hatte, brach sich plötzlich Bahn wie ein Feuer im trockenen Busch. Ich schaute zu Ndiak, der neben mir auf seinem Pferd saß, und glaubte mich zu erinnern, ihn heiser etwas gefragt zu haben, das mir im Kopf herumspukte, seit wir hier standen und auf die halb von Sand bedeckten Palisaden von Keur Damel starrten. Wie viele Männer und Frauen waren ausgehend von diesem Dorf wohl am Horizont des Ozeans verschwunden? Bis heute weiß ich nicht, ob ich die Frage Ndiak wirklich gestellt hatte. Und falls dem so war, habe ich seine Antwort vergessen. Kurz bevor ich vom Pferd stürzte, sah ich noch sein erschrockenes Gesicht und seine rechte Hand an meiner Schulter, mit der er versuchte, mich aufzufangen.

XIX

Ich wurde mitten in der Nacht wach an einem seltsamen Ort, dessen Fremdheit mich glauben ließ, ich hätte ihn mir im Delirium des Fiebers nur erdacht. Ich lag in einer Hütte mit einem ganz besonderen Geruch: einer Mischung aus dem Stroh des Hüttendachs, dem Lehm und Kuhdung der Wände und dem stechenden Rauch der Feuerstelle. Meine Augen öffneten sich in einer Dunkelheit, die keine Dunkelheit war. Eine Wolke bläulichen, kaum wahrnehmbaren Lichts schien über mir zu schweben. Ich stellte mir vor, zwischen der Unermesslichkeit des Universums und unserer Erde zu schweben, am Rande der Welt, wo die letzten Schichten der Atmosphäre die ätherische Nacht unserer Galaxie erhellen. Die Morgendämmerung wäre durch Ritzen im Dach oder in der Tür eingedrungen, doch das blaue Licht blieb sich selbst immer gleich, irreal, schwebte im Himmel über der Hütte und war zu schwach, um das Innere zu beleuchten. Bewegungslos lag ich da, blinzelte, um die Stärke des seltsamen Lichts zu ermessen, als mir ein weiterer Geruch auffiel.

Der Geruch von Meerwasser vermischt mit frischem Tang umgab mich. Er war angenehm und seine salzige Frische vertrieb die Sorge, dass hier an diesem Ort das Dunkel kein Dunkel war. Ich glaubte, ein Plätschern von Wasser zu vernehmen, zweifelte aber, ob meine Ohren mich vielleicht täuschten. Doch dass wenigstens der eine Sinneseindruck nicht halluziniert war und ich somit noch lebte, ließ mich beruhigt die Augen schließen und schlafen.

Als ich wieder erwachte, hatte das Tageslicht sich einen Weg in die Hütte gebahnt, die unter dem Dach mit einem Dickicht aus gelben Bäuchen von Flaschenkürbissen aller Größen gefüllt war, die man auf irgendeine Weise dort aufgehängt hatte. Ich lag auf einer Matte, knapp über dem Boden, flach auf dem Rücken, trug oben herum keine Kleider, war aber bis zum Kinn mit einem schweren Baumwolltuch bedeckt, das jedoch nicht wärmte. Ein weiteres, eingerolltes Tuch stützte meinen Nacken. Obwohl ich entkräftet war, wie nach langem Fasten, fühlte ich mich gut. Ich spürte keinen Durst und hatte auch kein Fieber mehr. Das euphorische Gefühl des Genesenden, sobald sein Körper nicht mehr schmerzt, überkam mich langsam und ließ meine ausgestreckten Arme und Beine entspannen. Plötzlich hob jemand die große Binsenmatte an, die den schmalen Hütteneingang verdeckt hatte, und blendendes Licht strömte herein. Sofort schloss ich die Augen und als ich sie wieder öffnete, stand ein Schatten vor mir.

Doch bevor ich weiter erzähle, was in der Hütte passierte, meine liebe Aglaia, und mein Leben für immer zeichnete, muss ich etwas ausholen, um die Besonderheit meiner Situation zu erklären. Was ich dir nun offenbare, da es zum Verständnis der folgenden Ereignisse unabdingbar ist, erfuhr ich von Ndiak erst drei Tage nach meinem Sturz vom Pferd, und nach kaum vorstellbaren Anstrengungen.

Als wir uns schließlich wiedersahen, erzählte Ndiak, dass er bei seinem Versuch, mich in Keur Damel auf meinem namenlosen Pferd zu halten, zuerst geglaubt hatte, der Schlag hätte mich getroffen, wie einst einen seiner noch jungen Onkel nach einem Jagdausflug. Er glaubte, sein Onkel sei von einem Geist des Busches bestraft worden, weil er die Rituale zur Versöhnung der erlegten Tiere missachtet hatte. Und obwohl er lange davon ausgegangen war, die dunklen Mächte des Busches könnten mir nichts anhaben, da ich ein Weißer war, musste Ndiak bei meinem Sturz aus dem Sattel sogleich an mein Verbrechen denken. Am Tag zuvor hatte ich auf dem Weg nach Keur Damel, am Rande des Dorfes Djoff, einen heiligen Vogel vom Ast eines Mangobaums geschossen. Die Dorfbewohner, die mein Schuss herbeigerufen hatte, wären aus Rache über mich hergefallen, wenn unsere kleine Eskorte sie nicht mit den Waffen davon abgehalten hätte.

In der Überzeugung, dass der Geist des heiligen Vogels gekommen war, um sich an mir zu rächen – Beweis dafür, dass ich, da ich mittlerweile Wolof sprach, auch nicht mehr ganz weiß war –, hatte Ndiak mich also in den Sand von Keur Damel gebettet. Für ihn war ich bereits tot. Er hatte mir, um sein Gewissen zu beruhigen, an Halsschlagader und Handgelenk den Puls gefühlt, aber ohne etwas zu spüren. Als er gerade überlegte, ob er mich gleich an Ort und Stelle begraben lassen sollte und mit welchem religiösen Zeremoniell, zog der älteste Krieger unseres Trupps einen kleinen Spiegel aus der Tasche. Der Mann hieß Seydou Gadio und war um die fünfzig, ein sehr hohes Alter für senegalesische Negersoldaten. Ich hatte ihm bislang keine Beachtung geschenkt. Er war unauffällig, nur sein weißes Haar stach hervor. Dennoch war er es, der unsere Reise leitete. Er rettete mir damals das Leben, nur um mir kaum eine Woche später jede Freude daran zu vergällen.

Seydou Gadio hatte sich neben meinen Kopf gekniet und hielt mir seinen Spiegel vor Mund und Nase. Der beschlug ein wenig, was Beweis dafür war, dass ich noch atmete. Der alte Soldat war sehr erfahren und Ndiak gab bei seinem Bericht, was mir während der zweitägigen Besinnungslosigkeit widerfahren war, ohne Umschweife zu, dass er sich ganz auf ihn verlassen hatte. So war es Seydou Gadio gewesen, der angeordnet hatte, mir aus den Palisadenresten im Sand von Keur Damel eine Tragbahre zu bauen. Und er war es auch, der die Männer der Eskorte angewiesen hatte, mich im Laufschritt in das Dorf Ben am Cap-Verd zu tragen.

Sowohl Seydou Gadio als auch Ndiak wollten mich möglichst schnell nach Ben gebracht wissen. Die Apathie, die das hohe Fieber bei mir auslöste, erlaubte in ihren Augen auch eine strapaziöse Reise, die mit einem Kranken bei vollem Bewusstsein sehr viel schwieriger gewesen wäre. Meine letzten Kräfte im Kampf gegen das fürs Erste siegreiche Übel wären schneller aufgezehrt, wenn sie, um mich zu schonen, häufig hätten pausieren oder langsamer gehen müssen. Da mein Lebensatem nicht mehr spürbar war, würde mich das Übel für besiegt halten und nicht weiter auf mich eindrängen. Auch die Kühle am Cap-Verd würde zu meiner Genesung beitragen, gewiss zur Überraschung des Geistes, den ich in Djoff mit der Tötung des heiligen Vogels beleidigt hatte.

Ndiak und Seydou waren sich einig darin, mich vor seinem Blick schützen zu müssen. Zur Tarnung bedeckten sie mich mit einem Baumwollstoff weiß wie ein Leichentuch. Wenn die Bahrenträger rasteten, hoben sie das Tuch am Rand heimlich hoch und befeuchteten mein brennendes Gesicht mit kühlem Wasser. Sogleich senkten sie das Tuch wieder und schüttelten den Kopf, als betrauerten sie meinen Tod. Ndiak spielte den Fatalisten, wie er später berichtete, indem er laufend halblaut seufzte, so dass der Geist des heiligen Vogels ihn hörte: »Möge Gott ihm verzeihen, dass er ohne Abschied von den Seinen in Frankreich gegangen ist.«

So trugen sie meine Bahre im Laufschritt zum Cap-Verd, unter Meidung sämtlicher kleiner Dörfer auf dem Wege. Unterwegs querten sie die flache Stelle eines Meeresarms, den Zulauf eines Salzsees, dessen Wasser sich, sobald die Sonne im Zenit steht, rosa färbt, wie ich auf meiner vorigen Reise zum Cap-Verd bereits beobachten konnte, und wählten dann einen Weg im Schutz des Waldes von Krampsàne. Das taten sie, um den Tod, der mir auf den Fersen war, zu täuschen. In dem großen Palmenwald gab es Löwen, Panther und Hyänen, die nachts das Dickicht verließen und bis an die Ränder der Küstendörfer am Cap-Verd vordrangen.

Nach einem Gewaltmarsch von fast dreißig Stunden waren sie in Sichtweite von Ben angekommen. Im Schein des Vollmonds konnten Ndiak und Seydou Gadio die Umrisse einer Hyäne und eines Löwen ausmachen, die ihre Vorderpfoten auf das Dach einer Hütte am Dorfrand gestellt hatten und einträchtig nebeneinander mit dem Maul Fische von einer Leine pflückten, die dort zum Trocknen aufgehängt waren. Seydou, der alte Krieger, hatte die Truppe mit einem Zeichen zum Halten gebracht. Die Männer warteten ab, bis die beiden Raubtiere, die als die größten Feinde der Welt gelten, bei Tagesanbruch, ohne den Trupp beachtet zu haben, in den Wald zurückgekehrt waren.

Ndiak hatte mir erzählt, dass der Vorsteher von Ben nicht überrascht gewesen war, von der seltsamen Gemeinschaft eines Löwen und einer Hyäne zu hören, die zusammen Trockenfisch stahlen. Er hatte dazu nur gesagt: »Wir alle müssen leben.« Es wunderte ihn auch nicht, mich auf einer Trage liegend zu sehen: »Unsere Heilerin hat bereits angekündigt, dass eine Gruppe Fremder noch heute nach ihr fragen würde. Kommt, ich führe euch zu ihr.«

Ndiak hatte mir erzählt, wie überrascht sie waren, als der Vorsteher sie zurück zu der Hütte am Dorfrand brachte, die mit dem Trockenfisch auf dem Dach, an dem sich der Löwe und die Hyäne eine Stunde zuvor bedient hatten. Seydou und Ndiak sahen darin einen Wink des Schicksals, ohne dass sie ahnen konnten, ob etwas Gutes oder Schlechtes bevorstand.

Am Eingang des Grundstücks begrüßte sie, genau wie sie es sich vorgestellt hatten, da die Fähigkeit zu heilen meist Menschen mit viel Lebenserfahrung zugesprochen wird, eine alte Frau, die ihren Erklärungen zuvorkam und versicherte, sie würde den Weißen auf der Bahre heilen, obwohl sie alle Vertreter seiner Rasse verabscheute. Meine beiden Begleiter erschauderten, weil sie das Tuch, das mich vollständig bedeckte, noch gar nicht angehoben hatten. Woher konnte sie wissen, dass ich ein *toubab* war? Die weiteren Worte der alten Frau trugen auch nicht zu ihrer Beruhigung bei: Sie wisse seit langem, wer wir seien, und dass wir sie aufsuchen würden.

Wie Ndiak mir später gestand, kriegten er und, ungeachtet seines Alters und seiner Erfahrung, sogar Seydou Gadio es beim Anblick der Heilerin mit der Angst zu tun. Sie stützte sich auf einen langen, mit rotem Leder bespannten und mit Kaurimuscheln verzierten Stab und hatte ihr Gesicht zur Hälfte unter einer Kapuze versteckt, die aus der Haut einer riesigen Schlange gefertigt war. Die Schlangenhaut bedeckte außerdem ihre Schultern und reichte ihr wie ein lebendiger Mantel bis zu den Füßen. Die Haut war gezeichnet von seidengelben Streifen auf tiefschwarzem Hintergrund und hatte einen öligen Glanz. Als die alte Frau hinkend kehrt machte und in die Haupthütte des Grundstücks zurückging, in die sie mich hatte bringen lassen, hinterließ sie bei Ndiak das Gefühl, es mit einem undefinierbaren Wesen, halb Frau, halb Schlange, zu tun zu haben. Unter der hässlichen Schlangenhaut steckte der gesamte Körper der Heilerin in einem Overall aus rötlich-lehmfarbenem Stoff. Und den kleinen sichtbaren Bereich ihres Gesichts überzog ein weißliches Gemisch aus getrocknetem Lehm, rissig an den Mundwinkeln, so dass ihr Mund dem breiten, hässlichen Maul der Schlange glich, deren Haut sie bedeckte. Trotz ihres hohen Alters, beglaubigt von ihrem Buckel, bewegte sie sich schwungvoll und gab jedem Wort, das sie mit leiser, tiefer Stimme sprach, Nachdruck durch einen kräftigen Stoß ihres langen Stabes auf den Boden. Auf diese Weise gab sie Ndiak, Seydou Gadio und dem ganzen Trupp zu verstehen, nicht in der Nähe ihres Hauses ihr Lager aufzuschlagen. Sie mögen sich bitte am anderen Ende des Dorfes niederlassen und sie würde Bescheid geben, sobald ich geheilt sei.

Meine Gefährten fügten sich ihrem Willen, da sie mein Leben nicht mehr in ihrer Obliegenschaft, sondern in den Händen einer Heilerin sahen, deren furchterregendes Aussehen jedoch den Eindruck vermittelte, sie könne den bösen Geist, der mich quälte – den des in Djoff geschossenen heiligen Vogels –, besiegen. Im Weiteren gestand Ndiak später, dass er dennoch viel zu Gott gebetet hatte, er möge mich vor dem Tod bewahren, weil er wusste, dass bei meinem Ableben er seinem Vater die wahren Gründe unserer Reise nach Ben berichten müsste. Dabei wollte er nicht, dass der König schlecht von mir dachte, wenn er erfuhr, dass wir den ganzen Weg von der Insel St. Louis gegangen waren, um aus reiner Neugierde die Geschichte einer angeblich aus Amerika zurückgekehrten Sklavin zu hören. Ndiak glaubte, dass mich das abwerten würde und diese Abwertung dann auf ihn zurückfallen könnte, wenn sich womöglich »Seinesgleichen« darüber belustigten.

»Gewiss, Adanson«, schloss er, als er mir von unserer abenteuerlichen Ankunft in Ben bei der Heilerin erzählte, »hätte ich deinen Tod wie den eines Freundes betrauert. Doch wäre es mir wahrlich nicht leichtgefallen, den anderen zu gestehen, dass ich bei den Unternehmungen eines Verrückten mitgemacht hatte.«

Aus diesen Worten, die Ndiak im Schatten eines Ebenholzbaums sprach, mit großem Ernst, kurz nach meiner Rettung, von der ich später noch berichten werde, glaubte ich zu verstehen, dass mein junger Freund bereits darauf hinwirkte, der nächste König von Waalo zu werden. Angesichts dieser Worte dachte ich, dass er keine Skrupel haben würde, Kriege anzuzetteln, um zur Macht zu kommen, indem er die Thronfolge, die seinen Neffen als Kronprinzen vorsah, gewaltsam änderte. War er nicht schon jetzt darauf aus, einem Kreis der Ehrbaren beizutreten, zu dem ich nur deshalb gehörte, weil ich weiß war? Ich begann unser Verhältnis in Zweifel zu ziehen, da ein Mann, egal wie jung oder alt, der zur Macht strebt, seine Mitmenschen nur noch als Schachfiguren sieht, mit denen er nach Belieben taktiert. Doch habe ich mich geirrt. Ndiak war tatsächlich der treueste Freund, den ich je gehabt hatte.

XX

Als ich nach zwei Tagen völliger Apathie endgültig wieder erwachte, stand vor mir im Halbdunkel der Hütte ein Schatten. Nachdem ich mich von meiner ersten Verblüffung erholt hatte und den unteren Teil eines schrecklichen Gesichts entdeckte, glaubte ich, wieder das Bewusstsein zu verlieren. Am Fußende meines Bettes stand ein menschliches Wesen, beobachtete mich stumm, und hatte mich für eine Schrecksekunde glauben lassen, eine riesige Boa würde sich mit aufgerissenem Maul auf mich stürzen. Abrupt richtete ich mich auf und erkundigte mich mit schwacher Stimme, was man von mir wolle. Keine Antwort. Jemand beobachtete mich verborgen unter einer Kapuze aus Schlangenhaut, die sowohl nach ranziger Butter als auch, sehr markant, nach verkohlter Eukalyptusrinde roch. Ich begriff, dass ich mich wahrscheinlich in den Händen eines Heilers befand, der die Geheimnisse der hiesigen Flora kannte – ein Wissen, das ich, seit meine Kenntnisse des Wolof es zuließen, begierig hatte gewinnen wollen. Wenn ich wieder bei Bewusstsein war, dann gewiss dank dieser Person dort, also brauchte ich sie nicht zu fürchten.

Unbeweglich verharrte sie vor mir, über eine Spanne, die mir sehr lange vorkam, und musterte mich, wenngleich ich ihre Augen nicht sehen konnte. Ich sprach mir Ruhe zu, so gut ich konnte. Dann, wie mit einem plötzlichen Entschluss, schob sich die Person mit beiden Händen die Kapuze nach hinten auf die Schultern.

»Was wollen Sie von Maram Seck?«

Ich wähnte mich schon Opfer einer weiteren Halluzination als da eine junge Frau zu mir sprach, die mir sogleich sehr schön zu sein schien, obwohl Mund und Wangen mit weißem Lehm bestrichen waren. Der obere Teil ihres Gesichts war von der weißen Lehmschicht, die sie maskierte, ausgespart geblieben und offenbarte das tiefdunkle Schwarz ihrer Haut, deren glatter, leuchtender Teint darauf schließen ließ, wie weich und zart sie war. Ihr geflochtenes Haar, das sie in einem hohen Knoten trug, und ihr langer, zierlicher Hals verliehen ihr das Aussehen einer antiken Königin. Die großen, mandelförmigen, schwarzen Augen und die langen, geschwungenen Wimpern ließen mich an eine ägyptische Büste denken, wie ich sie aus dem Kuriositätenkabinett von Bernard de Jussieu, meinem Botaniklehrer, kannte. Ihre Iris, die tiefschwarz leuchteten wie ihre Haut, im großen Kontrast zum Schneeweiß ihrer Augäpfel, waren auf mich gerichtet wie auf eine Beute. Sie waren absolut starr, wie bei Menschen, die sich auf die Kunst der Hypnose verstehen. Ich war beklommen, und als die Antwort auf ihre Frage ausblieb, bückte sie sich und hob, ohne mich aus den Augen zu lassen, eine Machete vom Boden auf, die sie mir vors Gesicht hielt.

»Wenn Sie nicht sagen, wer Sie sind und warum Sie mit Ihren Mannen hier sind, werde ich Ihnen unversehens die Kehle durchschneiden. Der Tod ängstigt mich nicht.«

»Ich heiße Michel Adanson«, erwiderte ich sofort, »und da Sie sich als Maram Seck vorgestellt haben, gestehe ich Ihnen kurzerhand, dass ich aus Neugierde hier bin, um Sie kennenzulernen. Ich bin in Begleitung von Ndiak, dem Sohn des Königs von Waalo, um aus Ihrem Munde die Geschichte der Wiederkehrerin zu hören.«

»Sie wurden also von ihm geschickt, um mich aufzustöbern wie das Wild bei der Jagd!«

»Wer ist *ihm*?«

»Baba Seck, mein Onkel, der Vorsteher von Sor.«

»Ist es nicht normal, dass er sich um Sie sorgt?«

»Er sorgt sich weniger um mich, als um sich selbst.«

»Wie meinen Sie das?«

Maram Seck hielt mich offenbar für aufrichtig, legte also die drohend erhobene Machete beiseite und fuhr fort:

»Baba Seck ist ein elender Hund. Ihm verdanke ich mein Unglück, wegen ihm muss ich mich weit von Sor als alte Heilerin verkleidet verstecken ...«

Sie hielt kurz inne, wahrscheinlich da bei den letzten Worten ihre Stimme gezittert hatte und sie zu den stolzen Menschen gehörte, die ungern vor anderen weinten. Vielleicht aber auch, weil sie prüfen wollte, wie ich Baba Seck verbunden war.

Ich ahnte, dass sie zunächst Gewissheit über mich brauchte, bevor sie ihre Geschichte erzählte, und berichtete daher, was ihr Onkel über ihr unerklärtes Verschwinden aus Sor erzählt hatte, wie er bis zum Fort von Saint-Louis gegangen war, um nach ihr zu suchen, und dass er Boten in die umliegenden Dörfer geschickt hatte, um herauszufinden, ob die Entführer dort gesehen worden waren. Denn in Sor bestehe kein Zweifel daran, dass sie von Unbekannten entführt und als Sklavin verkauft worden sei. Und ich fügte hinzu, dass Baba Seck mir in jener Nacht im Dorf erzählt hatte, dass vor wenigen Tagen ein Mann namens Senghane Faye aus Ben gekommen war und berichtet hatte, dass sie lebendig aus Amerika zurückgekehrt sei und sich dort aufhalte – doch hatte er auch jedem in Sor verboten, sie aufsuchen zu wollen.

Als ich ihr zum Schluss erklärte, die Erzählung ihres Onkels habe mich einfach fasziniert und dazu angeregt, von Saint-Louis nach Ben zu laufen, um mehr von ihr und ihrem Geheimnis zu erfahren, entspannte sie sich merklich. Da ich immer noch in unbequemer Position auf meine Ellbogen gestützt war, um sie sehen zu können, schob sie schließlich einen mit Schnitzereien versehenen hölzernen Hocker an mein Bett und platzierte sich dort. So konnte ich den Kopf wieder auf die Stoffrolle legen, die mir als Kopfkissen diente, ohne den Blickkontakt zu unterbrechen. Hin und wieder beugte sie den Kopf so weit zu mir herunter, dass unter dem säuerlichen Duft von Karitébutter und Eukalyptusrinde, den die Schlangenhaut auf ihren Schultern absonderte, ihr blumiger Geruch mich erreichte.

Als es zwischen uns still wurde und wir nicht mehr wagten, einander anzusehen, fragte Maram Seck unvermittelt, wie es möglich sei, dass ein Weißer, einer der Herren der

Meere, aus reiner Neugierde auf sie einen so langen Weg zu Fuß zurückgelegt hatte. Ich antwortete, dass ich nicht allein wegen ihr hier sei, sondern um Pflanzen zu entdecken und im Busch entlang der Küste von Saint-Louis bis zum Cap-Verd Tiere zu beobachten. Es sei mein Beruf, Pflanzen, Bäume, Muscheln, Land- und Meeresfauna zu zählen und ganz genau in Büchern zu beschreiben, damit in Frankreich die Menschen aus der Ferne lernen konnten, was ich in Senegal vor Ort gesehen hatte. Selbst wenn sie nicht anzutreffen gewesen wäre, hätte ich diese Reise jedenfalls nicht umsonst gemacht, sondern hätte neues Wissen über die Pflanzen, Bäume und Tiere ihres Landes erworben.

»Und Sie glauben«, entgegnete Maram Seck, »dass Sie anders sind als die Leute der Senegalkonzession, die mit Elfenbein, Gold, Gummiarabikum, Leder und Sklaven handeln?«

Allzu gern wollte ich mich ihr gegenüber als ein besonderer Mensch präsentieren, weshalb ich antwortete, nichts mit den Leuten der Senegalkonzession zu tun zu haben und, wenn ich mit ihnen in Verbindung gebracht würde, dies nur der Form halber so sei. Allein der Flora und Fauna wegen sei ich hier.

»Aber«, bohrte sie weiter, »Ihnen muss klar sein, dass die Konzessionsbehörde von Ihren Beobachtungen gewiss profitieren wird? Andernfalls sind Sie naiv oder nicht ganz ehrlich.«

Ihre letzten Worte erschreckten mich mehr als ihre Machete. Mich beschäftigte sehr, wie viel Wertschätzung sie mir wohl entgegenbrachte. Ich erklärte die Besonderheit meiner Arbeit in Senegal daher zugleich mit einiger Zurückhaltung, da sie mir auch nicht den Makel mangelnder Bescheidenheit anlasten sollte. Dass ich vorgab, anders als andere zu sein, hieß, dass ich mich von anderen absetzen wollte, doch spürte ich in seltsamer Weise, dass es ein schwieriges Unterfangen würde, dabei der edlen Gesinnung, die ich meiner Gesprächspartnerin zuschrieb, gerecht zu werden und vielleicht sogar ihre Zuneigung zu gewinnen. Das war umso schwieriger, als ich mit ihr auf Wolof sprach, das ich zu diesem Zeitpunkt, um mich von der besten Seite zu zeigen, gern in all ihren Nuancen beherrscht hätte, und weil ich weiterhin an den Nachwirkungen des Fiebers litt.

Maram Seck ließ mich einen Moment lang in meinen wirren Erklärungen verrennen, in denen ich falsche Bescheidenheit vorgab und mir eine Rolle anmaßte, die sich von der anderer Franzosen im Senegal unterschied, bis sie, vielleicht in Anbetracht meiner zunehmenden Zermürbung und Müdigkeit plötzlich aufstand und meine kleine, von aufkeimender Liebe beflügelte Rede, ohne viel Aufhebens unterbrach.

Sie begab sich in eine dunkle Ecke der Hütte, die ich nicht einsehen konnte, kam alsbald aber wieder zurück, setzte sich neben mich und reichte mir einen kleinen Flaschenkürbis, der wie ein Trinknapf mit gebogenem Griff aussah. Bedächtig trank ich davon, er enthielt eine Mischung aus saurer Kuhmilch und der zerriebenen Frucht des Affenbrotbaums, deren säuerlicher Geschmack zum einen meinen Durst besser stillte als Wasser und die mich zum anderen ebenso sättigte wie Brot. Ein durchaus wirksames Heilmittel obendrein, da meine Kräfte schneller zurückkehrten, als ich es für möglich gehalten hätte. Nachdem sie die Schlangenhaut wieder vollständig über ihre Schultern gezogen und die Hälfte ihres Gesichts wieder unter der schwarzen Kapuze mit den seidengelben Streifen verborgen hatte, half sie mir vom Bett auf und stützte mich zu einem Gang vor die Hütte.

Es war September, kurz vor dem Ende der Regenzeit. Der Himmel hing voll großer, auberginenfarbener Wolken, die immer noch dunkler wurden, als schickte der Wind sämtlichen roten Staub vom Cap-Verd zu ihnen hinauf, den sie später als Regenguss wieder ausspeien würden.

Maram Seck führte mich in eine Ecke ihres kleinen Terrains, die von mannshohen Palisaden umgeben war. Dort stand ein großer, brauner, abgegriffener Krug mit weiter Öffnung, in dem ein hölzerner Schöpfbecher schwamm, den ich zum Waschen benutzen durfte. Eine kleine schwarze Seife aus Asche und einer gehärteten, nach Eukalyptusblättern riechenden Paste lag auf einem handtellergroßen Bett weichen Strohs. Maram half mir, mein Hemd auszuziehen, und warf es mit spitzen Fingern in einen wasserbefüllten Flaschenkürbis neben ihr. Sie würde mir saubere, trockene Kleidung geben, wenn ich in die Hütte zurückkäme, wo sie mich erwartete.

Der Himmel drohte zu bersten, und in dem Wissen, dass Regenwasser hier, wie ich vor meiner Reise gelesen hatte, sogenannte Miasmen enthielt, beeilte ich mich beim Waschen. Dennoch wusch ich mich gründlich, wusch auch Hemd, Hose und Strümpfe. Als ich sah, wie sich das Waschwasser nach dem Einseifen meiner Kleider so auberginefarben färbte wie der Gewitterhimmel über uns, verstand ich Marams Abscheu und schämte mich. Sobald ich sauber war und auch meine Kleidung nach fünfmaligem Waschen ihre eigentliche Farbe langsam wiedererlangte, hing ich sie über die Palisade, die als Sichtschutz vor neugierigen Blicken diente. Wind kam auf. Ich hatte gerade noch Zeit, mich in das Tuch zu hüllen, das Maram mir vorsorglich hingelegt hatte, und eilte zurück zur Hütte, in der sie auf mich wartete. Die Binsenmatte, die den Eingang verschloss, war hochgeklappt. Angekommen im Schutz der Behausung drehte ich mich um und beobachtete das Schauspiel des Wirbelsturms.

Zuerst sah ich blutrote Wasserfälle vom Himmel herabstürzen. Vor allem der erste Regenguss war der Gesundheit unzuträglich. Nach der unreinen Katarakt tränkte dann sauberes, gut trinkbares Wasser den Boden. Und so kommt es, dass in den Dörfern Senegals die üblicherweise mit Deckeln verschlossenen Regenkrüge erst einige Zeit nach Beginn des Unwetters für das gute Wasser geöffnet werden.

Als ich wieder in der Hütte war, wollte Maram gerade hinauseilen, um bei all ihren Krügen und Tongefäßen die Deckel abzunehmen – barhäuptig und nur mit einem unter den Achseln zusammengehaltenen Tuch bekleidet. Ich sah sie hinter einer der Hütten verschwinden, wahrscheinlich schwer damit beschäftigt, alle Gefäße und Behälter für den guten Regen zu öffnen. Zunächst wunderte mich, dass sie ohne ihre übliche Verkleidung als alte Heilerin hinausging, doch dann dachte ich mir, dass zu diesem Zeitpunkt wohl sämtliche Dorfbewohner mit dem Auffangen des Regenwassers beschäftigt sein dürften und sie deshalb nicht fürchtete, entdeckt zu werden. Ich ließ den Hütteneingang offen und ging zu meiner Bettstatt, von der Maram die durch mein Fieber beschmutzten Stoffe und Tücher abgezogen und durch saubere ersetzt hatte. Aus einem kleinen ockerfarbenen Tontopf mit dreieckigen Löchern, Halbmonden und winzigen

Quadraten strömte der Rauch eines Räucherwerks, erfüllte die Luft mit dem schweren, berauschenden Geruch von Moschus und Eukalyptusrinde. Rechts vom Hütteneingang stand ein großer Holzbottich mit Metallring, den ich bislang nicht wahrgenommen hatte. Ich fuhr herum, als plötzlich das gleiche Plätschern aus ihm aufstieg, das mich in der Nacht zuvor ins Bewusstsein zurückgeholt hatte. Ich hob den Deckel an, einen großen runden Fächer aus geflochtenen Binsen, tauchte einen Finger ins Wasser und zog ihn sofort wieder heraus, da die Oberfläche sich bewegte. Das Wasser am Finger schmeckte salzig. Anhand des Plätscherns konnte ich schließen, dass in dem Bottich ein, zwei Salzwasserfische lebten. Ich vermutete, dass Maram sie sich hielt, um damit zu heilen.

Auf meinem Bett entdeckte ich eine weite weiße Baumwollhose und ein langes, an den Seiten offenes Hemd, die Maram mir herausgesucht hatte. Es war ein Hemd im indischen Schnitt mit sehr schönen Mustern aus lilafarbenen Krebsen, gelb-blauen Fischen und halb hinter lindgrünem Seetang verborgenen rosafarbenen Muscheln, allesamt vor einem makellos weißen Hintergrund. Ich freute mich über Marams Fürsorge und hätte mich gern frisch rasiert, um mich von der besten Seite zu präsentieren. Auf meinen Wangen spürte ich einen Dreitagebart, dessen rötliche Farbe mir dazu nicht sehr vorteilhaft erschien. Doch mein Rasierzeug war für mich unerreichbar. Maram hatte erklärt, mein Gepäck befände sich am anderen Ende des Dorfes und werde von Ndiak bewacht. Ich konnte es weder holen gehen, noch meine Mitreisenden über meine Heilung informieren, da das Gewitter immer noch tobte. Also legte ich mich wieder auf mein Bett, um bis zu Marams Rückkehr neue Kräfte zu sammeln.

Während ich auf ihre Rückkehr hoffte, um endlich ihre Geschichte zu hören, war ich fast wieder eingedämmert, doch ein Geräusch, links von mir, jenseits der Wand, ließ mich aufhorchen. Wahrscheinlich hatte Maram gerade draußen im Regen den Deckel eines Krugs geöffnet. Neugierig erhob ich mich von meinem Lager, stellte mich auf mein Bett und schaute auf Zehenspitzen durch den Spalt zwischen Wand und Strohdach aus der Hütte hinaus. Was ich erblickte, ließ mich schaudern.

Einige Jahre vor meiner Reise nach Senegal wäre ich als Jugendlicher fast in den Dienst der Kirche getreten und als gläubiger Katholik hielt ich Keuschheit für eine wichtige Tugend, die uns vor allzu häufiger Sünde des Fleisches bewahrte. Doch trotz meiner religiösen Erziehung und meines Wunsches, mich von dem bedrohlichen wie schönen Anblick loszureißen, blieb mein Blick auf die vollkommen entblößte Maram Seck gerichtet, wie sie einen Krug nach dem anderen öffnete, um ihn mit Wasser füllen zu lassen. Sie hatte das regennasse Tuch abgelegt, das ihr gewiss hinderlich gewesen war, und ging nun in völliger Nacktheit frei und bildschön umher wie eine schwarze, von Gott noch nicht aus dem Paradies vertriebene Eva. Der Regen hatte den weißlichen Lehm aus ihrem Gesicht gewaschen, so dass hohe Wangenknochen und feine Wangengrübchen sichtbar wurden, die da waren, sogar wenn sie nicht lächelte. Ihre Brüste sahen aus wie von einem Bildhauer geformt, so prall von Leben waren sie, und ihre schmale Taille betonte die wunderschönen Formen ihres unteren Rückens und ihrer Schenkel. Sie wähnte sich unbeobachtet, bewegte sich mit großer Freiheit und nichts an ihr entging meinem Blick, so dass ich glaubte, sie habe keinerlei Behaarung und sei eine vollendete Frau.

Der Anblick, der sich mir bot, währte wahrscheinlich nur sehr kurz, bevor sie in einen anderen Bereich ihres Terrains ging. Doch auch in der kurzen Zeit machte ich mir hundert Mal den Vorwurf, aus Willensschwäche den Blick von Maram Seck nicht abgewandt haben zu können. Schließlich ließ ich mich zurück aufs Bett sinken, krank vor Verlangen und Scham zugleich, da ich ihr mit Blicken und Gedanken zu Leibe gerückt war, während sie nichts davon ahnend in all ihrer Blöße durch das segensreiche Gewitter eilte.

XXI

Erst als der große Regen vorbei war, kam Maram in die Hütte zurück. Sie hatte ein weißes Baumwollkleid übergezogen und roch nach frisch geschnittenem Gras. Ich wagte nicht, zu sprechen, schämte mich, sie entblößt gesehen zu haben, und gelobte mir, sie unter einem falschen Vorwand um Verzeihung zu bitten, damit sie mir der Form halber, in Unkenntnis des wahren Grundes vergeben würde.

Jetzt als alter Mann glaube ich, dass die Schuld, die ich mir selbst vorwarf, keine große war. Ist es nicht absurd, moralische Urteile über natürliche Impulse zu fällen? Doch hat mich meine Religion immerhin davor bewahrt, mich gegen Maram Seck zu versündigen. Hätte ich ihr Avancen gemacht, hätte sie wahrscheinlich das nötige Vertrauen in mich verloren, um mir ihre Geschichte zu erzählen. Wäre mir in unserer Welt die Chance dazu gegeben worden, hätte ich um ihre Hand angehalten. Und hätte sie eingewilligt, wäre ich ihr nähergekommen wie die Natur es will, wenn zwei Menschen einander lieben.

Maram und ich setzten uns im Schneidersitz gegenüber auf das Bett, von dem ich sie vor kaum einer Stunde begafft hatte. Sie war mir ganz nah und ich hätte sie mit dem ausgestreckten Arm berühren können. Ihr Blick verband sich mit meinem, ihre Augen voll von einer Redlichkeit, die mir das Herz zusammenschnürte. Wie gern wollte ich sie an meine Brust drücken. Jede ihrer gleichsam eleganten wie munteren Bewegungen hatte faszinierenden Charme. In der Hütte war es noch hell und ich bemerkte, dass ihre Handflächen, die sie gefühlvoll bewegte, mit Mustern verziert waren. Ockerfarbene Kreise, Dreiecke und Punkte, die mit Henna aufgemalt waren, einer Pflanze, die ich auch in meinen Memoiren beschreibe. Mir schien es, die Zeichen erzählten ihre Geschichte in einer unbekannten Schrift, die nur sie lesen konnte, so wie Wahrsagerinnen aus Handlinien das ganze Leben ihrer Opfer zu lesen vermochten.

»Ich habe Ihnen mein wahres Gesicht offenbart und will Ihnen nichts verheimlichen«, fuhr Maram mit sanfter Stimme fort, »da ich denke, dass ich Ihnen vertrauen kann. Offensichtlich sind Sie anders als die anderen Männer, sowohl die meiner als auch die Ihrer Rasse.«

Ihre Worte ließen mich sogleich erröten. Sie ahnte nicht, wie falsch sie damit lag.

»Die Schönheit einer Frau kann auch ein Fluch sein«, erzählte sie weiter. »Kaum war ich kein Kind mehr, bescherte sie mir alles Unglück, das mich bis hierhin, nach Ben, in diese Hütte, gebracht hat.

Eines Tages, ich weiß nicht mehr wann genau, sah mich mein Onkel, der ältere Bruder meiner Mutter, der mir seit dem Verschwinden meiner Eltern wie ein Vater war, nicht mehr als Kind. Mehr und mehr bekam ich den Eindruck, er sähe inmitten all seiner Kinder nur noch mich an, wenn wir ihn morgens vor seiner Hütte begrüßten. Anfangs machte mich seine besondere Beachtung sogar stolz und ich mühte mich, sie mir durch Freundlichkeit und Anmut zu verdienen. Ich schätzte mich glücklich, bei ihm aufgenommen worden zu sein. Doch schon bald irritierte mich sein Blick. Er verfolgte mich drinnen und draußen, vermittelte mir ständig das unschöne Gefühl, er greife mir in die Haare, halte mich an den Schultern, öffne meine Kleidung und verschlinge mich. So gut es ging versuchte ich, mich seinen Blicken zu entziehen. Vergebens. Ich fühlte mich wie eine Gazelle, die trotz gewaltiger Sprünge und Haken das Raubtier an ihren Fersen nicht abschütteln konnte.

Bald verstand ich, dass ich meinem Onkel ausgeliefert war, gefangen in den Begierden eines Mannes, obwohl ich noch ein Mädchen war. Erschöpft von der Angst vor einer ständigen drohenden, unverdienten Katastrophe, wollte ich möglichst viel Abstand zwischen uns bringen. Immer öfter suchte ich das Weite, verließ das Terrain meines Onkels, sogar das Dorf, um nicht in seine Fänge zu kommen. Bald verbrachte ich die meiste Zeit des Tages im Busch in der Umgebung von Sor.

Mein Onkel Baba Seck und seine Frau duldeten meine Eskapaden aus unterschiedlichen Gründen. Sie, weil sie sicher spürte, dass ich ihre Rivalin geworden war, was sie mir, so unschuldig ich daran war, dennoch übelnahm. Er, weil er wahrscheinlich plante, sich im Busch, in einem abgelegenen Winkel an mir zu vergreifen. Meine jüngeren Cousinen und Cousins wunderten sich über mein Vorrecht, dass ich außerhalb des Dorfes herumlaufen dürfte und keine Hausarbeit aufgetragen bekam so wie sie. Meine einzige Aufgabe bestand darin, vor Einbruch der Dunkelheit etwas trockenes Reisig zu sammeln, um das Herdfeuer fürs Abendessen zu entzünden.

Anfangs hatte ich ebenso viel Angst vor dem Busch wie vor meinem Onkel, doch dann wurde mir die Natur zur Zuflucht, zur Familie. Ich erkundete den Busch, beobachtete seine Bewohner, zu denen ich nun irgendwie selbst gehörte, und lernte die Heilkraft vieler Pflanzen kennen. Das meiste Wissen, das ich heute als Heilerin hier in Ben benötige, stammt aus den drei Jahren, als ich erst zum Abend mit meinem Kochreisig zu meinem Onkel zurückkam.

Die Leute in Sor fanden meine Lebensweise zunächst seltsam. Dann gewöhnten sie sich daran. Alle, denen ich morgens in Dorfnähe auf ihrem Weg zum *lougan*, ihrem Feld, begegnete, grüßten mich freundlich. Ich war noch ein Kind, aber sie baten mich immer öfter, dass ich ihnen Kräuter oder Blumen sammelte, wobei sie kurz erklärten, welche Wirkung diese oder jene Pflanze hatte, wie sie selbst herausgefunden oder von ihren Eltern beigebracht bekommen hatten. Bald hatte ich, da sie bereitwillig ihr verstreutes Wissen mit mir teilten, sehr viel davon angehäuft.

Ich erlangte etwas Berühmtheit, als ich eine meiner Cousinen heilen konnte, die zwar großen Appetit zeigte, aber zusehends abnahm. Im Dorf hieß es bereits, dass sie von einem Zauberer, einem *dëmm* befallen war, der sie innerlich auffraß, weil er ihrer Familie Schlechtes wollte. Einige hatten offenbar mich im Verdacht, diesen Zauber zu vollführen, weshalb ich beschloss, Cousine Sagar zu helfen, um das Gerücht, das mir mittlerweile vermehrt zu Ohren kam, aus der Welt zu schaffen.

Den Erfolg meiner Heilungsmethode verdankte ich dem Glück, die Tiere im Busch beobachten zu können, die sich nicht groß um mich scherten. Ich war auf leisen Sohlen in ihre Welt vorgedrungen und sie hatten sich an meine diskrete Anwesenheit gewöhnt.

Eines Morgens hatte ich eine kleine Grüne Meerkatze, die abgesondert von ihrer Sippe saß und mir krankhaft abgemagert erschien, dabei beobachtet, wie sie die Wurzeln eines Strauches, die sie geduldig ausgegraben und lange gekaut hatte, hinunterschlang, bis sie fast daran erstickte. Neugierig war ich ihr aus der Ferne gefolgt und beobachtete sie wenig später dabei, wie sie zunächst vor Schmerz, dann in ruhiger Erleichterung Laut gab, bevor sie sich umdrehte, um nachzuschauen, was hinten hinausgedrückt worden war. Ein sehr langer Wurm lag inmitten Dutzender winziger Würmer, die in ihren Exkrementen zappelten und die ich mir genauer ansah, sobald der Affe davongegangen war. Ich schloss daraus, dass die Pflanzenteile, die diesem Tier gute Dienste geleistet hatten, auch für Menschen mit der gleichen Krankheit heilsam sein konnten. Und so kam ich zu der Vermutung, dass Sagar, meine trotz des vielen Essens so abgemagerte Cousine von Würmern befallen war, und ich kochte auf gut Glück einen Sud aus dieser Wurzel, den ich sie zu trinken bat. Und siehe, bald waren die Gäste aus Sagars Darm verschwunden, die alles, was von ihr gegessen wurde, für sich genutzt hatten.

Die Kunde davon begründete meinen Ruf als Heilerin, und mein Onkel als Dorfvorsteher gratulierte sich vor aller Ohren dazu, dass wir nicht mehr woanders hingehen mussten, um uns heilen zu lassen. Der Heiler eines weit entfernten Dorfes verlangte tatsächlich sehr viele Gaben im Austausch für seine Dienste. Ich selbst war glücklich, dass ich fast jedem, der um Behandlung bat, helfen konnte – wofür ich nur nahm, was die Leute mir freiwillig anboten.

Und mein Onkel Baba Seck freute sich, dass endlich gerechtfertigt war, mich anders als die anderen Kinder durch den Busch um Sor streunen zu lassen. Ich überließ ihm all die Gaben meiner Patienten: Hühner, Eier, Hirse, manchmal sogar Schafe. Er hätte sich weiter am Reichtum erfreuen können, den ihm mein Wissen einbrachte, und weiter seine Position als Dorfvorsteher festigen können, wenn er nur seinen Dämon gezähmt bekommen hätte, der ihn drängte, sich an mir zu vergehen, obwohl ich doch seine Nichte und Kind unter all seinen Kindern war.

Tatsächlich war ich nach drei Jahren relativer Freiheit so groß geworden, dass Anzeichen eines jungen Frauenkörpers sich an mir zeigten, die mein Onkel natürlich als Erster entdeckte. Bei jeder Begegnung musterte er mich mit Beharrlichkeit und brennendem Verlangen, doch glaubte ich auch, große Verwirrung in seinem Blick zu sehen und die Reue eines mit sich kämpfenden Mannes, ohne Ruhe und Hoffnung auf Heilung von seinem kranken Verlangen nach mir.

Mein Mitleid für meinen Onkel muss den Zorn meines *faru rab* heraufbeschworen haben, meines Geistervermählten, der wahrscheinlich entschied, damit der Boden von Sor durch keinen Inzest befleckt würde, dass ich mein Heimatdorf verlassen muss. Vielleicht hatte mein häufiges Umherziehen durch den Busch auch die Eifersucht eines weiblichen Geistes mit größeren Kräften als mein *rab* erregt. Aus welchem geheimen Grund auch immer wurde der Busch, der mir bislang Zuflucht war, nun plötzlich feindliches Gebiet.

Nachdem ich so viele Jahre lang von keinem wilden Tier, keiner kriechenden, laufenden oder fliegenden Kreatur überrascht worden war und durch die Rufe von Weißkehlsperling und Wiedehopf vor jeder Gefahr gewarnt wurde, mit allen Tricks vertraut war, wie Beutetiere ihren Räubern entkamen, sah ich ihn erst, als er nur noch wenige Schritte von mir entfernt war. Zu spät.

Mein Onkel packte und umfasste mich. Er ist groß und stark, so dass ich ihm nicht entkommen konnte. Mit irrem Blick flüsterte er mir Sachen ins Ohr, als fürchtete er, dass hier, an diesem abgelegenen Ort, ihn jemand außer mir hörte: »Maram, Maram, die ganze Zeit weißt du, was ich will, du weißt es. Lass es uns tun, nur ein einziges Mal, ein einziges Mal. Niemand erfährt es. Und danach finde ich dir einen guten Ehemann … Sei gut zu mir, nur ein Mal!«

Ich wusste, was mein Onkel wollte, und wollte es nicht. Einmal hatte ich, versteckt im Dickicht, einen jungen Bauern aus dem Dorf mit seiner Frau gesehen, als sie ihm etwas zu essen aufs Feld gebracht hat. Da sie mich nicht sahen, konnte ich aus meinem Versteck hinter einem Baum ihr frohes, wildes Treiben verfolgen, mal war er auf ihr, mal sie auf ihm. Sie schienen glücklich dabei. Ich hatte sie stöhnen und am Schluss sogar vor Freude schreien hören.

Im starken Griff meines Onkels stöhnte ich nur vor Angst. Unmöglich konnte ich so etwas mit ihm tun. Wir waren vom selben Blut, trugen denselben Namen. Würde passieren, was er sich wünschte, wären wir verloren, er, ich, auch das Dorf, dessen Felder und Brunnen durch unser Tun für immer verunreinigt wären. Die Ordnung der Welt würde gestört, wenn er mich zur Frau machte.

Ich rang mit ihm, doch konnte er mich zu Boden werfen und mit all seinem Gewicht dort halten. Mein Onkel stank nach Holzfeuer, Wahn und Wildheit. Beißender Schweiß rann von seiner Stirn, tropfte mir in Mund und Augen. Ich schrie, er sollte einen Mann für mich finden, aber nicht selbst meiner werden. Ich nannte ihn Papa, um ihn zur Vernunft zu bringen. Rief die Namen meiner Mutter, seiner kleinen Schwester Faty Seck, und meines Vaters, seines Cousins Bocum Seck. Außerdem die Namen seiner Kinder Galaye, Ndiogou, Sagar und Fama Seck, erinnerte ihn, dass auch ich eines war. Doch war er wie ausgetauscht. Sah nicht, hörte nicht, verstand nicht, wer ich war. Er wollte mich, sofort, um jeden Preis. In mich eindringen.

Er hatte bereits das traditionelle Tuch, das mich kleidete, weggerissen und wollte meine Beine gewaltsam spreizen, als ihm ein lautes Lachen Einhalt gebot, das aus dem Busch neben dem Wäldchen kam, in dem wir lagen.

Alle Sprachen haben ihre Art zu lachen. Zu welcher es gehörte, wusste ich nicht, und obwohl mein Onkel sein Vorhaben aufgab, zitterte ich weiterhin vor Angst. Mein *rab*, mein Schutzgeist, war vielleicht in die Haut eines halb menschlichen, halb unmenschlichen Wesens geschlüpft, um mich aus meiner Lage zu befreien. Wenn mein *rab* aber so weit von mir entfernt war, dass er nicht mehr in meinen Körper zurückfand, lief ich Gefahr, den Verstand zu verlieren. Nur dank seiner Hilfe hatte ich im Busch überleben können. Damals ahnte ich seine Anwesenheit in meinen Träumen, in verschiedenen Menschen und Tieren, konnte ihm die Gestalten aber nie genauer zuschreiben, geschweige denn, ihn darin erkennen.

Der Mann, der mich vor dem monströsen Verlangen meines Onkels rettete, war aber nicht mein fleischgewordener *rab*, sondern ein Weißer wie Sie, Adanson. In Begleitung zweier schwarzer Wächter kam er heran und lachte wieder sein hohes, hyänenartiges Lachen. Er war größer als Sie und trug, wie auch seine Begleiter, ein Gewehr. Sie müssen im Busch rund um Sor gejagt haben, und gewiss wurden sie – wie ich zunächst dachte – von meinem *rab* zu mir geführt, um mich zu retten. Doch bald zeigte sich, dass mein *rab* mir eine Pein durch die andere ersetzte.

Mein Onkel stand inzwischen wieder auf zwei Beinen, und als auch ich mich aufstellte, um zur Bedeckung meiner Blöße, mir mein Tuch umzulegen, da lachte der Weiße nicht mehr. Er hatte innegehalten und starrte mich beim Anziehen mit seinem ganzen Wesen an, voll Begierde. Die breite Krempe seines Huts beschattete einen Teil seines Gesichts. Seine Augen funkelten. Ich habe in meinem Leben noch nicht viele Weiße gesehen, vielleicht zwei, Reisende von weit her, von der Insel Saint-Louis, die in der Gegend um unser

Dorf jagen gingen. Der Mann vor uns war anders, furchteinflößend. Überall im Gesicht hatte er kleine Krater und Flecken, wie der Vollmond, wenn er vom Horizont hinauf in den Himmel steigt. Seine von kleinen lila Schrunden gezeichneten Nasenflügel waren gebläht und zwischen seinen dicken, roten Lippen ragten schwarzgepunktete, schlechte Zähne hervor.

Ohne mich aus den Augen zu lassen, sagte er etwas in Ihrer Sprache, die sich ja daran erkennen lässt, dass der Mund beim Sprechen nicht sehr weit aufgeht. Ein Piepsen. Einer der schwarzen Begleiter übersetzte seine Worte ins Wolof und ich erfuhr, dass der weiße Mann, ohne sich darum zu kümmern, wer wir waren, woher wir kamen und wie wir hießen, mich meinem Onkel abkaufen wollte, als Sklavin.

Bei alledem überkam mich Mitleid für meinen Onkel Baba Seck. Er war am Boden zerstört. Stand da wie ein elendes Kind, das man beim Klauen erwischt hatte. Während er mit seiner Stattlichkeit normalerweise Eindruck machte, hatten der Weiße und die schwarzen Wächter vor sich nun einen Gedemütigten. Mit gesenktem Kopf band er sich in ewiger Prozedur die Hose zu und sah sich nicht in der Lage, den schlechten Handel, dessen Bedingungen man ihm diktierte, abzulehnen. Die Lage, in der man ihn überrascht hatte, könnte für einen Vater, der einer Familie und einem Dorf vorstand, nicht schrecklicher sein. Aber statt in dem Moment sich den Tod zu geben, der allein seine Ehre hätte retten können, schien er trotz der Schuld des Vergehens an mir, die für immer sein Blut vergiften würde, gewillt weiterzuleben. Mein Mitgefühl schwand, als ich begriff, dass er mich seinem kleinen Leben als Anführer opferte. Er wirkte sogar erleichtert über die Schicksalswende, dass seine Nichte, seine Versuchung und Schande, aus seinem Blickfeld und Leben verschwände.«

Maram war in Schweigen verfallen und beobachtete mich, als wollte sie die Wirkung ihrer Worte auf mich ermessen. Wahrscheinlich war es ein Leichtes, mich in höchster Verwirrung zu sehen. So hatte ich geglaubt, ihren Onkel Baba Seck zu kennen, doch war er offensichtlich anders als in meiner Vorstellung. Ich war oft sein Gast gewesen und hätte nie gedacht, dass er selbst den Verlust seiner Nichte verschuldet hatte. Er lebte frohgemut weiter, als wäre nichts geschehen, im Schutz und Glanz eines Ansehens, das über Nacht in sich zusammenfiele wie eine falsche Fassade, sobald sein Verbrechen bekanntwürde. Hatte er sich vor sich selbst verleugnen und die zwei Teile seiner Seele, den hellen und den dunklen, voneinander trennen können? Empfand er Reue oder verleugnete er sich erfolgreich angesichts seiner Tat, die zu Marams Verlust geführt hatte?

Ich ging davon aus, dass Baba Seck mir die erfundene Geschichte vom plötzlichen Wegsein seiner Nichte aus einem bestimmten Grund erzählt hatte. Wollte er nicht meine Neugierde wecken und mich als Späher losschicken, der Maram aufspürte wie das Wild bei der Jagd und ihm auf ominöse Weise half, sie loszuwerden? Wie muss er gezittert haben, als Senghane Faye, Marams Abgesandter, ihre Frage übersandte, ob für sie bereits eine Beerdigung in Sor organisiert worden war, und verlangte, dass niemand sie in Ben besuchte. Drohte sie nicht unterschwellig, sein Verbrechen ans Licht zu bringen? Vielleicht hatte Maram ihrem Boten aufgetragen, all dies zu sagen, um ihren Onkel, der ja glaubte, sie durch den Verkauf an den Weißen für immer losgeworden zu sein, zu quälen.

Eine weitere Tatsache beunruhigte mich, die ihren mutmaßlichen Racheplan gegen Baba Seck erschweren dürfte. Ich war mir ziemlich sicher, dass der von ihr beschriebene Weiße mit der pockennarbigen Haut niemand anders als Estoupan de la Brüe war, der Generaldirektor der Senegalkonzession. Meine Anwesenheit in ihrer Nähe bedeutete für Maram also eine Gefahr, von der sie nicht mal einen Bruchteil erahnte.

XXII

Während ich nachdachte, hatte Maram neuen Atem geschöpft. Plötzlich war die Nacht in ihrer großen Hütte eingezogen. Die Dämmerung, die wir in Europa kennen, gibt es im Senegal nicht: Anders als in unseren Breitengraden wird der Tag nicht langsam zur Nacht, sondern abrupt. Maram unternahm nichts, um Licht zu machen, und ich fand, sie tat gut daran. Was sie zu erzählen hatte, konnte, wie der Anfang ihrer Geschichte erahnen ließ, nur in schützendem Dunkel erzählt werden, nicht bei grellem Licht, das den Anblick ihrer Lebenswunden noch schrecklicher gemacht hätte.

»Mein Onkel verkaufte mich an den Weißen für ein einfaches Gewehr. Ich musste weg, damit er sein altes Leben behielt. Ich warf mich ihm zu Füßen und flehte ihn an, mich nicht zu verkaufen, ich versicherte ihm, niemandem im Dorf davon zu erzählen, doch er wandte sich entsetzt ab, als wäre ich eine Abscheulichkeit. Ich verwehrte es mir, den beiden schwarzen Wächtern zuzuschreien, dass er mein Onkel war, was sie meinem weißen Käufer hätten übersetzen können. Ich wollte nicht, dass man erzählte, Baba Seck habe die eigene Nichte missbrauchen wollen. Das hätte die Schande nur vergrößert.

Mein Onkel, der mich rasch dem Weißen zu übergeben gedachte, bevor das ganze Ausmaß seines Verbrechens bekannt wurde, griff sich das hingehaltene Gewehr und floh, ohne mich noch eines Blickes zu würdigen. Doch habe ich mehr Ehre als er. Der Weiße und seine Helfershelfer haben nie erfahren, dass ich tatsächlich vom Bruder meiner Mutter für ein Gewehr an sie verkauft wurde. Im Gewirr und Unglück, in das mein Onkel mich hineingezogen hatte, zählte für mich das allein. In mir und um mich herum brach die Welt zusammen, doch konnte ich die Ehre meiner Familie retten.

Meine Entführer wollten die Gegend um Sor unauffällig verlassen. Also mussten sie zum Fluss gelangen, wo an den Wurzeln einer Mangrove eine Piroge auf uns wartete, auch wenn das für sie einen weiten Umweg bedeutete. Auf unserem langen Weg durch den Wald hätte ich versuchen können, zu fliehen, zu schreien, meinen *rab* und alle Geister im Busch anzurufen, dass sie mich freikommen ließen, und wäre bereit, mich mit einem zu vermählen, auch wenn ich dadurch unfruchtbar würde und keine menschliche Familie mehr gründen könnte. Doch nichts davon geschah: Zum

Fliehen hatte ich weder die Kraft noch den Willen. Ich war wie betäubt vom Unglück, das über mich gekommen war. Mir zitterten die Beine, trugen mich kaum. Schultern, Rücken und Nacken schmerzten und ich sah nichts mehr um mich herum, weinte und erstickte fast an Kummer und Verzweiflung.

Versteckt unter einem Fischernetz, auf dem Boden der Piroge, in die mich die drei Männer geworfen hatten, bevor wir im Fluss zu Wasser gingen, konnte ich, obwohl mein Gesicht zur Hälfte in modrigem Wasser lag, mit einem Mal einschlafen. Und in einem rasch kommenden Traum, in dem alle Bäume und Sträucher von Blut triefen, sah ich meinen *faru rab*, wie er mir, in ein schwarz-gelbes Tuch gehüllt zuwinkte, als wollte er sagen: »Komm zurück, komm zurück!«

Er war ein gutaussehender, großer, starker Mann mit glänzender Haut, der weinend inmitten einer roten Vegetation stand, als wären die Baumrinden und die Pflanzen blutig vom Opfer tausender Tiere, deren Körper Dämonen fortgetragen hatten. Mein *rab* verbarg seine Trauer nicht vor mir und rief mir zu, dass er mich liebte und mich lieber für sich behalten hätte. Er bat um Verzeihung, mich an dem Tag nicht so gut beschützt zu haben wie in den drei glücklichen gemeinsamen Jahren im Busch. Dann, immer noch in meinem Traum, war mir, als sinke er ganz langsam in sich zusammen. Sein Mund wurde unnatürlich breit, die Augen gelb und sein Kopf immer flacher und dreieckig. Das Tuch, das ihn bedeckte, verwuchs mit seiner Haut. Er rollte sich zu einem Knäuel zusammen, wobei sein Kopf weiterhin hochstand und sein Blick mich fixierte. Mein *rab*, mein Schutzgeist, war nun eine riesige Boa. Als solche zeigte er sich mir, weit vor der Zeit, im Traum. Doch meine Initiation war noch lange nicht vollendet, ich war erst sechzehn. Allerdings war es das Wichtigste, was er mir noch mitgeben konnte, bevor ich den Busch von Sor für immer verließ.

Ich erwachte aus dem falschen Traum als eine andere. Zwar war ich niedergeschlagen, als das Boot die Ufer der Gegend von Sor verlassen hatte, fühlte mich nun aber seltsam mächtig. Obwohl die drei Männer, die mich gefangen hielten, mich traten, obwohl ich, in einem Fischernetz gefangen, kaum atmen konnte und am Boden der Piroge fast im modrigen Wasser ertrank, war mir seltsamerweise, als wäre nicht mehr ich in Gefahr, sondern meine drei Entführer. Ein heftiger, fast angenehmer Schauer lief mir über den Rücken und während die Nacht den Fluss einsperrte, schien es mir wider Erwarten, als wäre ich von der Beute zum Raubtier geworden.

Ich spürte das Schwanken der Piroge und stellte mir vor, dass mein *rab* unter ihr schwamm und auf einen günstigen Moment wartete, um sie kentern zu lassen und mich zu retten. Zunächst dachte ich, das laute Reiben unter unserem Boot rühre davon, dass er uns endlich angriff, aber es war nur das Auflaufen des Bootsrumpfs aufs flache Ufer der Insel Saint-Louis.

Die beiden Begleiter des Weißen zogen die Piroge auf den Sand. Sie zürnten ihrem Herren, weil er sie das Boot unter Mühen so weit aus dem Wasser ziehen ließ, bis er beim Aussteigen keine nassen Füße bekam. Ich hörte sie heftig fluchen, bis der Weiße ihnen auf Wolof zu schweigen gebot. Sie sollten keinen Lärm mehr machen. Dennoch schimpften sie im Flüsterton auf seine Mutter, Großmutter und sämtliche Vorfahren, bevor sie mich packten und ohne Rücksicht auf Verluste aus dem Boot hoben. Sie stützten mich jeweils unter einer Achsel und trotz der Dunkelheit und des mir übergeworfenen Netzes konnte ich sie erkennen. Meine Sinnesschärfe schien mir verdoppelt. Besser als je zuvor konnte ich sehen, hören und riechen, als hätte mein *faru rab*, mein Schlangenmann, mich mit übermenschlichen Fähigkeiten ausgestattet.

Die beiden Helfershelfer des Weißen waren Söldner, die der König von Waalo ihm zur Verfügung gestellt hatte, um freies Geleit für seine Eskapade rund um Saint-Louis zu genießen. Einer der beiden war noch wütender als der andere, da der Weiße ihm befohlen hatte, sein Gewehr gegen mich einzutauschen. Ohne Feuerwaffe aber fühlte sich ein Krieger wie er nackt. Er war naturgemäß jähzornig, streitsüchtig, vor allem nach dem Konsum des schlechten Branntweins, den er zum Lohn bekam, und er tötete ohne Bedenken, wenn er der Annahme war, man hätte ihm keinen Respekt entgegengebracht. Menschen seiner Art werden von allen Bauern in Senegal gefürchtet und gehasst, da sie brutale Sklavenjäger sind.

Ich habe mir die beiden Söldner sehr gut angesehen und ich kann Ihnen sagen, Adanson, dass es einer der Männer Ihrer Eskorte ist, der sein Gewehr gegen mich eintauschen musste. Heute hat er weiße Haare. Ich kenne sogar seinen Namen: Er heißt Seydou Gadio. Und der andere Ngagne Bass.«

Wieder schwieg Maram, wie um mir Zeit zu geben, all das Gesagte zu durchdringen. Ich wusste noch nicht, wer dieser Seydou Gadio war. Das sollte ich erst Tags drauf von Ndiak erfahren. Seydou Gadio war der Mann, der mir den kleinen Spiegel vor Mund und Nase gehalten hatte, um zu prüfen, ob ich noch atmete, als ich in Keur Damel, der temporären Siedlung des Königs von Kayor, wie leblos zusammengebrochen war. Mein Leben verdankte ich auch der improvisierten Trage, die er sich erdacht hatte, um mich nach Ben zu schaffen. Ndiak und ich ahnten, dass Estoupan de la Brüe in unserer Eskorte einen seiner Spione platziert hatte. Marams Erzählung machte unsere Vermutung umso dramatischer, da es für sie noch zusätzliches Unglück ankündigte.

Während ich verbittert meinen Gedanken nachhing, erhob sich Maram in der Dunkelheit. Ich hörte sie leichtfüßig auf und ab gehen und dann den großen geflochtenen Binsendeckel des Salzwasserbottichs anheben, den ich während des Gewitters neben dem Hütteneingang entdeckt hatte. Sofort hörte ich es leise plätschern, wahrscheinlich das Geräusch der sich aneinanderreibenden Fische. Im selben Moment erhob sich die blaue Lichtwolke, die mich in der Nacht zuvor wegen ihrer Unwirklichkeit so verwirrt hatte, langsam in den Himmel über der Hütte. Nun erkannte ich Marams Silhouette und die Umrisse ihres weißen Gewandes warfen das Licht zurück.

Plötzlich verstand ich. Warum war mir der Gedanke nicht schon früher gekommen? Maram hatte das Licht des Meeres in die Hütte geholt. Aus dem Bottich kam der bläuliche, lindgrüne Schein, den ich erstmals vor drei Jahren bei einer nächtlichen Bootsfahrt von Saint-Louis nach Gorée gesehen hatte. Ich war an Deck geflüchtet, um der drückenden Hitze des Laderaums zu entkommen, in dem Estoupan de la Brüe mich, obwohl er von meiner Seekrankheit wusste, unter

Missachtung aller Regeln der Gastfreundschaft und Menschlichkeit untergebracht hatte. Auf halbem Weg zwischen dem Festland und der Insel Gorée konnte ich bei einem Halt des Bootes das Naturphänomen beobachten, wie es von Seeleuten, die die Tropen gut kennen, vielfach beschrieben wird. In den warmen Zonen begann das Meer mitunter von innen heraus zu leuchten und ließ plötzlich die verborgenen Schätze in seinen Tiefen sehen. So war meine Seekrankheit wie weggeblasen, als ich beobachten konnte, dass Tausende von Formen unter Wasser wie Edelsteine glitzerten, unter dem Kiel des unbeweglichen Schiffes hinwegglitten und eingewoben in einen Teppich aus Licht mit Algenfäden besetzt waren, die teils silbern, teils golden schimmerten.

Dass Maram das leuchtende Meerwasser für uns in die nächtliche Hütte geholt hatte, ließ meine Zuneigung, die ich für sie empfand, noch weiter wachsen. Ich teilte zwar nicht ihre Weltanschauung und glaubte auch nicht an ihren *rab*, dieses Hirngespinst einer archaischen Religion, in der Mensch und Natur eine Einheit bildeten, doch begeisterte mich der Gedanke, dass wir beide die gleiche Freude für schöne Dinge empfanden, auch wenn sie gänzlich nutzlos waren. Selbst wenn der Schein aus dem Salzwasserbottich weit weniger stark als eine Kerze oder gar eine Öllampe leuchtete, war er bezaubernd schön anzusehen.

Außerdem waren Maram und ich beide empfänglich für die Geheimnisse der Natur. Sie, um sich mit ihnen zu verbünden, ich, um sie zu erforschen. Das war für mich ein Grund mehr, sie zu lieben, falls es stimmte, dass Verstand und Liebe zusammenpassen.

XXIII

Lautlos und leicht wie eine Feder, die vom Himmel fällt, setzte Maram sich wieder mir gegenüber auf das Bett. Das großherzige Geschenk, das sie mir damit machte, uns zusammen in das traumhafte Licht, in die himmelblaue, nachtumhüllte Wolke zu tauchen, rührte mich sehr. Gerade wollte ich in meinem armseligen Wolof sagen, dass ich mehr als nur Sympathie für sie empfand, als sie mir Einhalt gebot und ihre Geschichte weitererzählte.

Also begnügte ich mich damit, ihr ein aufmerksamer Lauscher zu sein. Sie gab sich mir in Worten hin und ich versuchte zu verstehen, warum. Mir ihre Lebensgeschichte zu erzählen, war eine Entscheidung, eine Wahl, Anzeichen einer Präferenz. Tat sie das, weil ich so ganz anders war als sie? Ein Mann und weiß noch dazu? Vielleicht würde ich für sie nie mehr als ein vorübergehender Vertrauter sein, eine Begegnung des Moments. Ich fühlte mich wie ein Beichtvater für ihr Unglück, von dem Maram sich jederzeit freimachen und sich seiner entledigen konnte.

»Sobald die Piroge auf dem Trockenen war, verschwand der Weiße und ließ mich in den Händen der beiden Krieger, die er angewiesen hatte, mich erst bei Dunkelheit ins Fort zu bringen, wenn es niemand sah. Meine Wächter fesselten mich an einen Ebenholzbaum nahe am Fluss und setzten sich in ein paar Schritten Entfernung ans Ufer, um Pfeife zu rauchen und etwas Branntwein zu trinken. Obwohl ich den Zeitpunkt für passend hielt, meinen *faru rab* anzurufen, erschien er nicht. Vermutlich war der Ort für ihn schon zu weit von Sor entfernt, um mich retten zu können. Doch statt trübsinnig zu werden, suchte ich nach anderen Wegen zur Flucht. Da Seydou Gadio und Ngagne Bass sich nicht um mich kümmerten, versuchte ich, die Fesseln zu lösen, mit denen sie meine Handgelenke hinter dem Baum, an dem ich sitzend lehnte, zusammengebunden hatten. Ich beschloss, meine Kräfte zu schonen, um sofort fliehen zu können, wenn sich eine Gelegenheit bot.

Auf dem Weg zum Fort bot sich allerdings keine, wo mich meine Wächter nach einem langen Fußmarsch schließlich in einen feuchten, weiß getünchten Raum warfen mit einer dicken Holztür, wie ich sie noch nie gesehen hatte. Dort lag ich dann, im Halbdunkel auf dem Boden, und hoffte weiter.

Nach kurzer Zeit öffnete sich die Tür und eine alte Frau stand vor mir. Im Schein einer Kerze trat sie vorsichtig näher und ermahnte mich, nicht gram zu sein und sich nicht zu widersetzen. Sie wolle mir nichts Böses, sie bringe mir Essen, Trinken, Waschen und Kleidung. Ein Kind folgte ihr, das eine Schale Schafs-Couscous und einen Krug frisches Wasser trug. Dasselbe sehr junge Mädchen, dessen Gesicht ich bei Kerzenlicht kaum sehen konnte, nahm mir, nachdem ich ein wenig gegessen und getrunken hatte, mein schlammbeflecktes Tuch ab, in das ich gekleidet war. In meiner Erschöpfung ließ ich sie gewähren. Und während die Alte weiter mit mir sprach, wusch mich die Kleine, trocknete mich ab und versuchte, mir ein unbekanntes und unbequemes Kleidungsstück anzuziehen, das sie »Kleid« nannten. Ich fühlte mich darin furchtbar beengt, und da es mir bis an die Knöchel reichte, fürchtete ich, dass es meine Schritte behindern würde. Das Kleid, das den Großteil meines Körpers bedeckte, war aus glänzendem Stoff geschneidert, gemustert mit großen Blumen mir unbekannter Art. Es war ein Gefängniskleid, in das ich gekleidet wurde, um nicht mehr fliehen zu können.

Kaum war ich angezogen, verschwanden die alte Frau und das Mädchen, und die beiden Wächter kehrten zurück. Sie führten mich eine Steintreppe hinauf, auf der ich mehrmals beinahe stürzte, weil das Kleid meine Bewegungen behinderte. Sobald wir das Fort verlassen hatten, warfen sie wieder das schwere Netz über mich, mit dem sie mich ein paar Stunden zuvor auf dem Boden der Piroge versteckt hatten. Da ich wegen des Gewichts und wegen meiner neuen Kleidung ständig strauchelte, hielten die beiden es für unser Vorankommen für besser, mich mehrfach darin einzuwickeln und wie einen Sack zu tragen. Ich war erst sechzehn und leichter als heute, doch hinderte sie das nicht daran, auf den König von Waalo zu schimpfen, in dessen Auftrag sie diesem verfluchten Weißen namens Estoub dienen mussten. Sie seien schließlich keine Sklaven, sondern Krieger. Sie sehnten sich danach, endlich wieder für ihren König zu kämpfen.

Nachdem sie sich ausgiebig beleidigt und beschuldigt hatten, beim Tragen nicht genug Einsatz zu bringen, verstummten sie plötzlich. Ich konnte im Dunkeln nichts erkennen, doch hörte ich, wie sie, ohne anzuhalten, einer Wache mitteilten, sie hätten eine Lieferung für Estoubs Kammer. Mir schien es, als würden wir irgendwo hinaufgehen, und ihre Schritte knirschten nicht mehr wie im Sand des Flussufers, sondern klangen wie Schläge auf eine Trommel. Nach ihren verlangsamten Bewegungen zu urteilen, mussten sie sich im Gehen bücken. Schließlich warfen sie mich in eine dunkle, recht kleine Kammer, jedoch ohne mich aus dem furchtbaren Netz zu befreien.

Für eine Zeit, die mir sehr lang vorkam, lag ich auf einem Holzboden, der seltsam nach etwas roch, das sogar den Fischgeruch des Netzes überlagerte.

Plötzlich schreckten mich Lärm und Schreie auf. Trotz meiner unbequemen Lage musste ich eingeschlafen sein, denn Licht überströmte mich. Der schwankende Boden und ein Plätschern machten mir klar, dass ich auf einer der riesigen Pirogen sein musste, die ihr Weißen, ihr Herren der Meere, gebaut habt. Vielleicht wurde ich hinter den Horizont gebracht, dorthin, von wo niemand Schwarzes je zurückkehrte. Ich war den Tränen nahe, denn ich schien für Sor, mein Dorf, nun endgültig verloren.«

Maram schwieg, als würde sie ihre Worte noch einmal überdenken. Manchmal, wenn wir auf Vergangenes zurückblicken und auf Ansichten, die wir einst hatten, begegnen wir Unbekannten. Diese Fremden sind nicht wirklich fremd, da sie wir selbst sind. Obwohl unser vergangenes Selbst immer bei uns ist, vergessen wir es oft. Wenn wir in Erinnerungen dann wieder darauf stoßen, betrachten wir es mal mit Nachsicht, Wut, Zärtlichkeit oder Angst, bevor es sich wieder in Luft auflöst.

Ich unterstellte Maram also Gedanken, die meine eigenen waren. Doch stellte ich mir vor, man könne Gedanken miteinander teilen, als könnten gewisse Worte in schweren oder traurigen Momenten bei aufmerksamen Gegenübern die gleichen Gedanken auslösen. Zumindest hoffte ich das von ganzem Herzen, denn ich liebte Maram. Nur ließ mich ihre Erzählung befürchten, dass sie meine Liebe niemals teilen würde. Ich war ein Weißer, einer ihrer Unterdrücker.

XXIV

Im Halbdunkel der Hütte waren Marams Augen für mich nicht erkennbar. Nur die Umrisse von Kopf und Oberkörper schienen von sich aus leicht zu leuchten. Ich liebte ihre sanfte, doch entschlossene Stimme, die mich im Inneren mit Ruhe erfüllte. Alle Sprachen, sogar die härtesten, klingen lieblicher, wenn Frauen sie sprechen. Und für mich war das Wolof, das in meinen Ohren bereits wunderbar zart klang, aus Marams Mund eine Offenbarung.

Einstweilen war ich an einem Punkt angelangt, dass mir mein Französisch abhandenkam. Ich war in eine andere Welt eingetaucht, und die Übersetzung von Marams Worten für meine Notizen, meine liebe Aglaia, kann die Aufwallungen von Verbundenheit, die bisweilen mit ihnen einhergingen, nicht einfangen. Ein wenig träumte ich vielleicht, sie spräche mit mir eine einzigartige Sprache, die sich nur an mich richtete und nicht allein der Weitergabe ihrer Geschichte diente. Ich erspürte in ihrer Sprechweise eine Freundlichkeit, die mich trotz all ihrer Unbill hoffen ließ, sie hielte mich für anders als die anderen Männer, schwarze wie weiße.

Ob dem wirklich so war, fand in Marams Erzählung, die ich dir überbringe, keine Erwähnung, und ich kann dir versichern, wenn meine Übersetzung ihrer Äußerungen ungenau ist, dann weil sich all die widersprüchlichen Gefühle hineinmischen, die ihr Bericht bis heute in mir wachruft. Außerdem besitzt das Wolof eine Prägnanz, die dem Französischen abgeht, so dass ich für Zusammenhänge, die Maram in einem einzigen, packenden, mir heute noch gegenwärtigen Satz mitteilte, im Französischen manchmal drei oder vier Sätze brauche.

Gewiss hat Maram mir ihre Geschichte nicht genau so erzählt, wie ich sie dir nun zu lesen gebe. Denn je mehr ich schreibe, umso mehr werde ich zum Schriftsteller. Wenn ich mir manchmal ausmale, was ihr widerfuhr, oder ich nicht mehr weiß, was genau sie sagte, erzähle ich keine Lügen. Ich gehe in der Annahme, dass nur die Fiktion, der Roman eines Lebens, wahren Einblick in dessen Tiefe und Komplexität geben kann, und auch die Undurchsichtigkeiten beleuchtet, die selbst für die Person, die sie erlebt hat, zuweilen unklar sind.

Maram fuhr also in ihrer traurigen Geschichte fort, und ich erzähle sie dir in einer Sprache, die uns gemein ist, liebe Aglaia, die mich von meiner Jugendliebe aber trennt. Hier folgt also, was sie mir über die Zeit auf dem Schiff von Estoupan de la Brüe berichtet hat, und was ich mit meinen eigenen Worten erzähle.

»Die Tür der Kammer, in der ich mich befand, flog auf und Schritte kamen auf mich zu. Jemand stieß mich mit dem Fuß hinaus. Da war Estoub, der Weiße. Ich konnte ihn nicht sehen, aber er fluchte etwas in der Vogelsprache, die auch Sie sprechen. Er schien verärgert und ging sofort wieder davon, knallte eine Tür. Kurz darauf kam jemand anderes herein und machte sich daran, mich aus dem Fischernetz zu befreien.

Das war keine leichte Aufgabe und sie wurde von der Alten übernommen, die sich schon im Fort von Saint-Louis um mich gekümmert hatte. Als ich nach einigen Versuchen teilweise aus dem Netz hervorkam, stieß sie einen Schrei aus. Mein Gesicht hatte sie erschreckt. Das Netz hatte sich so tief ins Fleisch meiner Wangen und meiner Stirn gedrückt, dass es aussah, als wäre mein halbes Gesicht mit rituellen Ritzungen in Form von Fischschuppen bedeckt. Ich konnte mich selbst nicht sehen, erkannte aber an den Reaktionen der Alten, dass meine Schönheit verschwunden und ich abstoßend geworden war. Meine Augen waren geschwollen, auch wenn ich von meinen Entführern aus der Piroge gehoben wurde, nicht mehr geweint hatte, mein Haar war zerzaust, stank nach Fisch und das Kleid, das mir am Vortag angezogen worden war, trug nun überall Flecken, die sämtliche Blumenmuster überdeckten.

Die Alte, die sich mir als Soukeyna vorstellte, weinte, als sie mir das Kleid auszog. Sie sagte immer wieder: »Meine arme Kleine, was haben sie dir angetan?«, in so klagendem Ton, dass ich fast selbst in Tränen ausbrach. Aber ich riss mich zusammen, um kein Zeichen von Schwäche zu zeigen. Diese Frau, deren Haut so faltig war wie die eines alten Elefanten, war schließlich Estoubs Dienerin. Am Vortag hatte sie mich gewaschen, verköstigt und herausgeputzt, um mich dem Weißen in gutem Zustand anzubieten. Ich war noch sehr jung, hatte aber verstanden, dass ich in der neuen Welt, in die ich hineingezwungen wurde, meinem Herrn, der mich gegen ein Gewehr eingetauscht hatte, für alles zur Verfügung stehen müsste. Und mein Onkel hatte ihm gezeigt, wozu er mich gebrauchen konnte. Die alte Soukeyna weinte vielleicht auch über ihr eigenes Schicksal und sah voraus, dass Estoub sehr unglücklich darüber sein würde, dass er mich nicht so schnell wie erhofft in seinen Dienst nehmen konnte.

Ich weiß nicht, welches Bild Soukeyna ihm von mir gezeichnet hatte, doch ließ er mich sechs ganze Tage in Ruhe, in denen ich durch die Pflege und das gute, vielseitige Essen, das die alte Frau mir morgens und abends brachte, wieder zu Kräften kam. Vom ersten Tage an wusch sie mir täglich den ganzen Körper und zeigte mir, wo ich meine Notdurft verrichten konnte: auf einem Stuhl mit Loch, unter den man einen Eimer stellte, dessen hässlichen Inhalt sie zweimal am Tag ins Meer entleerte.

Die ersten drei Tage schlief ich wie ein Stein und wachte nur auf, wenn Soukeyna kam, um sich um mich zu kümmern. Sie kümmerte sich besonders um mein Gesicht und ich sah voraus, dass Estoub mich aufsuchen würde, sobald es vollständig wiederhergestellt war. Ich nahm mir vor, mit dieser Frau nicht zu sprechen, die über mein Schweigen keineswegs unzufrieden schien, ihr altes Gewissen nicht ein weiteres Mal, mit einer vielleicht unerträglichen Last zu beschweren.

Als ich am vierten Tag wieder ein wenig zu mir kam, schlief ich nur sehr kurz. Ich bemerkte, dass etwas Licht durch ein Stück dicken Stoff fiel, der an der Wand neben meiner Schlafstatt befestigt war. Ich hatte die Wellen hinter dieser Wand gehört und mutmaßte anhand der Bewegungen des »Schiffs«, wie Soukeyna es auf Französisch bezeichnet hatte, dass wir uns auf dem offenen Meer befanden. Meine Vermutung wurde bestätigt, als ich auf meinem Bett kniend den Stoff anhob, dahinter eine Öffnung fand, das Brett dahinter zur Seite schob und einen Schwall Salzwasser ins Gesicht bekam. Meine Haut brannte, da meine Wunden noch nicht lange verheilt waren, doch die Meeresluft, die seit Tagen erstmals in mein Gefängnis strömte, tat mir gut. Ich atmete tief durch und diese Übung, die ich fortan zu jeder Tages- und Nachtzeit wiederholte, gab mir neuen Mut.

Durch das Licht der Luke konnte ich den Raum erkunden, der bei weitem nicht so groß war wie die Hütte, in der wir gerade sind, Adanson. Wahrscheinlich nutzte Estoub ihn als Schlafraum, wenn er mit dem Schiff von Saint-Louis zu seinem Bruder nach Gorée fuhr, wie mir die alte Soukeyna erzählte. Außer meiner Schlafstätte, einem kleinen Tisch und einer großen Truhe war der Raum offenbar von allen Gegenständen befreit worden, bevor ich darin eingesperrt wurde.

Ich wusste, dass die alte Soukeyna morgens Wäsche aus der Truhe herausholte, die sie dann Estoub bringen musste. Danach schloss sie die Truhe jedoch wieder ab, ebenso sorgfältig wie die Tür meines kleinen Gefängnisses. Die Holztruhe war groß, mit dunklem Leder ausgekleidet und mit Streben verstärkt, die glänzende, rundköpfige Nägel in dichter Reihe zierten.

Am sechsten Tag aber vergaß Soukeyna, die Truhe zuzuschließen. Sobald ich sie außer Hörweite wähnte, schob ich das Brett der Luke zur Seite, um mehr Licht einzulassen. Das Leder, mit dem die Truhe bespannt war, wirkte bei Tageslicht weniger dunkel. Es roch leicht süßlich, wie eine Blume. Ich kniete davor nieder und hob den schweren Deckel an.

Zuerst sah ich nur Stapel weißer Wäsche: Strümpfe, Hemden und Kniebundhosen wie Ihre, Adanson. Als ich nichts Interessantes fand, wollte ich, um von Soukeyna nicht beim Herumstöbern erwischt zu werden, die Truhe gleich wieder schließen, besann mich aber und wollte sie ganz leeren, um herauszufinden, ob nicht etwas Nützliches darin war. Unter Estoubs weißer Wäsche kam zunächst ein kleines vergoldetes Metallrohr zum Vorschein, das an einer Seite mit Glas verschlossen war und das ich nach meiner Einschätzung unbemerkt an mich nehmen konnte. Dann entdeckte ich ein recht langes Seil, das zusammen mit dem goldenen Rohr vielleicht einen Fluchtplan ersinnen ließ.

Ich war schon fast am Boden der Truhe angelangt, als ich eine seltsame Textur spürte. Das war kein Stoff. Unter einer langen Tunika ertastete ich blind eine weiche, etwas ölige, leicht geriffelte Fläche. Ich schob Estoubs letzte Kleidungsstücke zur Seite und war von dem, was dort lag, wie gebannt.

So groß, dass sie nur knapp in die Truhe passte, lag da siebenfach gefaltet die Haut meines *rab*, meines dämonischen Wächters. Sie war tiefschwarz und hatte seidengelbe Streifen, in genau der Musterung wie das Tuch, das er bei mir im Traum trug, kurz bevor er sich in eine Riesenboa verwandelt hatte. Ich dachte, ich würde vor Freude und Dankbarkeit sterben. Mein *rab* hatte mich also doch nicht verlassen! Er beschützte mich immer noch, obwohl ich so weit von Sor entfernt war! Nichts konnte mich davon abbringen, dass meine Entdeckung kein Zufall war. Mein *rab* lebte in mir weiter und dank seiner Hilfe würde auch ich überleben.

Es scherte mich wenig, wie die riesige Schlangenhaut in Estoubs Besitz gekommen war. Vielleicht hatte einer unserer Könige sie ihm geschenkt, um ihn mit der monströsen Größe der Tiere am Senegal zu beeindrucken. Vielleicht hatte er sie auch selbst gejagt oder von einem anderen Jäger gekauft. Dass Estoub sie in seiner Kleidertruhe aufbewahrte, zeigte, dass sie ihm offensichtlich wert war, sie vor dem Austrocknen zu schützen und ihre Farben zu bewahren. Doch hatte ich mehr Anrecht auf die Schlangenhaut als er. Estoub würde sich nur mit ihr als Prunkstück brüsten und behaupten, er habe ein Monster erjagt und zur Strecke gebracht, während ich spürte, dass eine Schwesternseele darin steckte. Ich nahm sie also aus der Truhe, wickelte sie zusammen zu einer Rolle und umschlang sie mehrfach mit dem ebenso in der Truhe gefundenen Seil. Unter meinem Bett war ausreichend Platz für die Haut meines *rab'*, außerdem ließ ich ein Tuch vom Bett bis auf den Boden hängen, um die Rolle vor Soukeynas Blick zu verbergen.

Danach blieb mir ausreichend Zeit, um die Wäsche wieder in der Truhe zu verstauen und ich hoffte, der Alten würde nicht auffallen, dass ich darin herumgesucht hatte. Soukeyna kam tatsächlich noch einmal zurück, um die Truhe abzuschließen, gab sich aber nicht die Mühe, hineinzuschauen und den Inhalt zu prüfen. Und ich stellte mich derweil schlafend. Am späten Nachmittag des siebten Tages auf See teilte Soukeyna mir mit, dass wir bald Gorée erreichten und Estoub mich noch am selben Abend aufsuchen würde. Sie hatte mir ein hübsches Kleid mitgebracht, dessen Stoff wie das Perlmutt einer sonnenbeschienenen Muschel schillerte. Ich tat, als freute ich mich über das Kleid, was Soukeyna dazu veranlasste, mir den Tipp zu geben, möglichst zuvorkommend mit Estoub zu sein. Es würde nur von Vorteil sein, ihm zu gefallen. Wenn ich ihm gefiele, könnte er mich zu seiner Hauptkonkubine auf Saint-Louis machen, was mir mit etwas Geschick zu genügend Reichtum verhelfen könnte, um unabhängig von allen Beschützern zu sein, sobald Estoub nach Frankreich zurückkehrte oder verstarb. Mit all dem Reichtum, den ich ihm entlockt hätte, könnte ich mir einen Ehemann nach meinem Geschmack kaufen und mich nach Belieben grausam an demjenigen rächen, der mich als Sklavin verkauft hatte.

Ich ließ sie einfach reden, denn seit ich herausgefunden hatte, dass mein *rab* weiterhin über mich wachte, seit ich seine Haut gefunden hatte, war ich überzeugt, dass mir ein Leben als Konkubine, wie Soukeyna es vorhersah, erspart bleiben würde. Nein, ich war zu anderem geboren, als Estoubs oder sonst jemandes Sklavin zu sein, und falls ich mich eines Tages an meinem Onkel rächen sollte, dann nicht mittels des Reichtums, den meine Schönheit einem Weißen entlockt hatte.

Ich nickte unmerklich, wie um Soukeyna anzudeuten, dass ich langsam akzeptierte, was von mir verlangt wurde, und schlüpfte in eine knielange weiße Hose, deren Naht im Schritt absichtlich aufgetrennt worden war. Dann half sie mir in das perlmuttfarbene Kleid und ließ es auf eine Weise geöffnet, damit Estoub es mir vermutlich besonders leicht ausziehen konnte. Sie band die Seitenbänder am Rücken nicht zusammen, was mir später noch hilfreich sein sollte.

Kurz nach Sonnenuntergang erschien die Alte mit Kerzen, sieben an der Zahl, zündete sie an und stellte sie in einer flachen Schale auf den kleinen Tisch neben dem Bett, dessen Laken sie gewechselt hatte. Sie gab mir Tipps einer »erfahrenen Frau«, wie sie auf Französisch sagte. Zweifellos war sie in jüngeren Jahren selbst die Konkubine eines Weißen gewesen.

Soukeyna muss Estoub viel Gutes über mich erzählt haben, denn als er mitten in der Nacht in den Raum kam, in dem ich seit sieben Tagen gefangen war, lächelte er so breit, dass ich all seine hässlichen Zähne sah. Doch täuschte sein Lächeln nicht über die Grausamkeit seines Blicks hinweg, und wie ich so nach Soukeynas Empfehlung auf dem Bett lag, um ihn zu erwarten, überkam mich das gleiche unangenehme Gefühl wie beim ersten Mal, als ich seinem Blick begegnet war. Estoub sah tatsächlich aus, als ob er mich gleich verschlingen wollte.

Er trug eine weiße Baumwollmütze, die unter dem Kinn zusammengebunden war, und ein weites, ebenso weißes Nachthemd. Im Schein der Kerzen wirkte sein Gesicht rot, seine Haut blutunterlaufen. Er stammelte ein paar unverständliche Worte, während er die Hände nach meinen Brüsten ausstreckte. Als er sich jedoch vornüberbeugte, um mich tatsächlich anzufassen, versetzte ich ihm mit dem goldenen Rohr aus seiner Truhe, das ich in einer Falte meines Kleides versteckt hatte, plötzlich einen heftigen Schlag gegen die linke Schläfe. Wie gelähmt stand er da, und ich stieß ihm die schnell angewinkelten Beine mit voller Wucht von unten gegen die Brust. Mein *rab* muss mich in dem Moment unterstützt haben, denn Estoubs Kopf schlug so heftig gegen die Decke nicht weit über ihm, dass er bewusstlos neben dem Bett zusammenbrach.

Bevor ich mich aus dem Perlmuttkleid befreite, rollte ich zuallererst Estoubs reglosen Körper zur Seite, um an die Haut meines Schlangen-*rabs* unter dem Bett zu gelangen. Sobald ich mich ausgezogen hatte, wickelte ich mir das Seil, mit dem die eingerollte Haut meines Totems umschnürt war, um die Taille. Die Haut klemmte ich mir unter einen Arm und öffnete, nachdem ich die sieben Kerzen ausgeblasen hatte, die Tür meines von Estoub nicht verschlossenen Gefängnisses. Ich gelangte in einen Gang, an dessen Ende ich drei Stufen erblickte. In der Sorge, Estoubs schwerer Sturz könnte gehört worden sein, wartete ich eine Zeitlang ab und rannte dann möglichst leise zu der Treppe und huschte hinauf. Die eingerollte Schlangenhaut behinderte mich dabei nicht. Sie war leicht und ich hatte das Gefühl zu fliegen.

Unversehens befand ich mich im Freien, und obwohl ich darauf eingestellt war, mich sofort gegen jeden zu verteidigen, der sich mir in den Weg stellte – Soukeyna, ein Matrose oder Estoubs Wächter – war niemand zu sehen. Das Schiff schien menschenleer oder vielleicht war ich auf wundersame Weise unsichtbar und unhörbar geworden.

Ich versteckte mich hinter einem großen Packen am Rande des Decks, schaute hinauf in den Himmel: So wie die Sterne derzeit standen, war der Tagesanbruch noch weit entfernt. Es war Neumond, doch konnte ich zu meiner Rechten den Schatten einer Insel sehen, vermutlich von Gorée. Zu meiner Linken versperrte eine dunkle Landmasse den Horizont. Was mir außerdem auffiel, war der seltsame Zustand des Meeres. Es glitzerte in der Tiefe und ein opalener Lichtschleier lag darüber, der bei mir, als ich an der linken Schiffsseite eine Leiter hinunterkletterte, den Eindruck erweckte, die Welt stünde auf dem Kopf. Es war, als würde ich in einen flüssigen, von unten heraufleuchtenden Himmel steigen, heraus aus fester, schwerer Dunkelheit, die mich gefangen gehalten hatte.

Mir war nicht bang davor, in das Meer hineinzusteigen, das wie ein umgekehrter Himmel aussah – wie alle Kinder von Sor hatte ich in einem Sumpf neben dem Dorf schwimmen gelernt. Mit einer Hand hielt ich die zusammengerollte Haut meines Schutzgeistes, von der ich hoffte, sie würde sich nicht so bald mit Wasser vollsaugen, und schwamm in Richtung Cap-Verd. Das Land wirkte umso dunkler, je heller und durchscheinender das Meer war. Glücklicherweise sah mich vom Boot aus niemand im Wasser, denn verstecken hätte ich mich darin nicht können.

Unter dem Schutz meines *rab* wurde ich auch nicht von den Haien angegriffen, die diese Küste heimsuchten und die Sklaven fraßen, die bei Krankheit ins Meer geworfen wurden oder versuchten, schwimmend von Gorée zu fliehen. Ich weiß nicht, welchen Tribut mein Schutzgeist dem Geist des Ozeans für meine Rettung gezollt hatte, jedenfalls brachte mich eine starke Strömung schnell in Richtung Festland.

Plötzlich erlosch das Meer wieder und verschmolz mit der Nacht. Ich hörte das langsame An- und Abschwellen einer Uferbrandung. Die große, dunkle Wand eines Waldes kam langsam auf mich zu, während die Haut meines Totemtiers immer schwerer wurde und drohte, mich hinabzuziehen. Einen Moment lang war ich in schäumender Gischt gefangen, dann spürte ich Sand unter meinen Füßen. Trotz der scharfen Felsen, die den Strand umgaben und mich hätten zerschmettern können, hatte ich genug Kraft, um meinen *rab* vor dem Gierschlund des Meeres zu retten.

Ich landete auf einem Sandstrand ganz in der Nähe des großen Waldes, den ich vom Meer aus gesehen hatte. Sobald ich mich etwas erholt hatte, suchte ich für mich und meinen *rab* eilig den Schutz der ersten Bäume. Bevor ich den Wald betrat, glaubte ich eine Pflanzenwelt zu betreten, die ebenso gefährlich wie die des Meeres war. Und beim Blick zurück zu dem hellen Sandstrand, auf dem ich vor kurzem noch gelegen hatte, erschien er mir wie ein schmaler Grat zwischen zwei ähnlich gefährlichen Ozeanen.

Als Nächstes suchte ich den Horizont ab, erkannte aber weder Estoubs Schiff noch die Insel Gorée. Vielleicht hatte die Strömung mich weiter als gedacht die Küste entlang getrieben. Ich fürchtete, dass Estoub, wenn der Schlag auf den Kopf ihn nicht umgebracht hatte, mich verfolgen könnte. Ich kauerte mich hinter einen Baum am Waldrand und wartete ab, bis über dem Ozean der neue Tag anbrach.

Das Meer war nun so nackt wie ich: Seine graue, seltsam glatte Haut schauderte und wurde manchmal von den Flügeln großer weißer Vögel gestreift, die vom Himmel aus unsichtbaren Fischschwärmen nachstellten. In ihrem Gefieder schimmerten das Rosa und Gold der Morgendämmerung. Ihre Schreie übertönten fast den mächtigen, regelmäßigen Gesang des Meeres.

Schließlich legte ich mir, um die Hände frei zu haben, die aufgeweichte Haut meines Totemtiers auf den Kopf und trat in den Wald ein. Ich hatte Hunger und Durst, doch ging ich beharrlich weiter. Zuerst so schnell wie möglich, dann

Schritt für Schritt, bis mich die Kraft verließ. Im Umland von Sor wusste ich, wo ich essbare Früchte finden konnte, und auch ein Fluss oder Tümpel war immer in der Nähe, um meinen Durst zu stillen. Doch hier im Ebenholzwald, der immer dichter wurde, je weiter ich ging, hatte ich keine Orientierung und war hilflos. Mir wurde flau, meine Beine zitterten, Schwindel quälte mich, doch durfte ich nicht anhalten. Ich musste so viel Abstand wie möglich zwischen mich und Estoubs Schiff bringen. Die Hitze, die sich mit der steigenden Sonne aus der feuchten Erde des Waldes erhob, überwältigte mich schließlich und meine Kraft reichte gerade noch, die Haut meines *rabs* an mich zu drücken, bevor ich neben einem Baum zusammenbrach.«

XXV

Maram fiel erneut in Schweigen, als wollte sie mir Zeit geben, ihre Worte zu erfassen und die Geschichte innerlich aufzunehmen. Sie schien ganz ruhig, während ich darüber nachdachte, ob ich durch Zufall nicht drei Jahre zuvor unwissentlich auf demselben Schiff wie sie gewesen war, dem Schiff von Estoupan de la Brüe. War es nicht möglich, dass ich beim Luftholen an Deck sie in der Nacht, in der sie ins leuchtende Meer stieg, gesehen hatte, wie sie zum Cap-Verd schwamm?

Wir wurden nur schwach vom leuchtenden Meerwasser aus dem Bottich beleuchtet, in dem die sich langsam aneinanderreibenden Fische laichten. Warum beleuchtete Maram ihre Hütte auf diese Weise? War es eine Erinnerung an ihre Flucht vom Schiff des weißen Estoub, wie sie den Generaldirektor der Senegalkonzession nannte? Ich traute mich nicht, sie dazu zu befragen. Ich stellte mir vor, dass die Antworten in der weiteren Geschichte lagen, und tatsächlich tauchten sie bald auf, unerwartet, unglaublich und brutal.

»Ich wurde von einer schwieligen Hand, die ich leicht auf meiner Stirn spürte, aus dem Halbschlaf gerissen«, erzählte Maram weiter. »Ich öffnete die Augen und sah das faltige Gesicht einer alten Frau, die sich über mich beugte, und die ich zunächst für Soukeyna gehalten hatte. Ich schrie kurz auf, doch eine zitternde Stimme beruhigte mich. Mit breitem Lächeln, das ihren letzten Zahn entblößte, sagte mir die Alte, sie heiße Ma-Anta. Sie habe mich in den letzten sieben Nächten im Traum gesehen und ich würde ihre heimliche Tochter werden. Ich würde mich um sie kümmern, bis sie davonging oder bis ich sie ersetzte.

Noch verstand ich die Bedeutung ihrer Worte nicht. Mich erstaunte, dass sie von mir betreut werden wollte, obwohl ich selbst gerade fast an Erschöpfung starb. Aber Ma-Anta wiederholte immer wieder, sie habe im Traum gesehen, dass ich ihre heimliche Tochter sei, ihre lebensverlängernde Tochter.

Ich hatte die Augen schon wieder geschlossen, als sie eine Hand unter meinen Nacken legte, mir den Kopf anhob und mir etwas Wasser auf die Lippen träufelte. Dann reichte sie mir, schweigend aber weiterhin lächelnd, ein Stück Zuckerrohr und bedeutete mir, daran zu saugen. Lange sog ich den Saft ein, bis ich die Kraft zum Aufstehen fand. Als sie reglos neben mir hocken blieb, verstand ich, dass sie in ihrem fortgeschrittenen Alter nicht mehr allein aufstehen konnte. Doch schien sie sich nicht zu sorgen, sie lächelte einfach und wartete ab, bis ich ihr zurück auf die Beine half. Dabei überraschte mich, wie wenig sie wog. Kaum mehr als ein Kind.

Tatsächlich schien Ma-Anta in den Zustand einer fröhlichen Kindheit zurückgekehrt, sie lachte ständig über alles. Sie befahl mir, einen langen, mit rotem Leder bespannten und mit Kaurimuscheln besetzten Stab aufzuheben, der zu ihren Füßen lag und den sie lachend ›kleiner Bruder‹ nannte. Kichernd wandte sie mir den Rücken zu und lief los – staksig, mit gebeugtem Rücken und langsam wie ein Käfer, der in der Wüste von Lompoul eine Düne erklimmt.

Ich folgte ihr, legte mir wieder die Haut meines Schlangentotems auf den Kopf und versuchte, ihr Tempo aufzunehmen, auch wenn es so langsam war, dass ich glaubte, auf der Stelle zu treten. Viele Fragen schossen mir durch den Kopf. Wie hatte mich die so alte und schwache Frau mitten im Ebenholzwald finden können, in dem ich stundenlang herumgeirrt war? Woher kam sie und wohin würde sie mich führen? War Ma-Anta echt oder nur das Geschöpf meines Geistes, eine Phantasiefigur, wie sie auftauchen kann, wenn alles verloren scheint? Vielleicht lag ich immer noch sterbend am Fuße des Baums, dort wo ich zusammengebrochen war? Vielleicht war Ma-Anta nur ein letzter Trost, den mein *rab* mir hier im Wald, so weit vom vertrauten Busch rund um Sor entfernt, noch schenkte.

Obwohl mein Verstand mir die seltsame Situation, in der ich einer alten Frau hinterhertrippelte, die in erd- und ockerfarbenen Kleidern vor mir schwebte, als unwirklich verkaufen wollte, rief mein schmerzender Körper mich ins reale Leben zurück. Nein, ich war nicht mehr halbtot vor Erschöpfung, lag nicht mehr neben der Wurzel eines Baums. Ich stand jetzt aufrecht, hatte Hunger und vor allem schrecklichen Durst. Doch durfte ich mich nicht beschweren oder gar seufzen, denn Ma-Anta, die vor mir ging, litt gewiss noch mehr als ich. Jeder Schritt schien ihr eine große Anstrengung zu sein.

Ma-Anta trug auf dem herabgebeugten Kopf eine spitze Mütze, die aus dem gleichen dicken ockerfarbenen Stoff wie ihre Tunika gefertigt war. Sie hinterließ auf dem Boden eine durchgehende Spur, die mir anzeigte, dass sie ihren linken Fuß nachzog. Wir verließen langsam den Ebenholzwald und kamen in einen Wald aus Palmen, die uns schlechter vor der Sonne schützten. Ma-Anta blieb jedoch bei ihrem langsamen Tempo. Ich folgte ihr mit zusammengebissenen Zähnen und da meine Kräfte schwanden, war ich froh, dass sie nicht schneller lief. Vielleicht hatte sie ja von Anfang an vorausgesehen, dass ich bald schon nicht mehr schneller konnte.

Bevor ich sie überhaupt richtig kennenlernte, schien alles, was sie unternahm, mir zugutezukommen und eine Lehre oder einen denkenswerten Gedanken mit sich zu bringen. Sie gab sich schweigsam, obwohl sie zu Beginn unseres Treffens geschwätzig wirkte, und ging ihren Weg ohne vom Boden aufzuschauen. Ich fühlte mich bewogen, es ihr in allem gleichzutun, zog schließlich auch mein linkes Bein nach und setzte meine Schritte möglichst genau in ihre Spuren, so dass hinter uns, wenn ich die Kraft zum Umdrehen gehabt hätte, ihre und meine Spuren nicht unterscheidbar gewesen wären.

Wie ein beständig wiederholter Trommelschlag einen in

Trance versetzte, so konnte ein langer Fußmarsch in gleichbleibendem Rhythmus allen körperlichen Schmerz auslöschen – so lautete Ma-Antas erste Lektion. Und so kam es, dass ich vielleicht auf ein Zeichen meines um mich besorgten *rabs* hin plötzlich aus meiner Lauflethargie erwachte, und bereits die Nacht aufgezogen war und ich immer noch hinter Ma-Anta her durch den Palmenwald lief, den wir betreten hatten, als es noch Tag war.

Gerade wollte ich anfangen zu weinen, denn als ich wieder ganz bei mir war, durchfuhren meinen Körper neue Schmerzen, da blieb Ma-Anta abrupt stehen. Ein Löwe und eine Hyäne hatten sich uns in den Weg gestellt, und wenn mir nicht ihr übler Gestank, eine Mischung aus dem Blut und den Innereien ihrer Beutetiere, das Atmen erschwert hätte, würde ich angenommen haben, immer noch in einem Traum gefangen zu sein.

Löwe und Hyäne waren ein seltsames Paar aus zwei eigentlich verfeindeten Tieren, die reglos verharrten und uns auch nicht ansahen. Als Ma-Anta weiterging, machten die Raubtiere, die uns eigentlich anfallen und zerfleischen müssten, den Weg frei und begleiteten uns zu ihrer Hütte in dem kleinen Dorf Ben.

Ma-Anta war eine Heilerin, und sie war es, die mich vollends in die Heilkunst einführte. Sie machte mich zu der Frau, die ich heute bin. Sie erklärte, wer mein *faru rab* sei und wie ich mit ihm zusammenlebte, ohne ihn zu beleidigen oder eifersüchtig auf mich zu machen. Ma-Anta erklärte auch, welche Opfergaben halfen, ihn an mich zu binden. Und sie lehrte mich, seine Haut so zu pflegen, damit sie ihre schönen Farben nicht verlor, das Tiefschwarz und das Seidengelb.

Ich war vor drei Regenzeiten nach Ben gekommen, und Ma-Antas Einfluss auf das Denken der Dorfbewohner war so groß, dass sie glaubten, sie habe ihren Körper verlassen und sei in meinen übergegangen, weil ihr eigener zu alt geworden sei. Da sie ihre Hütte nicht mehr verließ, war nun ich es, die geschminkt, hinkend und unter der Haut meines Totems verborgen die Dorfbewohner auf Ma-Antas Terrain empfing und behandelte.

Anfangs musste ich öfters in die Hütte gehen, wo Ma-Anta im Bett lag, und beschrieb ihr genau, was die Dörfler hatten. Sie lehrte mich, zuzuhören. Erklärte, dass wichtige Heilmittel in den Worten der Menschen lagen, wenn sie ihre Symptome beschrieben. Die Pflanzenextrakte, die sie mir mit dem Finger zeigte, hätten keine Heilwirkung, wenn sie nicht mit heilenden Worten verabreicht würden, da der Mensch die wichtigste Medizin des Menschen sei.

Und so heilte Ma-Anta auch meine unsichtbaren Wunden mit zärtlichen Worten, denn, wie sie immer wieder sagte, muss man selbst geheilt sein, um andere heilen zu können. Doch ich glaube, meine Heilung durch Ma-Anta war nur unvollständig, denn kurz nach ihrem Ableben, überkam mich die Erinnerung an all das Übel, das mir mein Onkel zugefügt hatte. Und während ich Tag für Tag und Nacht für Nacht darum kämpfte, die Erinnerungen loszuwerden, beschloss ich, entgegen den mir im Traum übermittelten Ratschlägen meines *rab*, mich an ihm zu rächen.«

Maram hatte von ihrem Wunsch nach Rache so sanft und ruhig erzählt, dass ich glaubte, sie falsch verstanden zu haben: Er passte in meinen Augen schlecht zu ihrer sonstigen

Gemütsfestigkeit, etwa wenn sie die schreckliche Geschichte ihres Lebens erzählte.

Ich war sechsundzwanzig Jahre alt und glaubte an die Philosophen meines Jahrhunderts. Für mich war das, was Maram auf Wolof *faru rab* nannte, lediglich ein Hirngespinst. Ich bezweifelte nicht, dass es eine große Schlange gegeben hatte, deren Haut sie nun trug, und die nach den neuen britischen Einheiten länger als zwanzig Fuß, also länger als sechs Meter gewesen sein musste. Einige Neger hatten sogar von einem Exemplar aus der Nähe von Podor, einem Dorf am Senegal, berichtet, das etwa vierzig Fuß lang war und ein ganzes Rind verschlingen konnte. Was ich jedoch aufgrund meiner Weltanschauung, die ich für fundierter hielt als die ihre, nicht mittragen konnte, war, dass Maram dem Tier mystische Kräfte zuschrieb und glaubte, es würde über sie wachen. Nun aber, da ich ihre Geschichte niederschreibe und versuche, mich an all das zu erinnern, was sie mir auf Wolof gesagt hatte, bin ich nicht mehr ganz so sicher, dass meine Vernunft mir heute genauso überlegen erscheint wie damals. Und das hat einen Grund, meine liebe Aglaia, den ich dir in meinem nächsten Heft näher erläutern werde.

XXVI

Ich hielt Marams Ansichten damals für abergläubisch und konnte sie nicht teilen, auch wenn ich gern mein Leben mit ihr geteilt hätte. Hätten wir zusammen glücklich werden können? Hätte ich nicht versucht, sie als meine Ehefrau für meine Umgebung umzuformen, und ihr meine Gewissheiten anstelle von ihren aufzudrängen? Damit meine gesellschaftliche Umgebung mir nachsieht, eine Negerin geheiratet zu haben, hätte ich sie nicht aus ihrer Schlangenhaut befreien und ihr beibringen wollen, perfekt Französisch zu sprechen und die Gebote meiner Religion auf das Genaueste zu kennen?

Obwohl ihre schwarze Schönheit und ihre Weltanschauung, die sie als Person ja ausgemacht haben, die Hauptgründe meiner Liebe waren, hätten meine Vorurteile mich vielleicht verleitet, sie »weiß machen« zu wollen. Und falls Maram eingewilligt hätte, aus Liebe zu mir zur weißen Negerin zu werden, bezweifle ich, dass ich sie weiterhin geliebt hätte. Sie wäre ein Schatten ihrer selbst gewesen, ein Simulakrum. Und hätte ich die echte Maram am Ende nicht vermisst, wie ich sie heute, fünfzig Jahre nach ihrem Verlust, vermisse?

Die Fragen über die Folgen einer möglichen Vermählung mit Maram habe ich mir damals noch nicht so gestellt wie jetzt in meinen Aufzeichnungen für dich, liebe Aglaia. Hätte mein Leben den Weg genommen, den mir meine tiefe Liebe zu ihr wies, wäre sie vielleicht bald belanglos geworden. Maram hatte mehr Einfluss auf mich, als ich mir je hätte vorstellen können. Wenn ich dich, Aglaia, kurz vor meinem Tod zu meiner stummen Vertrauten gemacht habe, dann um die Wunden meiner Seele mit heilenden Worten zu lindern.

Nachdem sie so sanft und ruhig erklärt hatte, sich an ihrem Onkel rächen zu wollen, fuhr Maram im diffusen Licht der nächtlichen Hütte mit ihrer Erzählung fort. Sie verharrte vollkommen reglos, und ich musste die Ohren spitzen, um sie zu hören. Mir war, als schäme sie sich, laut zu sprechen.

»Nachdem Ma-Anta fortgegangen war, schmiedete ich Pläne für meine Rache.

Eines Morgens sagte Ma-Anta, es sei Zeit für sie, in den Wald zu gehen, dorthin, wo sie mich in meinem erbärmlichen Zustand gefunden hatte. Sie würde dort verschwinden. Es wäre sinnlos, nach ihr zu suchen. Ihr letzter Wunsch sei es, dass ich sieben Tage nachdem sie fortgegangen war, ihren lederbespannten Stock an einem Ort abholen sollte, den sie mir nicht nennen würde. Es sei ganz allein an mir, ihn zu finden. Aber ich könne beruhigt sein, es würde ein Leichtes sein: Ich müsse nur ihrer Spur folgen.

Egal, wie inständig ich sie bat, mich nicht zu verlassen, egal, wie oft ich ihr sagte, dass ich noch nicht alle ihre Geheimnisse kannte, sie wollte nicht auf mich hören. Sie schüttelte den Kopf, lächelte und zeigte unbekümmert ihren einzigen Zahn, das letzte Überbleibsel eines langen, geheimnisvollen Lebens, von dem sie mir nie etwas enthüllt hatte. ›Du weißt jetzt mehr als ich‹, sagte sie mir jedes Mal, wenn ich ihr Davongehen hinauszögern wollte.

Und dann, am Beginn eines leeren Tages, nachdem sie erklärt hatte, wann ich auf dem Hüttendach Fische für den Löwen und die Hyäne, ihre beiden *rabs*, aufhängen sollte, ging sie. Ich folgte ihr unter Tränen, bis sie zwischen den ersten Palmen des Waldes von Krampsàne verschwand. Ohne sie schwand das Leben in mir, ich war nur noch ein seelenloser Körper. Ich wünschte, sie würde noch viele Male ihre leichte Hand mir segnend auf den Kopf legen, wie jeden Morgen, wenn ich vor ihr niederkniete.

Sieben Tage später machte ich mich, wie von ihr befohlen, auf die Suche nach ihrem ›kleinen Bruder‹. Ich fand ihn unter einem Ebenholzbaum. Das war nicht schwer gewesen, ich hatte nur der Spur des Stocks folgen müssen, den sie über den Boden hatte schleifen lassen – und trotz der Zeit, die seit ihrem Fortgehen vergangen war, hatte sich die Spur nicht verwischt. Ich trat in ihre Fußstapfen, spürte, wie sie im Schein von Sonne und Mond nur mühevoll vorankam, und stellte mir vor, wie sie letzte Kräfte in ihre Reise ohne Wiederkehr steckte.

Als ich mit dem lederbespannten Stab von Ma-Anta nach Ben zurückkehrte, dachte ich wieder an Baba Seck. Er war meine Vergangenheit, schmerzhaft wie eine Eiterwunde. Die alte Heilerin konnte mir nicht mehr helfen, den verhängnisvollen Moment aus meinem Gedächtnis zu löschen, in dem mein Onkel in meinen Mädchenkörper hatte eindringen wollen, als wäre es der einer willigen Erwachsenen. Meine Wut kehrte zurück, ähnlich der Wellen, die an stürmischen Tagen immer größer werden und auch schwerste Pirogen mitreißen, zerschlagen und in die Höhe schleudern.

Ein Bild von ihm verfolgte mich besonders. Ohne mich auch nur eines Blickes zu würdigen, als würde er sich vor mir ekeln, lief er mit dem Gewehr davon, das Estoub gegen mich eingetauscht hatte. Immer wieder suchte es mich heim, quälte meinen Geist. Vielleicht würde ich bereuen, nicht auf meinen *rab* zu hören, der mir flüsternd anriet, meinem Onkel seine Untaten zu vergeben, doch wollte ich ihn trotzdem bestrafen.

Hier im Dorf lebte ein Mann, der mir nichts verwehren würde, weil ich seine Tochter vor dem Tod gerettet hatte.

Senghane Faye war jung und unbestechlich. Er schien mir in der Lage, bis nach Sor zu gehen und genau das zu sagen, was ich ihm auftrug. Meine Worte sollten meinen Onkel in derselben Weise seelisch quälen, wie er mich quälte. Es gibt Worte, die heilen, und solche, die einen langsam töten. Mein Onkel wäre der Einzige, der den Sinn meiner von Senghane überlieferten Nachricht verstehen würde. Aus Scham und Angst davor, dass die Wahrheit ans Licht käme, würde er mich aus der Welt schaffen wollen, damit die von ihm wohl erfundene Geschichte meines Verschwindens weiterhin wahr sein konnte. Meine Drohung, Unheil käme über Sor, falls sich irgendjemand dem Dorf Ben auch nur näherte, würde ihn anlocken wie das Licht die Motte. Ich konnte damals nicht ahnen, dass auch andere Falter wie Sie, Michel Adanson, kommen würden, um sich bei mir die Flügel zu verbrennen.«

Ich errötete, als in Marams Erzählung plötzlich mein Name fiel. Ich trat auf unrühmliche Weise in ihre Geschichte ein. Nun stand ich auf einer Bühne, auf der ich nie eine Rolle hätte spielen dürfen. Vielleicht hatte meine Neugierde Marams Racheplan an ihrem Onkel vereitelt. Doch gefiel mir sehr, wie Maram meinen Vor- und Nachnamen ausgesprochen hatte. Ungefähr wie »Missela Danson« hatte das geklungen, als wäre der eigentümlich sanfte Klang meines Namens im Wolof ein vielleicht unbeabsichtigtes Zeichen ihrer wachsenden Zuneigung zu mir.

»Anfangs«, sagte Maram, »fürchtete ich, Sie seien entweder von meinem Onkel oder von Estoub hierhergeschickt worden, doch erschien mir das unmöglich, denn wenn Sie ein harmloser, unbescholtener Mann waren, konnten die beiden Ihnen wohl kaum von ihren Versuchen erzählt haben, mich zu vergewaltigen. Zweifel kamen mir erst, als ich in Ihrer Begleitung Seydou Gadio sah, den Waalo-Krieger, der Estoub an dem Tag begleitet hatte, als mein Onkel mich gegen sein Gewehr eintauschte. Doch kann mich Seydou Gadio in meiner Verkleidung kaum erkannt haben, als ich ...«

Maram sprach den Satz nicht zu Ende. Ich sah sie im bläulichen Halbdunkel sich plötzlich aufrichten und in eine dunkle Ecke der Hütte verschwinden. Ich spitzte die Ohren und wollte gerade aufstehen, als sie mir zuraunte, ich solle mich unter keinen Umständen bewegen, egal, was ich zu sehen bekäme. Obwohl sie flüsterte, war ihr Befehl so achtunggebietend, dass ich ihn genau befolgte, und somit wahrscheinlich verhindert habe, in dieser Nacht in Marams Hütte ums Leben zu kommen.

Wie von ihr befohlen blieb ich vollkommen reglos. Außerhalb der Hütte schien mir alles wie immer. Die Nacht in Senegal ist ein wenig harmonisches Konzert aus dem Geschrei, Geheul und Gefauche kleiner wie großer Tiere, die jagen oder gejagt werden, und die man aus Gewohnheit irgendwann nicht mehr hört. In der gewaltigen Geräuschkulisse nahm ich nichts Auffälliges wahr, bis ich die letzten Schritte eines eiligen Laufs zu hören glaubte. Gleich darauf wurde die Binsenmatte, die den Eingang von Marams Hütte bedeckte, so brutal heruntergerissen, dass die gesamte Konstruktion erbebte. Geblendet vom Licht einer Lampe, sah ich, sobald meine Augen sich daran gewöhnt hatten, die Umrisse eines großen Mannes, der einen Schritt vortrat und dann stehen blieb. Und ich glaubte, Baba Seck zu erkennen.

Marams Onkel hielt in der linken Hand eine flackernde Öllampe, mit der er das Hütteninnere inspizierte. In der Rechten hielt er ein Gewehr mit schwach schimmernden Silberbeschlägen. Er beobachtete mich mit glanzlosen Augen. Er wirkte ausgemergelt. Er, der mich immer sehr gepflegt empfangen hatte, gut gekleidet, mit genau geschnittenem weißem Spitzbart, war unrasiert, in zerrissener Kleidung, barfuß und bis zum Knie mit rotem Staub bedeckt.

Nachdem Baba Seck uns mit seiner Geschichte von der Wiederkehrerin eine gefährliche Dosis Neugier verabreicht hatte, war er Ndiak und mir auf unserer Reise von Saint-Louis bis zum Cap-Verd gefolgt. Er hatte tausend Gefahren in Kauf genommen, um uns auf dem Weg entlang der Wüste von Lompoul, mit Halten in Meckhé, Sassing und Keur Damel nicht aus den Augen zu verlieren. Er musste wie wir den Wald von Krampsàne durchqueren und versteckte sich schließlich am Waldrand, während Maram mich aus meiner Bewusstlosigkeit rettete und wieder gesund machte. Er schien schon seit Tagen keine Essensvorräte mehr zu haben.

»Wo ist sie?«, fragte er plötzlich mit gepresster Stimme.

Kurz wollte ich nachfragen, wen er meinte. Doch so eine Antwort wäre unpassend gewesen. Wir beide wussten, dass Baba Seck von Maram sprach. Sie stand im Zentrum unserer beider Leben. Da ich schwieg, zog das Plätschern aus dem Bottich am Hütteneingang seine Aufmerksamkeit auf sich. Ohne mich weiter zu beachten, stellte er seine Lampe auf den Boden, ging zum Bottich und beugte sich darüber. Während er die Wasseroberfläche beobachtete, um herauszufinden, was sich darunter bewegte, sah ich über seinem Kopf einen riesigen Schatten sich langsam aus der Dunkelheit lösen.

Ich war wie versteinert. Hätte schreien wollen, um Baba Seck vor der imminenten Gefahr zu warnen, aber kein Laut verließ meine Kehle. Während er nichts ahnte, näherte sich der Tod. Es war ein riesiges Tier, das durch die Hütte zu schweben schien. Ich sah einen dreieckigen Kopf, fast so groß wie Baba Seck selbst und eine dünne, schwarze, gegabelte Zunge, die in regelmäßigen Stößen ob aus dem breiten, geschlossenen Maul herausschoss, wie eine kleine, doppelköpfige Schlange, die aber, sobald sie herauskam sofort wieder geschluckt wurde. Die Haut der Boa war tiefschwarz, seidengelb gestreift und glänzte im orangefarbenen Licht der Lampe, die Baba Seck auf den Boden gestellt hatte.

Marams Onkel war sich der Gefahr immer noch nicht bewusst und hielt seinen Kopf weiter über den Bottich gebeugt, dessen wahre Funktion mir mit einem Mal klar wurde: Die Fische darin dienten nicht nur dazu, die Hütte nachts zu erhellen, sondern auch der riesigen Boa als Futter. Maram ernährte sie mit Fischen, wobei das Tier seinen Jagdinstinkt mit Freude ausleben konnte, indem es sich an den Balken unter dem Hüttendach festhielt und zum Fressen mit dem Kopf ins Salzwasser des Bottichs schoss. Doch waren es nun keine Fische, die Maram ihrer Boa opferte, sondern ein Mann, der immer noch unwissend über den Bottich gebeugt dastand und sich, genau wie ich, über dessen Zweck wunderte.

Der Schlangenkopf näherte sich langsam, als Baba Seck unvermittelt zu mir hinüberschaute, da ein Instinkt, den alle

Lebewesen in Todesgefahr besitzen, ihn offenbar etwas ahnen ließ, auch wenn er noch nichts sah. Ich weiß nicht, ob das Licht der Lampe auf dem Boden ausreichend hell war, um in meinem Gesicht den Schrecken zu sehen, oder ob ihn die Richtung überraschte, in die ich schaute – und er blickte sich um. Genau als er ihn zu sehen bekam, fiel der Tod über ihn her, um ihn einzuwickeln.

Vielleicht dachte Baba Seck, er könnte die Boa noch erschießen. Doch da das Tier ihn zu Boden warf und sich mit seinem ganzen Gewicht auf ihn stürzte, verfehlte die Kugel aus seinem Gewehr ihr Ziel. Sie streifte meinen Kopf, bevor sie direkt hinter mir in die Hüttenwand einschlug.

Bei ihrem Angriff auf den Mann hatte die Schlange auch die Lampe umgeworfen, die sofort erlosch. Im schwachen bläulichen Schein aus dem Salzwasserbottich glaubte ich, das Auf und Ab einer riesigen, dunklen Welle zu sehen, die über den Boden gerollt kam. Bevor ich ohnmächtig wurde, hörte ich noch Baba Secks Knochen knacken wie die Zweige eines Reisigbündels. Schreie, Röcheln und Gurgellaute.

XXVII

Für den Zeitraum von Baba Secks Tod hatte ich meinen Körper verlassen. Und meine Bewusstlosigkeit hatte mich bestimmt davor bewahrt, dass mich der Schlag trifft, wie es mit Affen und auch Menschen geschehen kann, wenn sie das Pech haben, einer Boa zu begegnen.

Maram hatte die Riesenschlange nicht auf mich, sondern

auf ihren Onkel abgerichtet. Ihre Anweisung, reglos zu bleiben, egal, was ich sah, hatte mich gerettet. Maram war mit den Eigenschaften des Ungeheuers bestens vertraut. Die Boa sieht sehr schlecht, ihre Zunge dient ihr als Riechorgan und sie erkennt Beute nur, wenn sie sich bewegt. Die Vorsehung hatte gewollt, dass die Reglosigkeit, in die ich auf Marams Befehl verfiel, sich durch den Schrecken, den ich vom Anblick der Boa bekam, noch weiter verlängerte. Und es war die gleiche statuenhafte Starre, die mich auch vor der Kugel aus Baba Secks Gewehr rettete.

Als ich aufwachte, befand ich mich nicht mehr in Marams Hütte, sondern im Freien. Ich lag unter einem Baum. Trotz der Hitze fror ich. Mein Nacken war steif und schmerzte, genau wie der Rest meines Körpers. Flüchtige Bilder von Baba Secks grausamem Tod verfolgten mich. Ich war immer noch wie gelähmt von der tierischen Angst, die seit Urzeiten jedem Opfer einzigartig erscheint, die fatalerweise aber für alle die gleiche ist.

Wenn der Tod ein Tier nach langer Verfolgung einholt, verhärten sich dessen Muskeln wie zu einem Schutzpanzer. Sobald das Raubtier seine Beute erlegt hat, muss es zuallererst mit der Kraft seiner Fänge und Klauen oder der Gewalt seiner umschlingenden Muskeln das angespannte Fleisch wieder lockern. Ich hoffte, dass Baba Seck das Glück hatte, schnell ohnmächtig zu werden und nicht mehr spürte, wie seine Muskeln, die letzte Bastion seines Lebens, von der Boa zerquetscht wurden.

Erst als Ndiak sich neben mich setzte und mir sanft die Hand auf die Schulter legte, konnte ich mich wieder entspannen. Ironischerweise waren die ersten Worte, die ich an ihn gerichtet hatte, auch die letzten, die aus Baba Secks Mund kamen:

»Wo ist sie?«

Da das Wolof bei einer solchen Frage nicht zwischen männlich und weiblich unterscheidet, wusste Ndiak nicht so recht, wie er mir antworten sollte.

»Die alte Heilerin? Sie ist verschwunden. Und falls du nach einem Mann fragst, wir haben in der Hütte der Heilerin einen gefunden, also die um sich selbst gewickelten Reste. Ein Fuß ragt raus, wo eigentlich die Brust ist, ein matschiges Auge klebt an einer Hand, die Zunge hängt heraus, der Kopf ist ein einziger Pudding und das Innere ist draußen. Kein schöner Anblick, und vor allem ein Riesengestank! Weißt du, wer das ist?«

Ohne auf meine Antwort zu warten, erzählte mir Ndiak, dass er, Seydou Gadio und die anderen vom anderen Ende des Dorfes herbeigeeilt waren, als sie am frühen Morgen einen Schuss gehört hatten. Es dauerte nicht lange, bis sie mich in der Hütte der Heilerin entdeckten, weiß wie die Baumwollblüte, zusammengekauert auf einem Bett, unweit eines entstellten, formlosen Leichnams, über den sie klettern mussten, um mich aus diesem Grab zu holen. Nachdem er sich vergewissert hatte, dass ich lebte, ging Seydou Gadio noch einmal in die Hütte und schaute sich dort um. Er kam mit einem Gewehr zurück, wahrscheinlich dem, das den Schuss, der sie aufgeschreckt hatte, abgegeben hat. Seydou war mit ernstem Gesicht an allen vorbeigegangen und zum Wald von Krampsàne geeilt, nachdem er befohlen hatte, dass niemand ihm folgen oder die Hütte betreten sollte, in der sich gewiss noch eine riesige Boa befand.

Verwundert über meinen besorgten Gesichtsausdruck, glaubte Ndiak, mir zur Beruhigung zu sagen, dass ich mein Leben ja Seydou Gadio verdankte. Er habe schließlich einen Spiegel vor meinen Mund gehalten, und damit erkannt, dass ich noch atmete, und er habe auch die Trage gebaut, um mich von Keur Damel bis nach Ben zu der alten Kriegerin zu transportieren. Er sei mein Retter.

Ich ließ ihn erzählen. Ndiak konnte nicht wissen, dass Seydou Gadio sein Gewehr erkannt hatte, das er auf Wunsch von Estoupan de la Brüe gegen Maram eintauschen musste.

»Wird er sie töten?«, unterbrach ich ihn schließlich, als er mir weiter die Verdienste von Seydou Gadio aufzählte.

»Die alte Heilerin töten?«

»Nein, Maram Seck, die Wiederkehrerin.«

Ungläubig bat Ndiak mich, das Gesagte zu wiederholen.

»Ja, die Frau unter der schwarz-gelben Schlangenhaut ist Maram Seck. Maram Seck, die Nichte von Baba Seck, dem Vorsteher von Sor!«

Ndiak schwieg einen Moment, als suche er in seinem Gedächtnis nach Hinweisen, die ihm die wahre Identität der alten Heilerin verraten könnten. Doch ihm fiel nichts ein, und er musste zugeben, dass er, genau wie ich, Maram in ihrer Verkleidung nicht erkannt hatte. Da ich Ndiak weiter zu Maram befragte und er verstand, wie sehr ich mich um sie sorgte, versicherte er, Seydou würde sie keinesfalls töten. Er sei ein Jäger, der kein Leben nahm, ohne sich vorab mystischen Schutz zu beschaffen. Der sehr mächtige Geist, der die Hütte bewohnte, war eine reelle Gefahr und musste besänftigt werden.

Ndiaks Worte beruhigten mich. Wie irrational dieser

Aberglaube auch war, er würde Seydou Gadio doch davon abhalten, Maram im Wald von Krampsàne zu töten, falls er sie dort fände. Der alte Krieger hatte wie Ndiak eine Weltsicht, in der das Leben von Menschen eng mit dem Leben ihrer Beschützer verbunden ist. Demnach waren Maram und die Schlange, die Baba Seck zerquetscht hatte, ein und dasselbe Wesen. Maram zu töten würde den Zorn ihres *rab* auf Seydou lenken, der es nicht riskieren würde, ohne mystischen Schutz gegen Marams Boa anzutreten.

Ich bat Ndiak um etwas zu trinken, und er ließ mir außerdem noch etwas zu essen bringen.

Bevor ich Ndiak in Marams Geschichte einweihte, die sie mir fast die ganze Nacht über erzählt hatte, merkte ich, dass die Sehnsucht und Liebe, die sie in kürzester Zeit bei mir entfacht hatte, alles andere als erloschen waren.

Jeder andere als ich wäre von Baba Secks grausamem Tod wahrscheinlich derart erschüttert, dass er vor lauter Schrecken Maram mit der von ihr auf die Tötung ihres Onkels abgerichteten Boa verwechselt hätte. Wenn auch die Vernunft einem Weißen nicht gestattet hätte, solches zu glauben, hätte seine Vorstellungskraft ihn dazu gebracht, Angst und Abscheu vor der mordenden Schlangenfrau zu empfinden. Ich war der Meinung, dass Marams Rache dem von ihr erlittenen Verbrechen angemessen war. Selbst wenn die Vergewaltigung durch den Onkel nicht vollzogen worden war, so hatte doch die Absicht, dies zu tun, Marams Leben aus dem Gleichgewicht gebracht und die Ordnung ihrer Welt zerstört. Die Tat ihres Onkels hatte ihr Leben zermalmt. Dass Maram Baba Seck im Würgegriff ihres Schlangentotems zerquetschen ließ, schien mir die gerechte Strafe.

Ich hing gerade diesen Gedanken nach, als die Bewohner von Ben Ndiak und mir eine Schale mit Haifisch-Couscous vorsetzten, ein Gericht, das ich zu Beginn meines Aufenthalts in Senegal nicht mochte, das mir letztlich aber doch schmeckte. Das hätte ich nie geglaubt, wenn man es mir prophezeit hätte, ebenso wenig wie, dass ich mich unsterblich in eine Negerin verlieben würde. Nach drei Jahren im Senegal kam es mir vor, als wäre ich in jeder Hinsicht ein Neger geworden. Das lag nicht einfach an der Macht der Gewohnheit, wie man leicht hätte glauben können, sondern daran, dass ich, durch das viele Wolof-Sprechen vergaß, dass ich weiß war. Seit mehreren Wochen hatte ich kein Französisch mehr gesprochen, und mein beharrliches Bestreben, das meine Zunge an die Aussprache fremder Wörter gewöhnt hatte, schien mir das Gleiche, wie mein Bestreben, Speisen und Früchte schätzen zu können, die meinem Gaumen bislang fremd gewesen waren.

Ndiak wartete geduldig, bis ich das Mahl beendet hatte. Nach Landessitte wusch ich meine rechte Hand, mit der ich das Essen zum Mund geführt hatte, in einer kleinen Kürbisschale mit sauberem Wasser, die man mir gereicht hatte. Dann lehnte ich mich wieder an den Ebenholzbaum, unter dem ich vor einer Stunde aus meiner Ohnmacht erwacht war. Und dann begann ich, Ndiak leise und umsichtig, damit unsere Begleiter und die Dorfbewohner in unserer Nähe es nicht hörten, Maram Secks Geschichte zu erzählen.

Es brauchte nur wenig, ein Wort anstelle eines anderen, eine kurze Pause zwischen zwei zu kurzen oder allzu langen Sätzen, und Ndiak hätte Maram für ein Monster gehalten. Mir war, als hätte sich in seinem Blick mehrmals Ungläubigkeit und Entsetzen gezeigt. Seine Gestik, die lautmalerisch war, wie es meines Wissens nur das Wolof in Senegal sein kann, wiederholte immer wieder, mit einem Tippen der Fingerspitzen seiner rechten Hand gegen seinen Mund, etwas wie: »*Tscheee Tetet. Tscheee Tetet.*« Sein großes Erstaunen, das er damit anzeigte, beunruhigte mich, weil ich Ndiak für Marams Sache gewinnen wollte. Er sollte sie nicht für eine Mörderin halten, sondern für das Missbrauchsopfer zweier Männer: erstens ihres Onkels, der so verrückt war, sich an ihr vergehen zu wollen, und zweitens von Estoupan de la Brüe, der sie gegen Seydou Gadios Gewehr eingetauscht hatte, um später dort erfolgreich sein zu wollen, wo Baba Seck gescheitert war. Ich wollte Ndiak mit meiner Erzählung dazu verführen, für Maram Partei zu ergreifen und machte auch keinen Hehl aus meiner Liebe zu ihr, damit er mir, so er wirklich mein Freund war, trotz seiner Angst vor ihr helfen würde, sie vor der drohenden Strafe zu bewahren, falls Seydou Gadio sie ausfindig machte.

Ich beschrieb Maram als eine sehr schöne, junge Frau, in die ich heillos verliebt war, und gestand ihm sogar, dass ich sie nackt gesehen hatte, damit Ndiak, der wie die meisten jungen Leute seines Alters Verlangen mit Liebe verwechselte, besser verstand, warum sie mich derart interessierte. Ich beschloss auch, die Art und Weise, wie Baba Seck zu Tode gekommen war, leicht zu beschönigen. Zwar verheimlichte ich nicht, dass Maram wahrscheinlich eine riesige Schlange abgerichtet hatte, um ihren Onkel zu töten. Doch gab ich vor, deutlich gesehen zu haben, wie Maram aus ihrer Hütte geflohen war, bevor ich angesichts des schrecklichen Schauspiels von Baba Secks Ende das Bewusstsein verloren hatte. Das stimmte zwar nicht, aber ich hielt es für wichtig, dass Ndiak keinen Zweifel daran hatte, wer den Tod verursacht hatte.

»*Tscheee Tetet* … Bist du dir sicher, Adanson, hast du wirklich gesehen, dass Maram aus der Hütte floh, während die Boa ihren Onkel tötete?«

Ich versicherte ihm mehrmals, es sei genauso gewesen. Ich hatte es zwar selbst nicht gesehen, doch zweifelte ich nicht daran, dass Maram geflohen sein muss, als ich bewusstlos war.

Aber Ndiak, der sehr aufmerksam zugehört hatte, verließ den Schauplatz des Endes von Baba Seck, und bat mich, auf einen anderen Moment zurückzukommen, der ihm unglaubwürdig schien: Marams Flucht von Estoupan de la Brües Schiff.

»Aber, Adanson, wenn es stimmt, was Maram dir erzählt hat, wie konnte sie dann von dem Schiff herunterkommen, ohne gesehen zu werden? Ich habe es im Hafen von Saint-Louis gesehen und weiß, dass an Deck immer ein oder zwei Matrosen Wache halten, auch tief in der Nacht. Maram kann nicht vom Schiff geflohen sein, ohne die Wachen … *Tscheee Tetet*!

Die Szene, die Ndiak sich ausmalte, war so haarsträubend, dass er den Satz nicht beendete. Auch an der Stelle log ich und änderte Marams Geschichte etwas ab. Ich führte aus, sie sei über einen schlafenden Wachmann gestiegen, der längs auf der kleinen Treppe hinauf zum Deck gelegen hätte. Und dass die Strömung, die sie mitriss, so stark gewesen wäre, dass die Matrosen, nachdem sie ihren Sprung gehört hatten, es nicht wagten, zu ihrer Verfolgung das Beiboot zu Wasser zu lassen.

Ich wunderte mich selbst, wie leicht es mir fiel, Marams Geschichte mit überraschenden Wendungen und Erklärungen auszustaffieren. Ich verstand Ndiaks Fragen. Ich hätte sie Maram auch selbst gestellt, wenn ich sie hätte unterbrechen können. Aber die Episoden ihrer Geschichte schlossen stets direkt aneinander an, so dass es mir unmöglich war, den Fluss zu unterbrechen, ohne sie vielleicht gegen mich aufzubringen. Zugegebenermaßen war ich von ihrer Erzählung gefangen genommen und akzeptierte Ungereimtheiten, ohne lange darüber nachzudenken. Die verschwieg ich nun, damit Ndiak mein Verbündeter blieb, um Maram zu verteidigen.

So hütete ich mich davor, ihm zu erzählen wie die alte Heilerin Ma-Anta, von einem Traum geleitet, sie völlig entkräftet unter dem Baum am Waldrand gefunden hatte. Ich hielt es auch für sinnvoll, Ndiak zu verschweigen, dass Maram behauptet hatte, ein Löwe und eine Hyäne hätten sie und Ma-Anta nach Ben begleitet. Die Szene erinnerte mich zu sehr an Darstellungen des Garten Eden, wo selbst die größten Feinde unter den Tieren einander nicht angriffen. Umso mehr staunte ich, als Ndiak mir kurz darauf erzählte, er habe, als ich noch bewusstlos auf meiner Trage am Rand des Waldes von Krampsàne lag, mit eigenen Augen gesehen, wie ein Löwe und eine Hyäne einträchtig nebeneinander mit dem Maul zum Trocknen aufgehängte Fische vom Dach einer Hütte pflückten. Ma-Antas und Marams Hütte.

XXVIII

Mit geschultertem Gewehr ging Seydou Gadio ein paar Schritte hinter ihr her, offenbar ohne zu fürchten, dass sie ihm entfloh.

Er hatte sie weit im Norden aufgespürt, am äußeren Rand des Waldes von Krampsàne. Das war nicht schwer gewesen, ihre Spuren waren allzu deutlich. Neben den Abdrücken ihrer Schritte war er der durchgehenden Linie eines Stabs gefolgt, den sie über den Boden hatte schleifen lassen, um von ihrem Verfolger besser entdeckt zu werden. Sie saß mit dem Rücken an einen Baum gelehnt, den einzigen Ebenholzbaum inmitten der Palmen, und sagte, sie habe auf ihn gewartet und folge ihm bereitwillig, wenn er ihr noch erlaubte, den Stab unter dem Ebenholzbaum zu vergraben. Seydou willigte ein und nachdem der Stab, den der Krieger als »mit rotem Leder bespannt und mit Kaurimuscheln besetzt« beschrieben hatte, unter der Erde war, machte sie sich von allein auf den Weg zurück nach Ben.

Ich sah nur sie. Maram trug eine indigoblau-weiße Tunika, die ihr bis zu den Füßen reichte. Darunter trug sie das gleiche einteilige weiße Kleid wie am Vortag. Ihr Haar war unter einem Tuch versteckt, dessen Knoten in den Falten eines seidengelben Stoffs verborgen war. Mit hoch erhobenem Kopf ging sie an mir vorbei, ohne mich eines Blickes zu würdigen. Ihr Gang war sehr leicht und vermittelte den Eindruck, sie würde über den Boden gleiten.

Mein Herz pochte. Ich war enttäuscht und erleichtert zugleich, dass sie mich nicht ansah. Was hätte ihr Blick mir sagen können? Ich unterhielt die wirre Hoffnung, sie könnte mir eine Liebe offenbaren, die meiner gleichkam. Aber ich dachte auch, dass ich ihr nicht gefallen könnte. Nichts unterschied mich von anderen Männern außer meiner Hautfarbe, die sie vielleicht verabscheute wie die meisten weißen Frauen die Hautfarbe der Neger. Ich litt Qualen. Meine Leidenschaft für Maram war brodelnd, doch schien es mir unmöglich, dass sie diese mit mir teilte. Es war absurd, sich vorzustellen, dass ihre Liebe, falls sie jemals etwas für mich empfand, ebenso spontan entflammt war wie meine und ohne Vorwarnung, ohne Kompromisse und ohne innere Konflikte ihr Herz einnahm. Ihre Lebensgeschichte haftete mit einer Schwere an Maram, die es nicht leicht machte, sich unbefangen in sie zu verlieben. Ihr Unglück ging auf Männer zurück, die sie zum Objekt ihrer Begierde gemacht hatten. Könnten meine Versuche der Annäherung von ihr nicht als rein fleischliches Verlangen gedeutet werden, das schnell auch wieder vergeht, sobald es gestillt ist? Um ihr und vielleicht auch mir selbst zu beweisen, dass mehr als nur Verlangen mein Herz bewegte, hätte ich Zeit gebraucht. Wie gern hätte ich sie mit Feinsinn und Zärtlichkeit umworben, allein angetrieben von dem Wunsch, einem geliebten Menschen zu gefallen. Doch die Vorsehung wollte es anders, und ihre Einflussnahme zeigte sich zuallererst in der Unnachgiebigkeit des Anführers unserer Eskorte.

Seydou Gadio, dem Mann, der mir in Keur Damel das Leben gerettet hatte, war sein Gewehr neben der entstellten Leiche in Marams Hütte sofort aufgefallen. Es war dasselbe, das er drei Jahre zuvor auf Befehl von Estoupan de la Brüe gegen ein junges Mädchen hatte eintauschen müssen. Obwohl sie zu einer Frau herangereift war, hatte er ihre Züge und ihre Anmut unter dem Ebenholzbaum gleich erkannt. Wenn also die Leiche eines Mannes in ihrer Hütte lag, musste sie für seinen Tod verantwortlich sein. Wahrscheinlich hatte sie sich an demjenigen gerächt, der sie vor den Augen seines Kameraden Ngagne Bass, Estoupan de la Brües und seiner selbst damals, hatte vergewaltigen wollen. Außerdem hatte der Tote sie gegen ein Gewehr als Sklavin verkauft. Seydou sah daher keinen Grund, die Frau nicht ihrem Besitzer, nämlich Monsieur de la Brüe, zurückzugeben. Er würde sie Monsieur de Saint-Jean, dem Gouverneur von Gorée, mitbringen, der eine Möglichkeit fände, sie seinem Bruder zurückzugeben.

Ich erklärte Seydou – wieder ohne zu erwähnen, dass sie die Nichte des Toten war –, dass eine junge Frau von Marams Statur nicht in der Lage sei, einen Mann so schrecklich zu zerquetschen, wie er es gesehen hatte, und dass die Mörderin eine Schlange sei, die er festnehmen müsse, aber der alte Krieger ließ sich davon nicht beeinflussen.

Seydou Gadio, der es nicht gewohnt war, dass man ihm widersprach, erzürnte sogar, als ich vorgab, wir müssten Maram in Ben zurücklassen, ohne sie weiter zu behelligen. Seine Wut ging so weit, dass er mich mit seinem Gewehr bedrohte und schrie, er werde mich erschießen, wenn ich ihn von seiner Pflicht abhalten sollte. Ndiak konnte ihn zumindest ein wenig beruhigen. Das hielt Seydou aber nicht davon ab, den Dorfbewohnern, die sich um uns scharten, zu erklären, es läge in ihrem Interesse, Maram nicht in Ben zu behalten, da ihnen sonst schreckliche Strafen drohten. Doch die Dorfbewohner widersprachen und wurden ungeduldig, seit sie die Frau gefunden hatten, die sie für eine Wiedergängerin ihrer alten Heilerin Ma-Anta hielten, und sagten, dass Seydou keine Befugnis habe, sie ihnen wegzunehmen. Ben gehörte nicht zum Königreich Waalo, sondern zu dem von Kayor. Der König von Kayor, der *damel*, wurde am Cap-Verd von sieben weisen Lébou vertreten, die sich monatlich in dem Küstendorf Yoff versammelten, um dort Recht zu sprechen. Die Dörfler sagten zu, ihre Heilerin am nächsten Tag nach Yoff zu den sieben Weisen zu bringen, damit sie entscheiden würden, was zu tun sei.

An der Spitze des Dorfes stand Senghane Faye, dessen kleine Tochter von Maram geheilt worden war und den sie als Boten nach Sor geschickt hatte, um ihren Onkel nach Ben zu locken. Senghane Faye war von Beruf kein Krieger, aber er hielt eine Lanze und tat, als wollte er sie gegen Seydou einsetzen, der seinerseits Senghane beim geringsten Anlass in den Kopf schießen würde.

In der allgemeinen Verwirrung dieser Auseinandersetzung erhob Maram, die bislang geschwiegen hatte, unvermittelt ihre Stimme, und düpierte mich, der ich mich gern vor ihr profiliert hätte, indem sie mir zuvorkam.

»Im Namen von Ma-Anta, hört mir bitte zu«, rief sie. »Ihr seid gute Menschen. Keiner von euch hat mich in den zwei Jahren, in denen ich Ma-Anta zur Hand gegangen bin, um Zauberei gegen seine oder ihre Mitmenschen gebeten. Als ich vor drei Jahren durch die Wälder von Krampsàne irrte, nahm eure große Heilerin mich auf. Machte mich zu ihrer Schülerin. Und seit sie vor einem Jahr im Wald zur Ruhe gegangen ist, bin ich eure Heilerin, ich, Maram Seck. Doch habe ich euer und Ma-Antas Vertrauen missbraucht. In eurem Dorf wurde ein Verbrechen begangen, und ich bin dafür verantwortlich. Dass das Böse hier Einzug halten konnte, habe allein ich zu verschulden. Ich bitte euch daher, dass ihr diesen Mann, Seydou Gadio, mich mitnehmen lasst, wohin er beliebt, und ihr ihn nicht daran hindert, euch vor mir zu retten, die ich die Eintracht eures Lebens zerstört habe.«

Marams Worte besänftigten die Dorfbewohner, die sich hiernach langsam wieder verstreuten und ihrem Tagewerk nachgingen. Nur Senghane Faye schien ihrer Anweisung nicht nachkommen zu wollen. Ein scharfer Blick von ihr aber, den ich zufällig sah, brachte auch ihn dazu, sie ihrem Schicksal zu überlassen.

Nun war ich also der Einzige, der Seydou Gadio daran hindern wollte, Maram nach Gorée zu bringen. Die Sklaveninsel war für sie höchst gefährlich, die erste Etappe hin zu einer in meiner Vorahnung brutalen Strafe. Wenn es stimmte, was sie über die Begegnung mit Estoupan de la Brüe erzählt hatte, würde der Generaldirektor der Senegalkonzession seine erlittene Schmach hundertfach rächen wollen, vor allem da eine Negerin sie ihm zugefügt hatte. Ich fühlte mich elendig, als Maram meinem Blick auswich, als ob sie mir um keinen Preis auch nur das kleinste Zeichen von Sympathie zugestehen wollte, die mich dazu ermutigen könnte, Seydou Gadio entgegenzutreten. Wie gern hätte ich auch so einen Blick zugeworfen bekommen wie der, der Senghane Faye von seinem Vorhaben abgehalten hatte. So wäre ich wenigstens ihres Zornes würdig geworden, der mir hundertmal erstrebenswerter war als ihre Gleichgültigkeit. Ich kannte das Leben zu dieser Zeit noch nicht gut genug, um zu verstehen, dass Marams Gleichgültigkeit mir gegenüber als ein paradoxer Ausdruck ihrer Zuneigung gedeutet werden konnte. Als ich das begriff, war es zu spät. Zu spät, mir mit Worten bestätigen zu lassen, was ihr Verhalten mir längst mitgeteilt hatte. Nur war ich nicht klug genug gewesen, es richtig zu deuten.

Obwohl ich nicht wusste, wie ich Maram ohne ihre Zustimmung helfen sollte, machte Ndiak mir Hoffnung, ich könne sie vor ihrer Bestrafung für den schon halb gestandenen Mord an ihrem Onkel bewahren. Er gab mir zu verstehen, dass er mich an einem abgelegenen Ort treffen wollte.

»Höre, Adanson! Der alte Seydou Gadio wird bei seiner Entscheidung bleiben. Ich habe beschlossen, meinen Vater um Maram Secks Begnadigung zu bitten. Nach dem Sklavengesetz gehört sie Estoupan de la Brüe nicht mehr, da sie ihm vor über einem Jahr entflohen ist. Mein Vater hat das Recht, sie als seine Untertanin zu begnadigen, ebenso wie Baba Seck. Der König von Kayor und die sieben Weisen, die ihn am Cap-Verd vertreten, haben dazu nichts zu sagen, da Marams Onkel aus Sor stammt, das zum Königreich Waalo gehört. Ich werde also nach Nder galoppieren, in unsere Hauptstadt, über Keur Damel und bis Saint-Louis den Ozean entlang. Ich verspreche, dass ich dir mithilfe meines Kuriers Mapenda Fall in höchstens sieben Tagen eine Zustimmung oder Ablehnung bringen werde. Was dich betrifft, so fahre mit Seydou und Maram nach Gorée. Es ist besser für sie, wenn du bei ihnen bleibst.«

Auch wenn der Plan verrückt erschien, war er in meinen Augen die einzige lohnende Hoffnung auf Marams Rettung. Ich war Ndiak dankbar, dass er versuchte, seinem ungeliebten Vater, eine Art von Straferlass abzuringen, wie der ihn seit dem Beginn seiner Herrschaft noch niemandem gewährt hat. Ich machte mir dennoch Sorgen um meinen jungen Freund. Seine Reise brachte ihn gewiss in Gefahr, da Ndiak unbegleitet reiten wollte und sein Pferd bei allen Kriegern Begierden wecken würde, denen er auf dem Weg nach Nder begegnete.

Als ich ihm das sagte, zuckte er nur mit den Schultern. Er habe keine Angst und würde sich einstweilen mein Gewehr leihen. Derart bewaffnet würde niemand ihn anzugreifen wagen.

»Eines erscheint mir für dich dabei schwerwiegender. Ich werde Marams wahre Identität verraten müssen. Mein Vater muss erfahren, dass ihr eigener Onkel, der Vorsteher von Sor, sie hatte vergewaltigen wollen. Nur mit dem Wissen über die schreckliche Wahrheit wird er sie begnadigen. Wir müssten eine öffentliche Schande über ihre Familie bringen, wie sie es, so hast du es erzählt, verhindern möchte. Falls du sie rettest, wird ihr Ansehensverlust euch entzweien und auch so werdet ihr euch entzweien, da sie nie und nimmer mit dem Mann zu tun haben würde, der die Schande der Secks in Sor bekanntgemacht hat.«

Ich dachte nicht lange nach. Ich liebte Maram zu sehr, um sie einer Strafe auszusetzen, die womöglich den Tod nach sich zöge, und liebte sie derart, dass ich sie lieber lebendig wusste, wenn auch weit weg von mir. Selbst für den Fall, dass ihre Rettung nach unserem Plan ihren Hass auf uns lenkte, erklärte ich Ndiak, sei Marams Leben mir wichtiger als die Ehre ihrer Familie.

Daraufhin wandte Ndiak sich wieder an Seydou Gadio und erzählte ihm von seinem Plan, in Nder um Marams Begnadigung zu bitten, verriet ihm allerdings nicht, wer sie war. Nachdem er einige Vorräte zusammengetragen und am englischen Sattel seines Pferdes befestigt hatte, der ihm vom König von Kayor in Meckhé geschenkt worden war, trabte er davon. Schweren Herzens sah ich ihn durch den Wald von Krampsàne reiten.

Ich hatte ihn als Kind kennengelernt, jetzt war er ein Mann. Ich wusste, dass sein Plan kaum zu etwas Gutem führen könne. Aus Freundschaft zu mir riskierte er all seine Chancen darauf, irgendwann König zu werden. Ich wusste, dass Ndiak auf den Thron strebte, um seine Mutter Mapenda Fall zu ehren, auch wenn ihm dies nach dem Erbrecht im Königreich Waalo untersagt war. Die Leute würden sich über ihn lustig machen und seine geistige Gesundheit in Frage stellen, wenn sie erfuhren, dass er den weiten Weg auf sich genommen hatte, um seinen Vater, den König, um Gnade für eine junge Frau zu bitten, die ihren Onkel ermordet hatte. Hätte er diese Reise auf eigene Initiative unternommen, würden sie seinen Wahnsinn seiner Jugend zuschreiben. Der König hätte Maram begnadigt, weil er dachte, dass sein Sohn sie zu einer Konkubine machen wollte, derer er bestimmt bald überdrüssig würde. Es hätte sogar wie eine nette Eskapade eines jungen Prinzen aussehen können, der zum ersten Mal verliebt war. Lobpreisende Griots hätten seine Reise, auf der er eine Sklavin vor ihrer Bestrafung rettete, als eine gefährliche, aber lobenswerte Heldentat besungen. Und so hätte Ndiak die Legende seines Aufstiegs zur Macht von dort aus weiter schmieden können, indem er »Seinesgleichen« seine Unerschrockenheit präsentierte, die wohl wichtigste Eigenschaft eines jungen Thronanwärters.

Was würden die Leute von ihm denken, wenn sie erführen, dass er so viele Gefahren in Kauf genommen hatte, um seinen Vater zugunsten eines anderen Mannes um die Begnadigung einer jungen Frau zu bitten, und dass der andere Mann ein Weißer war? Würde er nicht umgehend zum Gespött der Leute? Würden die gleichen Griots, die vielleicht seinen wachsenden Ruhm besungen hätten, ihn nun in ihrem halböffentlichen Palaver sogleich als unterwürfigen Helfer darstellen, der nach der Pfeife eines *toubab* tanzte und damit seines Vaters nicht würdig war?

So dachte ich, als ich sah, wie Ndiak meinethalben ins Verderben rannte.

Meine liebe Aglaia, ich habe in meinem Leben nicht mehr als zwei oder drei Freunde gehabt. Ndiak ist, das glaube ich fest, der Einzige, der sich für mich opferte. Und ich bezweifle, dass ich mich unter ähnlichen Umständen bei ihm hätte revanchieren können, da ich solch eine Seelengröße nicht besaß.

XXIX

Wenige Stunden nach Ndiak verließen auch wir das Dorf Ben, von dem es weniger als zwei Meilen Luftlinie bis nach Gorée waren. Man gelangte dorthin mit Pirogen, die von einem kleinen Strand abfuhren. Von der Bucht Bernard aus nach Gorée zu gelangen war nicht ganz einfach: Es brauchte Lotsen, um die Riffe rechts und links des Strandes zu umgehen, und als wir dort ankamen, war noch keiner von ihnen anzutreffen.

Ich freute mich bereits über diese Widrigkeit, dank der Ndiak mehr Zeit hätte, um rechtzeitig nach Nder zu kommen. Doch Seydou Gadio, der es wohl kaum erwarten konnte, Maram loszuwerden und von Estoupan de la Brüe für seinen Einsatz belohnt zu werden, bestieg eine kleinere Piroge als die, die normalerweise die Verbindung zwischen dem Festland und Gorée bediente. So verließen Maram und Seydou die Bucht Bernard in einer Piroge mit einem jungen Fischer am Steuer, während ich mich für meine Überfahrt bis zum nächsten Morgen gedulden musste.

Als ich endlich auf Gorée ankam, eilte ich zu Monsieur de Saint-Jean, dem Inselgouverneur und Bruder von Estoupan de la Brüe.

Ich trug nur das eigene Haar, während Monsieur de Saint-Jean eine gut gekämmte Perücke trug. Ich war seit fast einer Woche unrasiert, während er glatt und gepudert war. Ich trug die Kleidung, die Maram mir vorgestern gegeben hatte: eine weiße Baumwollhose und ein an den Seiten offenes blau, violett und gelb gemustertes Hemd. Hätte Ndiak mir nicht seine Kamelledersandalen geliehen, wäre ich barfuß gewesen. Saint-Jean trug Hut, Gehrock, Kniebundhose, Seidenstrümpfe und Schuhe mit silbernen Schnallen. Ich hatte in der vorhergehenden Nacht, als ich am Strand übernachtete, um auf die Piroge nach Gorée zu warten, schlecht geschlafen. Und trotz des Tuches, das ich mir zum Schutz gegen Mücken übergeworfen hatte, war mein Gesicht mit unzähligen Stichen bedeckt. Saint-Jean, der auf einem Balkon im ersten Stock seines Amtssitzes stand, schien überrascht, mich in solch einem Zustand zu sehen.

Gleich zu Beginn unserer Unterredung fühlte ich mich genötigt, ihm zu erklären, dass ich aus Zeitgründen meine Sachen nicht habe mitnehmen können, und sie immer noch am Strand der Bucht Bernard lägen. Ich bat ihn, mir nachzusehen, dass ich so vor ihm erschienen war. Da ich seit mehreren Wochen kein Französisch mehr gesprochen hatte, drückte ich mich unbeholfen aus und war irritiert über den seltsamen Rhythmus und den Akzent, der vom Wolof auf meine Muttersprache abgefärbt hatte.

Saint-Jean hatte bei der förmlichen Begrüßung, die ich trotz meiner Irritation hervorbrachte, seinen Hut nicht abgenommen, fragte mich ohne jede Umschweife, was denn die dringende Angelegenheit sei, die mich so schnell zu ihm nach Gorée geführt habe. Ohne meine Antwort abzuwarten, über die er wahrscheinlich schon von Seydou Gadio Kenntnis hatte, machte er sich auf, um zu Tische zu gehen und lud mich ein, sein Mahl zu teilen. So folgte ich ihm in den Speiseraum, von dem aus man weit auf das Meer schauen konnte, und sann darüber nach, ob mein äußeres Erscheinungsbild mich nicht in eine schwächere Position brachte, die Marams Interessen schaden könnte.

Ich war umso verwunderter, als Saint-Jean mindestens zweimal so alt wie ich zu sein schien. Er war deutlich größer und fülliger als ich und hatte so auffällig helles Haar wie sein Bruder Estoupan dunkles. Die hellblauen Augen waren das einzig Markante in seinem sonst schlaffen Gesicht, aber sein Blick wirkte in verwirrender Weise abwesend. Mit einer vagen Geste seiner Linken, die in aller Regel ein besticktes Taschentuch hielt, wies er mir den Platz ihm gegenüber zu. Auf ein zugeraunertes Kommando hin trug ein schwarzer

Diener ein zusätzliches Gedeck für mich auf. Ohne zu warten, begann Saint-Jean gierig die ihm schon servierte Suppe zu löffeln und warf immer wieder große Brotstücke hinein, die er geräuschvoll einsog und unzerkaut schluckte. Er blickte erst wieder zu mir auf, als er befahl, man möge ihm Wein nachfüllen.

Saint-Jean begleitete seine Frage mit einer ebenso vagen Geste wie zuvor und fragte erneut mit ironischem Unterton:

»Lieber Herr Adanson, was also verschafft mir die Ehre Ihres spontanen Besuchs?«

Als ich drei Jahre zuvor mit seinem Bruder per Schiff von Saint-Louis nach Gorée gereist war, hatte Saint-Jean durchaus Respekt gezeigt. Wahrscheinlich setzte mich Seydou Gadios Bericht über mein Interesse an Maram in seinen Augen ebenso herab wie mein erbärmliches Aussehen. Bei unserem ersten Zusammentreffen hatte er mich als ehrbaren, kleinen Wissenschaftler gesehen, der eine gewisse patriotische Wertschätzung verdiente, aber beim zweiten Mal war ich nur noch ein Weißer, der sich als Neger verkleidet hatte. Saint-Jean war einer dieser Männer, die einen Höhergestellten oft auf groteske Weise hofierten, gegenüber Rangniederen, zu denen ich unwiderruflich degradiert worden war, aber immer unerbittlich waren.

Mein durch seine Grobheit bereits verletztes Gemüt ertrug die Ironie seiner Frage nur schwer. Er hatte die Frage auf diese Weise gestellt, um mir den Boden unter den Füßen wegzuziehen, doch gab sie mir unversehens die verloren geglaubte Selbstachtung zurück. Da er sich gezielt unhöflich verhielt, beschloss ich, es ihm nachzutun. Damit wären wir wenigstens auf Augenhöhe.

»Wo ist sie?«, fragte ich rundheraus.

Saint-Jean täuschte immerhin keine Unwissenheit vor, um wen es sich handele, und antwortete mit einem Aufstampfen seiner Ferse:

»Unter unseren Füßen.«

»Maram ist unschuldig an dem Verbrechen, dessen sie beschuldigt wird.«

»Aha, sie heißt Maram ... Aber von welchem Verbrechen sprechen Sie? Wenn es sich um den Tod des Negers handelt, den die Riesenboa zerquetscht hat, von der mir berichtet wurde, schert er mich wenig. Doch die Negerin hat meinen Bruder niedergeschlagen, der ihr einen abendlichen Besuch abstatten wollte. Sie wissen, Monsieur Adanson, dass sie einiges auf dem Kerbholz hat.«

»Wollen Sie sie zu Monsieur de la Brüe zurückschicken?«

»Die Negerin ist in ihrer Art eine Venus. Mein Bruder hat das wohl erkannt, und Sie ja auch. Doch ist er, seit sie ihn fast getötet hat, von ihr angewidert. Er hat sie an mich abgetreten, für den Fall, dass ich sie zu fassen kriege. Ich werde sie also als Sklavin nach Amerika verkaufen.«

Nach diesen Worten wandte er sich hinüber zum Balkon, von dem sich aufs offene Meer blicken ließ, und ich verstand, dass ein Sklavenschiff ganz in der Nähe der Insel vor Anker liegen musste. Er hatte Maram als einen Teil der Fracht bestimmt.

Er suchte meinen Blick mit seinen hellblauen Augen, dann fuhr er fort:

»Ich verkaufe sie an Monsieur de Vandreuil, den Gouverneur von Louisiana, einen Freund. Er liebt Negerschönheiten, besonders widerspenstige. Falls Sie den Wunsch hegen sollten, mir die Negerin abzukaufen, müssen Sie wissen, dass das Ihre Möglichkeiten übersteigt. Um die Summe aufzubringen, müssten Sie eine Hypothek für Ihr Haus aufnehmen, falls Sie eines in Paris haben, und für das Ihrer Eltern dazu.«

Fast wäre ich vor Zorn auf ihn erstickt, nicht so sehr, weil Saint-Jean auf liederliche Weise meine vererbte Armut ins Feld führte, sondern weil er annahm, ich würde ihm Maram abkaufen wollen. Der Gedanke war mir ein Graus. Ich hatte vergessen, dass ihre Hautfarbe sie für Männer wie ihn ganz selbstverständlich zur Ware im transatlantischen Sklavenhandel machte. Aufgrund meines Vergessens erinnerte mich nun ein verhasster Mann an eine verhasste Weltordnung. Saint-Jean wollte mich zum Äußersten treiben und das gelang ihm vollends, als er mir eine letzte Bitte verwehrte. Ich hatte mich mit vor Wut zittriger Stimme nach der Möglichkeit erkundigt, mit Maram zu sprechen.

»Nein, Monsieur Adanson, Sie werden sie nicht sehen. Wir dürfen der Ware keine Gründe zur Rebellion bieten. Sie muss sich mit ihrem Schicksal abfinden.«

Ich ergriff den mir zwischenzeitlich servierten Teller Suppe und wollte ihn gerade meinem Gegenüber ins Gesicht schleudern, als ich spürte, wie mich jemand umfasste. Sein Diener drückte mir die Arme so fest an den Körper, dass ich glaubte, sie würden mir brechen. Saint-Jean bedeutete dem Neger, mich loszulassen, und sagte, während er sich von seinem Platz erhob:

»Wie kann man sich in eine Negerin verlieben? Nur weil sie sich hat bespringen lassen? Kommen Sie bitte, wir sehen zu, wie sie davonfährt.«

XXX

Das rhythmische Plätschern eines Ruderboots näherte sich und die Stimmen französischsprachiger Seeleute wehten heran. Die rudernden Männer sangen etwas wie »Hol dicht, hol dicht, kleiner Maat, von Lorient nach Gorée geht die Fahrt, und von Gorée dann zurück nach Saint-Domingue.« Das Lied war nicht so simpel, wie ich es hier wiedergebe, aber der Liedtext hatte mich beeindruckt und taucht jetzt beim Aufschreiben aus meinem Gedächtnis wieder auf.

Ohne zu wissen, warum, ist das Lied mir lieb und teuer, obwohl es mich traurig stimmen müsste. Als ob die Möglichkeit, dass Maram es in ihrem Gefängnis hören konnte, selbst wenn sie es nicht verstand, sie für immer mit mir vereinte. In diesem Moment war sie noch am Leben und trotz aller Hindernisse, die Saint-Jean zwischen uns gebracht hatte, hoffte ich immer noch, sie retten zu können. Ihre Reise ohne Wiederkehr ins Land der Sklaverei, die im Lied der Sklavenhändler verankert war, erschien mir unwirklich. Ich liebte Maram und konnte nicht glauben, dass sie mir entrissen, vom Horizont verschluckt und von Amerika verschlungen würde.

Wie Saint-Jean mit seinem Aufstampfen angedeutet hatte, saß Maram zusammen mit anderen Negern unter dem Speiseraum in Gefangenschaft. Ich war dem Gouverneur von Gorée unterlegen, war besiegt von seiner Welt, deren Kraft so unerbittlich wirkte wie die von Newton beschriebene Gravitation, die Körper wie Seelen von Negern wie Weißen gleichermaßen mit sich zog.

Taumelnd und plötzlich kraftlos folgte ich meinem Gastgeber durch den Speiseraum, stets in Begleitung seines Dieners, und wir stiegen über eine der beiden bogenförmigen Treppen hinunter in den symmetrischen Innenhof. Genau in der Mitte der Fassade, am Fuße der beiden Treppen, die auch hinauf zu Saint-Jeans Gemächern führten, befand sich eine schwere, mit dicken Beschlägen verstärkte Holztür. Ein Wächter stand daneben und öffnete sie auf Geheiß des Gouverneurs. Uringestank schlug mir entgegen. Alles war dunkel. Der Wächter trat ein und ich hörte ihn rennen. Er öffnete eine weitere, ebenso schwere Tür, etwa zwanzig Meter weiter, am Ende eines Ganges, von dem zu beiden Seiten Zellen mit hohen Gittern abgingen. Die zweite Tür führte hinaus zum Meer. Ein Schwall frischer Luft vertrieb ein wenig den Geruch aus den Zellen, die trotz des eindringenden Tageslichts weiterhin im Dunkel blieben.

Saint-Jean hielt sich sein Spitzentaschentuch vor die Nase, trat als Erster in den Gang und schritt, ohne sich umzusehen, zur gegenüberliegenden Tür. Ich folgte ihm, aber schaute suchend in jeden Winkel. Statt Maram sah ich nur Ansammlungen von Schatten, die sich fernab der Gitter jeweils im hinteren Teil der Zellen drängten. Diesseits der Tür führte ein Anleger auf den Ozean hinaus. Saint-Jean betrat ihn. Seine hämmernden Schritte auf den Planken übertönten das laute Rauschen der Wellen, die sich an den zahlreichen schwarz glänzenden, vorgelagerten Felsen brachen. Sie erschienen mir wie steinerne Zähne, die mich zermalmen wollten. Ich blieb im Rahmen der Tür stehen und wurde von Saint-Jeans Wächter an der Schulter festgehalten.

Die Seeleute, deren Gesang mir vom Wind bis in den

Speiseraum eine Etage höher zugetragen worden war, hatten ihr Boot am Anleger festgemacht. Vier von ihnen trugen Gewehre und gesellten sich zu Saint-Jean, der mit dem Finger in Richtung der Zellen wies. Sie kamen auf mich zu und der Wächter ließ mich in den Gang zurücktreten, da nur eine Person bequem durch die Tür passte. Zwei Matrosen mit geschulterten Gewehren traten ein, schenkten mir aber keine Beachtung. Aus der ersten Zelle, deren Gitter sie öffnen ließen, kam ein Dutzend größtenteils nackter Kinder hervor, von denen das älteste acht, das jüngste vielleicht vier war. Sie gingen, sich an den Händen haltend, in einer Zweierreihe, die von zwei Gewehrträgern angeführt und von den zwei anderen abgeschlossen wurde. Der Tross trat durch die Tür nach draußen. Mit kleinen, taumelnden Schritten gingen die Kinder voran, wahrscheinlich geblendet vom spiegelnden Glanz des Meeres. Die Sonne stand im Zenit und fraß die Schatten unter ihren Füßen. Am Ende des Stegs sah es so aus, als würden sie unter den Armen gepackt und wie Stoffpuppen zum Ertrinken ins Wasser geworfen, da das Boot, in dem andere Seeleute sie in Empfang nahmen, hinter dem Anleger nicht zu sehen war. Nachdem der Ozean sie alle verschluckt hatte, öffnete der Wächter die Zelle der Frauen.

Die Erste, die herauskam, war Maram. Sie trug dieselben Kleider wie am Strand der Bucht Bernard als Seydou Gadios Gefangene, bevor sie nach Gorée übersetzten. Doch jetzt hatte sie sich das seidengelbe Stück Stoff, das sie am Vortag kunstvoll um den Kopf gewickelt hatte, um die Taille geschlungen. Ich war fast auf ihrer Höhe, als sie, wie vom Wächter befohlen, mit vorgestreckten Armen aus dem Ker-

ker trat, um so leichter angekettet werden zu können. Ich sah ihr schönes Profil, ihre gewölbte Stirn, ihre Nase, die das links durch die Tür zum Meer einfallende Licht besonders konturierte.

Saint-Jean gestattete also, dass ich sie ein letztes Mal sah. Zwar passte es nicht in sein Denken, dass ein Franzose sich in eine Negerin verliebte, doch glaubte er wohl, dass es mir Kummer bereiten würde zu sehen, wie ich sie an einen anderen Mann verlor. Was er nicht ahnte, war, dass Marams Vorstrecken der Arme, womit sie sich gewissermaßen selbst als Opfer darbrachte und ihrem Schicksal ergab, mir am meisten zusetzte.

In einem Anfall von Wut, den der hinter mir stehende Diener nicht vorhergesehen hatte, stürzte ich mich auf den Wächter, der im Begriff war, Marams Hände zu fesseln, und riss ihn zu Boden. In der folgenden Verwirrung ergriff ich Maram bei der Hand und zog sie zu der einzigen Öffnung, der Tür, die auf den Anleger führte. Wir eilten hinaus, sie und ich, kurz ganz dicht beieinander, als wir durch die enge, schmale Tür gingen, ihre rechte Hand in meiner linken.

In den wenigen Sekunden, die unser Lauf dauerte, war ich glücklich. Mehr als Liebesworte, ein zärtlicher Blick oder eine leidenschaftliche Umarmung löste Marams warme Hand in meiner ein Gefühl bei mir aus, wie es Menschen beschreiben, die angeblich aus dem Totenreich zurückgekehrt sind. Doch statt einer schnellen Abfolge von Erinnerungen an ein gelebtes Leben kurz vor dessen Ende, erträumte sich mein Geist eine glückliche imaginäre Zweisamkeit mit ihr. Eine kurze Ahnung inniger, noch nie gekannter Freuden. Ein Zusammensein ohne die Enttäuschung und Bitterkeit, die unsere Welt, da sie Gegensätzliches hasst, gewiss in unsere Liebe gebracht hätte.

Maram und ich hatten soeben die Tür zu einer Reise ohne Wiederkehr durchschritten.

Ich hatte im Lauf zwei der Seeleute zur Seite gerempelt, und wir hatten fast das Ende des Stegs erreicht, als ein Schuss fiel, der mir bestimmt war. Doch wollte es mein Schicksal, dass die auf mich abgefeuerte Kugel mich nicht traf. Maram beendete unseren schwungvollen Lauf nicht wie ich am Ende des Stegs auf dem Bauch, sondern fiel ins Wasser, knapp vorbei an dem mit den Kindersklaven beladenen Ruderboot. Ich sah sie im Meer versinken und dann erst wieder im Sog einer Widersee, die sie aufs offene Meer hinaustrug. Leblos in einem Leichentuch aus rot verfärbtem Schaum.

Ich wollte ihr hinterherspringen, nicht um sie zu retten, da sie verloren war, sondern um mich im Tod mit ihr zu vereinen. Doch kaum wollte ich zum Sprung ansetzen, warf man mich nieder, vorn an der Kante des Anlegers. Mit vorgestrecktem Hals und einem Knie, das mir in den Rücken drückte, sah ich ein letztes Mal Marams leuchtendes Gesicht mit einem Schweif schillernder Blasen, kurz bevor der Atlantik sie verschluckte. Plätschern, Wellenringe, Untergehen.

XXXI

Saint-Jean, der sich zunächst wütend über den Verlust seiner »Ware« zeigte, ließ keine Möglichkeit unversucht, mich zu demütigen. Aber nichts von dem konnte zu mir vordringen, ich war ganz in meinem Leid versunken. Warum hatte ich mich auf den Wächter gestürzt und Marams Hand ergriffen? Ich trug die Schuld an dem Tod meiner nur sehr kurzzeitigen Geliebten. Meine unbedachte Tat war egoistisch. Ich war wie Saint-Jean, hatte sie nur für mich haben wollen. Zu meiner Entlastung sagte ich mir immer wieder, dass sie ihre Hand in meine gelegt hatte. Maram zeigte sich also einverstanden, dass wir gemeinsam in den Tod gingen, dass sich unsere Geschicke miteinander verbanden. War das ein Liebesbeweis? Hatte ich ihr Gefühle unterstellt, die allein meine waren? Sie hatte mir die Hand zu einem Hochzeitsmarsch gereicht, der als Trauermarsch endet. Durch meine Tollheit wurde sie zurück in die Unterwelt geschickt, wie Euridike von Orpheus.

So viele widersprüchliche Gefühle zerrissen mich, hielten mich in bittern Gedanken gefangen, so dass keiner von Saint-Jeans Demütigungsversuchen mich erreichte. Mein Gemüt war wie eine Meeresschildkröte, die sich bei Gefahr in ihrem Panzer einschloss und auch dann nicht herauskam, wenn man sie ins Feuer warf.

Nachdem alle Sklaven eingeschifft worden waren, sperrte man mich in die nun leere Frauenzelle unter dem Speiseraum, direkt unter Saint-Jeans Füßen. Da saß ich im Dunkeln in dem abscheulichen Gefängnis, in dem Maram nur kurz zuvor gesessen hatte. Saint-Jean täuschte sich nicht: Kein anderer Ort hätte meinen Schmerz grausamer vergrößern können.

Mir war sehr heiß, und ich fühlte mich elend. Aus der benachbarten Zelle kam ein beißender Geruch nach Kot und Urin herüber, wahrscheinlich von all den verängstigten

Kindern, die hier eingesperrt waren. Auf dem Lehmboden und an den Wänden klebte der atemraubende Gestank untröstlicher Qualen, die Schreie verrückt gewordener Frauen, von Kindern, die ihren Müttern gestohlen worden waren, von Brüdern, die um ihre Schwestern weinten, und von stillen Selbstmorden. Ich hielt mich mit den Händen an den Gitterstäben meiner Zelle fest, um nicht in den Dreck zu fallen, auf dem meine nackten Füße rutschten. Saint-Jean hatte dafür gesorgt, dass niemand die Zelle reinigte, in die ich gesperrt war. Bald glaubte ich, dass Ratten meine Füße streiften, und fing an zu weinen bei dem Gedanken, dass sie Maram vielleicht gebissen hatten.

Doch das Schlimmste war, dass ich mich selbst nicht mehr wiedererkannte. Ich hatte den Verstand verloren. Warum hatte ich sie auf so törichte Art retten wollen? Hätte ich nicht besser versucht, den Zeitpunkt ihrer Abreise hinauszuzögern und Saint-Jean vorzugaukeln, ich wüsste, wie er sie für einen höheren Preis verkaufen könne, doppelt so viel wie Monsieur de Vandreuil ihm geben würde? Was hätte es mich gekostet, zu Saint-Jeans Vergnügen saftige Zoten über Maram zu erzählen, so dass er sie mir in männlicher Verbundenheit überlassen hätte? Wäre das Mittel bedeutsam, wenn dem Zweck diente, dass Maram am Leben blieb? Aber statt einen kühlen Kopf zu bewahren und klug vorzugehen und mir die Niedertracht des Gouverneurs von Gorée zunutze zu machen, hatte ich, als sie so dastand und die Arme vorstreckte, um sich in Ketten legen zu lassen, die Fassung verloren.

Ich hatte ihre Geste als Selbstopfer verstanden, als Hinnahme eines Verbrechens, das sie nicht begangen hatte. Sie hatte sich damit abgefunden, nicht nach Sor zurückkchren zu können, und glaubte die Ehre ihrer Familie durch ihre Schuld unwiederbringlich verloren, weshalb sie bereit war, Sklavin zu werden. Doch wusste sie, was sie jenseits des Atlantiks erwartete? Glaubte sie, so wie viele Negersklaven, sie würde dort ins Schlachthaus gebracht, damit die Weißen ihr Fleisch zu essen bekämen? Wäre es ihr egal, fern der Heimat solch einen Tod zu sterben? Ich wusste genau, was sie auf den Zuckerrohrfeldern von Saint-Domingue oder im Bett von Monsieur de Vandreuil erwartete.

Saint-Jean ließ mich nicht länger als einen halben Tag in der Zelle festhalten. Nicht aus Mitleid, sondern weil er wusste, dass es nicht in seinem Interesse lag. Ich hatte etwas in der Hinterhand, das ihn daran hinderte, nach Frankreich zu berichten, dass ich eine Negerin, für die ich entbrannt war, auf kopflose Weise hatte retten wollen. Es bestand das Risiko, dass ich ihn an seine Vorgesetzten verriet. Der Verkauf hübscher Sklavinnen zu völlig überhöhten Preisen zum eigenen Vorteil wäre wahrscheinlich kein Anlass, der zu seiner Entlassung führen könnte, da es unter den Gouverneuren von Gorée, sofern sie es nicht übertrieben, eine tolerierte Praxis war. Doch wäre seine Karriere gefährdet. Ein verärgerter Zeuge, der im Bilde war, dass Saint-Jean sich auf Kosten der Senegalkonzession persönlich bereicherte, wäre ein gefundenes Fressen für Konkurrenten, die sich auf denselben hochgestellten Posten bewarben wie er. Egal, wie gering der Verlust seiner Einnahmen tatsächlich war, niemand durfte damals den französischen König ungestraft bestehlen.

Saint-Jean musste fürchten, dass er sich die Zunge verbrannt hatte mit der Information, er plane, Maram an Monsieur de Vandreuil zu verkaufen. Das erkannte ich an dem Schreiben, das er mir bei der Freilassung aus der Zelle überreichen ließ. Er schrieb, dass ich mich recht unvernünftig verhalten hätte und es meiner akademischen Karriere gewiss nicht förderlich sei, wenn meine unglückselige Liebe zu einer Negerin öffentlich bekanntwürde. Was ihn angeht, so sei der durch mich verlorene Gewinn ausreichend geahndet durch die vier Stunden in der Zelle, die er bedauere, mir aufgebürdet haben zu müssen. Es wäre seine Pflicht gewesen, mich einzusperren, allein damit seine Untergebenen, die genau das von ihm erwarteten, nicht an seiner Autorität zweifelten. Er folgerte daraus, wir wären miteinander quitt, wenn ich einwilligte, nach meiner Rückkehr in Frankreich etwas über seine gute Verwaltung von Gorée zu schreiben. »Gute Verwaltung« beziehe sich auf die Einnahmen, zu denen Saint-Jean der Senegalkonzession durch den Handel mit Sklaven verhelfe, die er zusammentreiben und von Gorée verschiffen lasse. In den Zeiten meiner Senegalreise waren das Jahr für Jahr vierhundert Seelen.

Ich war also frei, noch bevor ich einen Gedanken über das Elend meines eigenen Schicksals fassen konnte. Hätte ich noch länger in der Zelle gesessen, in der auch Maram gewesen war, hätte sich in meinen Kummer die schwierige Frage gemischt, wie ich meinen Eltern erklären könnte, meine akademische Karriere aus Liebe zu einer Negerin ruiniert zu haben. Wie sehr mein Vater mich auch schätzt, er hätte es nicht zugelassen, und ob meine Mutter es mir verziehen hätte, bezweifle ich auch.

Saint-Jean gehieß mich, von Gorée aus auf dem schnellsten Wege entlang der Grande Côte nach Saint-Louis zurückzukehren. Ich willigte ein, da Ndiak auf seiner Rückreise von Nder genau diesen Weg auch nehmen würde, wo er mutigerweise bei seinem Vater, dem König von Waalo, für Maram vorgesprochen hatte.

Sobald ich auf dem Festland angelandet war, sah ich dort am Strand meine bewaffneten Begleiter sowie die Träger meiner beiden Reisekoffer. Niemand wusste oder wollte mir sagen, wo Seydou Gadio abgeblieben war, genauso wie mein Pferd, das auch niemand mehr gesehen hatte. Ihre Blicke wichen mir aus, sie fanden mich gewiss seltsam schmutzig, abgemagert und wirr, doch zogen sie nicht über mich her, weil sie ahnten, wie sterbenselend mir zumute war.

Da ich mich um mein Aussehen nicht scherte, wies ich sie an, mich in das Küstendorf Yoff zu bringen. Ohne Ndiak und ohne Seydou Gadio waren wir nur noch zu acht. Ich folgte den sieben Negern, die aus Rücksicht auf mich so langsam wie möglich gingen, in einiger Entfernung. Ich schlurfte von Gewissensbissen geplagt den Weg entlang und blieb im Wald von Krampsàne oft stehen. Sah ich zwischen den Palmen einen Ebenholzbaum stehen, untersuchte ich die Erde an seinem Fuß. Vielleicht war es ja hier gewesen, wo Maram nach ihrer Flucht von Estoupan de la Brües Schiff ihren Nacken auf die Baumwurzel gelegt und auf den Tod gewartet hatte? Vielleicht war hier der mit Kaurimuscheln besetzte und mit rotem Leder bespannte Stab der alten Heilerin Ma-Anta vergraben? Fetzen von Marams Erzählung zogen durch mein Gedächtnis und eine erdachte Landschaft trat an die Stelle der realen. Ich ging von Ebenholzbaum zu Ebenholzbaum und folgte eher dem Verlauf von Marams Geschichte als dem Weg nach Yoff.

Nach einem Tag des Umherirrens, als wir endlich in Yoff ankamen, wurde ich vom Dorfvorsteher, den ich von meiner ersten Reise zum Cap-Verd kannte, herzlich empfangen. Saliou Ndoye wirkte wie alle, denen wir begegneten, bei meinem Anblick kurz erschrocken. Ich verstand, dass ich einen guten Eindruck machen musste, um in Ruhe meinem Kummer nachhängen zu können. Also entledigte ich mich der Kleider, die Maram mir gegeben hatte – war aber so geistesgegenwärtig, sie gründlich reinigen und in einem der beiden Koffer verstauen zu lassen. Daraufhin wusch und rasierte ich mich und kleidete mich neu ein. Ich kam mir vor wie ein Automat von Vaucanson, einem Maschinenkörper ausgeliefert, ohne dass mein Wille noch irgendwelchen Anteil daran hatte. Mein Gastgeber Saliou Ndoye, der den arglosen, neugierigen, umgänglichen und heiteren Michel Adanson von früher als einer der Ersten kennengelernt hatte, bemerkte, dass der Mann, den er nun wiedersah, sich gewandelt hatte.

Ich war annähernd aphasisch stumm, apathisch, nichts interessierte mich, nicht einmal seltene Pflanzen oder Kuriositäten der schönen Natur rund um Yoff. Ich wollte das Meer nicht mehr sehen, hasste es, seit Maram von ihm fortgespült worden war, so sehr, dass ich nicht wusste, wie ich per Schiff nach Frankreich zurückkehren sollte. Die Seekrankheit, unter der ich immer schon gelitten hatte, war nichts im Vergleich zu der Seelenkrankheit, die mich nun beutelte und die sich, so hoffte ich, nach meiner Heimkehr lindern würde. Ich vermisste die Kühle, den Geruch von feuchtem Unterholz und von Pilzen und das Läuten der Glocken, die den Lebensrhythmus auf den Feldern und in den Städten meiner Heimat vorgaben.

Die Menschheit als Ganzes war mir inzwischen verhasst, und ich hasste auch mich selbst. Eine ständige Wut verzerrte meine Sicht auf die Welt, doch Saliou Ndoye in seiner Weisheit, wie die Neger vom Senegal sie besaßen, nahm keinen Anstoß an meiner von ihm nicht als beabsichtigt empfundenen Unhöflichkeit. Er ließ mich in den Unterkünften, die er mir und meinen Begleitern zugewiesen hatte, in Ruhe.

Erst nach drei Nächten kam ich wieder zu mir. Am Morgen des vierten Tages verließen wir Yoff und gingen den Strand entlang, geradewegs nach Norden in Richtung von Saint-Louis. Ich hielt mir vor, dass wir nicht schon früher aufgebrochen waren, denn in meinem Egoismus hatte ich vergessen, dass Ndiak dadurch gezwungen war, weiter zu gehen, um zu uns zu stoßen. Und genau wie in meiner Vorstellung sah ich ihn zwei Tage, nachdem wir Yoff verlassen hatten, in der Ferne am Strand auf uns zukommen.

Er ging zu Fuß, war unberitten. Seine hohe, gebrechliche Gestalt erkannte ich sofort. Seit ich ihn zum ersten Mal gesehen hatte, war er schnell gewachsen, nicht aber kräftiger geworden. Seine blaue Bekleidung flatterte um ihn herum wie ein windgeblähtes Segel und zog ihn mit sich, mal nach vorn, mal zurück. Er kam mühsam voran. Ein sperriger, brauner Gegenstand, den er sich mit seinen langen, dünnen Armen an die Brust drückte, verlangsamte seinen stolpernden, aber sturen Gang. Ich lief ihm entgegen und sah ihn bald genau. Er war in einem erbärmlichen Zustand, seine Kleider waren schmutzig und seine Reitstiefel aus gelbem Maroquin, auf die er so stolz war, hatten große bräunliche Flecken. Was er da in den Armen trug wie ein schlafendes

Kind war der englische Pferdesattel, den ihm der König von Kayor damals in Meckhé geschenkt hatte.

Ndiak und ich standen einander wortlos gegenüber und erahnten in der Erscheinung des anderen die Traurigkeit unserer jeweiligen Geschichte.

Wir hatten uns auf Höhe der temporären Ortschaft Keur Damel getroffen, dort, wo die Reste einer vom Wind umgewehten Palisade am Strand lagen. Ich ließ meine Begleiter eine große Strohmatte in den Sand legen, auf die wir uns, vom Meer abgewandt, setzten. Ndiak hatte seit dem Vorabend nichts mehr gegessen und sog an einem kräftigenden Stück Zuckerrohr, um zuhören zu können, während ich von Marams Tod auf Gorée erzählte. Als ich endete, waren seine Augen mit Tränen gefüllt, und wir schwiegen, bis Ndiak etwas sagte, das ich nie vergessen habe:

»Das Leben ist schon seltsam. Vor kaum sieben Tagen war Keur Damel ein völlig belangloser Ort für uns. Heute ist es der Grund all unseres Unglücks. Der Mensch auf seinem Weg stößt auf Abzweigungen und verhängnisvolle Kreuzungen, die er erst als solche erkennt, wenn sie hinter ihm liegen. Keur Damel befand sich an einer Kreuzung all unserer Schicksalswege.

Wenn Seydou Gadio und ich entschieden hätten, dich, Adanson, auf deiner Trage nicht nach Ben, sondern nach Yoff zu bringen, wärst du entweder gestorben oder jemand anderes als Maram hätte dich ebenso gut zurück ins Leben geholt. Während deiner Genesung in Yoff wäre Baba Seck, der Ben vor uns erreicht hätte, vielleicht von Marams Riesenschlange getötet worden. Wenn sie die Zeit gehabt hätte, die Leiche ihres Onkels in einem abgelegenen Winkel des

Waldes von Krampsàne oder sogar auf ihrem Grundstück verschwinden zu lassen, hätte niemand in Ben jemals ihre wahre Identität erfahren. Seydou Gadio hätte keine Chance gehabt, sein Gewehr wiederzuerkennen. Maram wäre noch am Leben und ich wäre nie nach Nder gegangen, um meinen herzlosen Vater, den König, vergeblich um ihre Begnadigung anzuflehen.«

Bei Ndiaks letzten Worten musste auch ich weinen.

Hinter uns hörten wir das gewaltige Klackern Millionen kleiner Muscheln in der Brandung. Die Stimmen unserer Begleiter, die aus Höflichkeit und Achtung warteten, waberten zu uns herüber, wirbelten im Meereswind heran, der auch den Sand zu uns trug.

Nachdem ich eine ganze Weile überlegt hatte, was Ndiak mir über die Zufälle unseres Schicksals gesagt hatte, fragte ich ihn nach dem Verbleib seines Pferdes. War es ihm gestohlen worden, so wie Seydou Gadio mir meines gestohlen hatte? Ndiak antwortete, es sei am Morgen mitten im Lauf zusammengebrochen, nachdem es fast die gesamte Strecke von Ben nach Nder ohne richtige Pause hindurchgaloppiert war. Als Mapenda Fall wie vom Blitz getroffen stürzte, war Ndiak auf den Sandstrand geschleudert worden, was seinen Aufprall abmilderte. Es kostete Ndiak viel Mühe, dem Pferd den Sattel abzunehmen. Um die Gurte zu öffnen, musste er das Tier aufschneiden, was die getrockneten Blutflecken an seinen Stiefeln erklärte.

Ich wusste, wie sehr Ndiak an dem Pferd hing, das er obendrein nach seiner Mutter benannt hatte, und mich überraschte, wie gelassen er von dessen traurigem Ende erzählte.

»Ich werde um das Pferd nicht trauern«, fügte er hinzu, »genauso wenig wie ich die mir bislang vertraute Welt vermissen werde. Als ich meinen Vater bat, Maram zu begnadigen, antwortete er, das liege nicht in seiner Hand und ich solle sie von Monsieur de la Brüe zurückkaufen, wenn sie mir so viel bedeute. Ach, unsere Diskussion dauerte nicht lange: Was der König von Waalo gesagt hat, das gilt. Und da meine beiden einzigen Reichtümer mein Pferd und mein Sattel waren, gedachte ich, zurück am Cap-Verd für beides einen guten Preis zu erzielen, um Maram freikaufen zu können. Das Pferd habe ich verloren, aber den Sattel des Königs von Kayor habe ich immer noch. Ich habe ihn schon viel zu lange auf dem Arm getragen. Mir wird er zu nichts mehr nutze sein. Ich schenke ihn dir, Adanson.«

Ndiak hatte mit großer Ruhe gesprochen. Er scherzte nicht, zwinkerte nicht, wie er es sonst immer tat, wenn er sein raffiniertes, arges Spiel mit mir trieb. Er freute sich auf das neue Leben, das er sich versprach.

»Mein Pferd ist gestorben, als ich versucht habe, eine junge Frau vor der Sklaverei zu retten«, erklärte er. Es hatte ein gutes Ende. Zu welchem Preis mag der König von Kayor es von den Weißen oder Mauren gekauft haben? Für zehn Sklaven? Hätte ich dem Geschenk nur nicht den Namen meiner Mutter gegeben, es hätte bei mir eher Scham als Stolz hervorrufen sollen. Doch das verstand ich erst bei dem Treffen mit meinem Vater. Also beschloss ich, das Königreich Waalo zu verlassen und ins Königreich Kayor zu gehen. Außer dir, Adanson, weiß von meiner Entscheidung bisher nur meine Mutter. Sie hat mir ihren Segen gegeben. Aber ich will weder nach Mboul noch nach Meckhé, um dort am Hof ein weiterer nutzloser Esser zu sein. Stattdessen gehe ich nach Pir Gourèye. Dort werde ich den heiligen Koran studieren und nach Weisheit suchen. Es ist der einzige Ort im Land, an dem der Handel mit Sklaven verboten ist. In Pir Gourèye kostet ein Pferd junge Männer und Frauen wie Maram nicht die Freiheit. Ich hoffe, der Große Marabou wird mich als einen seiner Schüler annehmen.

Nach diesen Worten zog Ndiak seine Stiefel aus und tauchte die rechte Hand in den makellosen Sand des Strandes. Er nahm eine Handvoll und fuhr sich damit zur Reinigung über Gesicht, Hände und Füße, dann stand er wieder auf. Mit gesenktem Haupt und zum Himmel erhobenen Handflächen betete er lange zu seinem Gott, während hinter ihm die kurze Abenddämmerung rot aufglühte.

XXXII

Am nächsten Morgen war Ndiak nicht mehr da. Wo er und ich uns am Strand getroffen hatten, befand sich nun das von meinen Begleitern aufgeschlagene Lager. Im Schein eines langsam niederbrennenden Feuers hatten wir eine letzte Mahlzeit geteilt und er war bemüht gewesen, mich über den Verlust von Maram hinwegzutrösten. Während ich noch schlief, hatte Ndiak sich im Morgengrauen ohne Verabschiedung heimlich davongemacht. Er war nach Osten gegangen, weg vom Atlantik, wie einer unserer Träger später erzählte, möglicherweise nach Pir Gourèye, wie er ja selbst angekündigt hatte.

Sein Weggang schmerzte mich ebenso sehr wie der von Maram. Es fühlte sich an, als wäre auch er gestorben. In meinem Kopf reisten die beiden fortan durch unwirkliche Welten, durch erträumte Leben und zu Wegscheiden, die sie mir immer weiter entfernten, je weiter sie in meinen Gedanken gingen.

Mein Kopf war leer, nichts interessierte mich. Ich schenkte Pflanzen, Vögeln und Muscheln keine Beachtung mehr, die ich auf dem Küstenweg zurück nach Saint-Louis hätte sammeln können. So schön und interessant ein Land auch sein kann, nichts hat mehr eine Bedeutung, wenn unsere Träume, Sehnsüchte und Hoffnungen daraus verschwunden sind. Fortan schürte der Anblick von Palmen, Ebenholz- und Affenbrotbäumen nur meine Sehnsucht nach Eichen, Buchen, Pappeln und Birken. Nichts aus Afrika fand bei mir noch Gnade. Das grelle Licht der schattenfressenden Sonne war mir lästig. Alles, was ich bei meiner Ankunft als schön, neu und außergewöhnlich empfunden hatte – Menschen, Früchte, Pflanzen, seltsame Tiere, Insekten, Reptilien –, konnte mich nun nicht mehr erfreuen. Ich vermisste den kühlen Morgennebel, den Geruch von Pilzen im Unterholz und das Rauschen der Bäche in den Bergen. Mein einziger Gedanke war es nun, nach Frankreich zurückzukehren.

Zurück auf der Insel Saint-Louis bewegte ich mich kaum noch woanders hin. Estoupan de la Brüe bat um kein Treffen. Wahrscheinlich hatte sein Bruder ihm geschrieben, was mir in Ben und auf Gorée alles widerfahren war. De la Brüe wollte wohl nicht, dass ich über Maram sprach. Über meine heimlichen Erkundungen, zu denen er mich ins Königreich Kayor geschickt hatte, ließ ich ihm lediglich den englischen

Sattel von Ndiak zukommen. Dazu erklärte ich in einem kurzen Brief, dass der Sattel ein Geschenk des Königs von Kayor sei und dieser sowohl mit Frankreich als auch mit England in Kontakt stehe. Ich weiß nicht, was Estoupan de la Brüe mit der Information angefangen hat, aber fünf Jahre nach meiner Abreise aus Senegal waren Saint-Louis und Gorée von den Engländern besetzt.

Estoupan de la Brüe hoffte ebenso ungeduldig wie ich auf meine Rückkehr nach Frankreich und gestattete mir, unweit des Forts von Saint-Louis einen Versuchsgarten anzulegen. Bald vergnügte ich mich nur noch damit, in dem Garten Pflanzen und Bäume aus Frankreich zu akklimatisieren, deren Samen mir die Brüder Jussieu, meine Lehrer von der Königlichen Akademie der Wissenschaften in Paris, hatten zukommen lassen. Dank des Versuchsgartens, der mich mit Frankreich verband, konnte die Sehnsucht nach meiner Heimat unmerklich an die Stelle des Verschwindens von Maram und Ndiak treten.

Nachdem ich eine Zeitlang keine Pflanzenbeschreibungen mehr gemacht hatte und mich lieber mit Menschen abgab, entflammte meine ursprüngliche Leidenschaft nach und nach wieder und ich fand erneut Gefallen am Studium der Natur. Allmählich nahm ich meine alten Arbeitsgewohnheiten wieder auf und stürzte mich schließlich mit Eifer in meine botanischen Studien, da ich darin Vergessen und Trost fand. In dieser Zeit erdachte ich die Veröffentlichung einer universellen Enzyklopädie und mein Geist beschäftigte sich mit dem großen Vorhaben bald Tag und Nacht.

Manchmal kam es dennoch vor, dass mich trotz meiner neuen Beschäftigungen die Melancholie überfiel. Um ihr zu entgehen, besann ich mich so gut es ging auf meine Gefühle. Sobald ich herausgefunden hatte, was genau mich an Maram erinnerte, versuchte ich, das Gefühl abzuschalten oder, wenn das nicht ging, es nicht zu beachten.

Fünf Wochen vor meiner Rückkehr nach Frankreich hatte ich auf dem Senegal eine letzte Fahrt mit der Piroge bis nach Podor unternommen, zu einem Handelsposten der Konzession. Ich hatte mir vorgenommen, die Flussbiegungen von seiner Mündung an zu kartografieren und die Samen einiger seltener Pflanzen zu sammeln, die ich für den Jardin du Roi bestimmt hatte. Immer wieder bat ich die Laptoten – Fischer, die für die Franzosen als Bootsführer und Dolmetscher arbeiteten –, mich an Land zu lassen, um entweder die Topografie zu vermessen oder besondere Spezies zu fangen und zu sammeln. Ich konzentrierte mich voll und ganz auf möglichst genaue Beschreibungen, die ich für meine Enzyklopädie, mein *Orbe universel*, noch um Zeichnungen ergänzte, die später als Radierungen hinzugefügt werden konnten. Hier am Flussabschnitt jenseits von Saint-Louis gab es auch Massen von großen Tieren wie Nilpferde und Rundschwanzseekühe, die von europäischen Seefahrern vormals für die Sirenen der antiken Mythen gehalten wurden.

Bis zur halben Strecke hatte sich nichts Nennenswertes ereignet, und da unsere Piroge aufgrund der starken Gegenströmung kaum vorwärtskam, verbrachte ich, statt mich an Bord zu langweilen, die meiste Zeit am linken Flussufer. Zusammen mit einem Laptoten jagte ich zum Zeitvertreib alle möglichen Tiere in Pelz und Federkleid. Zudem nutzte ich die Zeit zum Sammeln der seltsamsten Blumen für meine Herbarien. So geschah es, dass ich vor lauter Aktivität gar nicht mehr an Maram dachte, bis sie eines späten Nachmittags wieder vor meinem inneren Auge erschien, plötzlich und in verwirrender Klarheit.

Wissend, dass unsere Gedanken nicht immaterieller Natur sind und oft der Erschütterung eines oder mehrerer Sinne folgen, suchte ich sofort nach der Ursache, warum Maram mir so plötzlich ins Gemüt kam. Schnell wurde mir klar, dass nicht der Anblick eines Tieres oder einer Pflanze aus der hiesigen Natur, die sich kaum vom Busch rund um Sor unterschied, meine Pein wiederbelebt hatte, sondern der Geruch brennender Eukalyptusrinde. Als Maram mir in der halbdunklen Hütte in Ben ihre Geschichte erzählt hatte, brannte nebenher Räucherwerk in einem mit dreieckigen und anders geformten Löchern verzierten Tontopf, das nach Moschus und Eukalyptusrinde roch. Die Erinnerung zog mich in einen Taumel der Traurigkeit, der mich niederstreckte. Ungeachtet der Anwesenheit des Laptoten ging ich auf die Knie und begann bitterlich zu weinen wie noch nie, nicht einmal als ich Maram auf Gorée verloren habe.

Ich war also immer noch jedem beliebigen Sinnesreiz ausgeliefert, der mich an Maram erinnerte! Das Andenken an sie würde mich gewiss erst dann nicht mehr quälen, wenn ich Senegal verlassen hatte. Doch hier am Flussufer, mitten im Nichts, weit weg von Saint-Louis, war ich gefangen von Reue, einer im Keim zerstörten Liebe und meinen enttäuschten Hoffnungen. Und die grausamen Gedanken, dass es für Maram und mich wegen der Vorurteile aus der jeweils anderen Welt unmöglich gewesen wäre, zusammenzuleben, und dass wir, selbst wenn sie noch lebte, weder vor Gott noch vor den Menschen ein Paar werden dürften, ließen mich nach dem heftigen Weinen vor Wut regelrecht schäumen.

In einem blinden, zerstörerischen Eifer fiel mir nichts anderes ein, um dem Geruch verbrannter Eukalyptusrinde zu entkommen, als einen riesigen Buschbrand zu entfachen, der ihn mit den Gerüchen Tausender anderer brennender Bäume, Gräser und Blumen überdecken würde.

Da in Senegal das Brandroden zur Düngung des Bodens geläufig ist, überraschte es meinen Begleiter nicht, obwohl er Fischer und kein Bauer war, dass ich ein riesiges Feuer wollte. Mit seiner Hilfe setzte ich wohl mehrere Morgen Busch in Brand.

Wir schwitzten, und die gleißende Hitze des Nachmittags wurde durch die rundum lodernden Flammen noch verstärkt. Als Gejagte unseres eigenen Feuers mussten wir uns schließlich vor Erschöpfung ans Ufer des Senegal begeben, wo man uns gerade noch rechtzeitig zurück in unsere Piroge hievte. Kaum waren wir weit genug vom Ufer entfernt, sahen wir Baumstämme mit dunkler, rissiger Rinde herantreiben. Es waren schwarze Krokodile, wie es sie zahlreich hier gibt, die auf gegrilltes Wild aus waren, das so ein Buschfeuer ihnen kredenzte. Auf der Flucht vor den Flammen stürzten sich Tiere aller Art und Größe in den Senegal, wo sie halb verbrannt und halb ertrunken in den großen gelb-rosafarbenen Mäulern der schwarzen Krokodile verschwanden.

Als die Nacht heraufzog, beobachteten meine laptotischen Begleiter und ich von der sicheren Piroge aus das unweit von uns sich ereignende Inferno, in dem Feuer und Wasser miteinander kämpften. Bäume versprühten Feuergarben und stürzten in den Fluss, der von all dem Holz, Fleisch, Saft und Blut, das ich ihm geopfert hatte, dampfte. Doch inmitten all des gleißenden Lichts und beißenden Rauchs, in dieser Apokalypse aus Wasser, Feuer und heißer Luft, glaubte ich trotz all meiner Anstrengungen, ihn auszulöschen, immer noch, den hartnäckigen Geruch verbrannter Eukalyptusrinde zu riechen, der mich so sehr an Maram erinnerte. Maram, meine Maram.

XXXIII

Wieder auf der Insel Saint-Louis, wohin ich nach meiner nur dreitägigen Flussreise bis nach Podor aus Langeweile zurückgekehrt war, begann ich damit, alle meine Sachen zur Vorbereitung auf die Rückkehr nach Frankreich zu ordnen. Sämtliche Muscheln, Pflanzen und Samen, die ich in den vier Jahren meiner naturhistorischen Forschungen im Senegal gesammelt hatte, verstaute ich in unterschiedlichen Kisten. Das beschäftigte meinen Geist einen ganzen Monat lang, ohne dass die Erinnerung an Maram mich allzu oft bedrückte. Doch am Abend vor meiner Abreise, als ich auch die persönlichen Dinge ordnete, glaubte ich, mein Herz würde von meinem am Flussufer entfachten Feuer ergriffen und verbrannt.

In einem meiner beiden Reisekoffer lag obenauf, sorgfältig gewaschen und gefaltet, wie ich es meinen Begleitern in

Yoff angewiesen hatte, die weiße Baumwollhose und das mit lilafarbenen Krebsen und blaugelben Fischen verzierte Hemd, das Maram in der verhängnisvollen Nacht bei ihr in der Hütte mir zum Wechseln gegeben hatte. Obwohl der Stoff den von mir noch nie geliebten Geruch von Karitébutter verströmte, beschloss ich, die Kleider zu behalten. Zwar würde ich sie nie wieder anziehen, doch waren sie einer der wenigen Beweise, dass Maram mir zugewandt gewesen war und sich um mich gekümmert hatte. Das vom plötzlichen Fieber in Keur Damel völlig verschwitzte Hemd, die Strümpfe und die Kniebundhose, warf ich stattdessen weg. Sie alle waren von rötlichen Schlieren und Flecken gezeichnet, die der Gewitterregen hinterlassen hatte, als sie am Zaun neben Marams Hütte zum Trocknen hingen. Im Schein der Kerze, die mein Zimmer im Fort von Saint-Louis erhellte, wirkten sie wie mit Blutschorf bedeckt.

Ich legte meine Kleider zum Sortieren nebeneinander auf den Boden, als ich am Kofferboden, den das schwache Kerzenlicht nicht ganz erhellte, ein Material spürte, das kein Kleiderstoff war. Es fühlte sich an, als hätte ich eine der großen, harmlosen Eidechsen berührt, die im Senegal »Margouillat« heißen, und zog meine Hand jäh zurück. Doch wie war ein Margouillat in meinen Reisekoffer gelangt, der seit unserem Aufenthalt in Yoff am Cap-Verd vor mehreren Monaten verschlossen geblieben war? Ich hob die Kerze höher und stellte fest, dass die Haut zwar die eines Reptils war, aber nicht, wie zunächst angenommen, von einem Margouillat. Im tanzenden Schein der kleinen Flamme verlor ich vor Freude und Furcht das Bewusstsein, als ich die Haut von Marams Schlangentotem erblickte, wie sie sorgfältig gefaltet dalag, glänzend, als ob sie noch ein lebendes Tier bedeckte, schwarz mit seidengelben Streifen.

Dann verstand ich, warum es beim Öffnen des Koffers so sehr nach Karitébutter gerochen hat: Maram hatte die Schlangenhaut mit der Pflanzenpaste gegen das Austrocknen und den Verlust der Farben geschützt. Wahrscheinlich war es auch ein Ritual, das sie täglich mit ihrem *rab* durchführte, um ihn zu versöhnen. Es blieb aber die Frage, wie die Boa-Haut dort hineingelangt war? Hatte Maram das getan? Selbst wenn sie Zugang zum Koffer gehabt hatte, was wäre ihr Grund dafür gewesen?

Ich war sehr gerührt und glaubte, die Schlangenhaut, ganz egal, wie sie in mein Gepäck gelangt war, wäre ein entscheidender Beweis für Marams Liebe zu mir – besser als die Erinnerung, dass sie vertrauensvoll ihre Hand in meine gelegt hatte, an der ich sie auf dem Anleger von Gorée in den Tod reißen sollte. Und das Herz stockte mir, als ich erkannte, dass all die glücklichen Leben, die ich seit ihrem Tod im Traum mit ihr geteilt hatte, vielleicht auf einer Gegenseitigkeit beruhten, die sie mir teurer machten als jemals zuvor. Maram hatte mich also geliebt! Hatte sie auch schon vor meinem verzweifelten Versuch auf dem Anleger von Gorée, sie vor der Sklaverei zu retten, Gefühle für mich gehegt? War es, als ich ihr erzählt hatte, dass ich nur aus Neugierde auf sie von Saint-Louis nach Ben gekommen war? War es, weil ich ihrer Geschichte gelauscht hatte, fast ohne sie zu unterbrechen? Ein Ozean wonniger Gedanken öffnete sich vor mir und fast wäre ich glücklich gewesen, wenn der bemerkenswerte Beweis von Marams Gefühlen nicht mit dem grausamen Vermächtnis ihres Verlusts behaftet wäre.

Alsbald beschäftigte mich die Frage, wie die Haut ihres Schutzgeistes in meinen Reisekoffer gelangt war. Ich schloss aus, dass Maram selbst es gewesen war, denn sie hatte durchgehend unter der Aufsicht von Seydou Gadio gestanden. Ich glaubte auch nicht, dass es ihr Bote Senghane Faye gewesen ist, der einzige Dorfbewohner von Ben, der sie hatte verteidigen wollen, als Seydou ankündigte, er bringe sie als Gefangene nach Gorée. Senghane hätte keine Gelegenheit dazu gehabt, weil mein Gefolge zusammen mit Ndiak stets auf meine Sachen aufgepasst hatte.

Eine mögliche Lösung des Rätsels kam mir in den Sinn, als ich mich an Seydou Gadios Behauptung erinnerte, er habe Marams Spuren im Busch gefunden. Wenn es stimmte, wie der Krieger behauptete, dass sie absichtlich einen Stock über den Boden hatte schleifen lassen, damit er sie unter dem Ebenholzbaum leichter fand, und wenn es ebenso stimmte, dass Seydou trotz seiner Unnachgiebigkeit Maram Zeit gegeben hatte, den Stock der alten Heilerin zu vergraben, war es dann nicht auch denkbar, dass sie einen anderen Handel eingegangen waren, der aus der Angst des Kriegers rührte, einer so mächtigen Frau zu missfallen? Es war durchaus vorstellbar, dass Seydou gegen die Zusicherung, dass sie nicht fliehen würde, und vor allem aus Angst vor mystischer Vergeltung, an die er glaubte, Marams Bitte nachkam, die Haut ihres Totems in meinem Gepäck zu verstecken. Im Nachhinein schien mir, dass der Krieger sich nur deshalb so unnachgiebig gezeigt hatte, ihn nach Gorée zu bringen, weil Maram es ihm befohlen hatte. Seine Empörung über mich war vielleicht auf seine Angst vor der jungen Frau zurückzuführen, die Boas so abrichtete, dass sie einen

Mann töteten. Seydou war der einzige Mensch in meinem Umfeld, der, ganz ohne Verdacht zu erregen, an meinen Koffer gehen konnte.

Gleich am nächsten Morgen fragte ich die Wachen im Fort nach Seydou Gadio. Ich wollte wissen, ob er es gewesen war, der auf Marams Bitte hin die Schlangenhaut in meinen Koffer getan hatte. Ich hoffte zudem, er würde mir genau Marams Worte wiedergeben können. Die Zeit drängte, da ich kurz vor meiner Rückfahrt nach Frankreich stand. Doch ich erfuhr, dass er in Saint-Louis schon lange nicht mehr aufgetaucht war und selbst sein langjähriger Freund Ngagne Bass nicht wusste, wo er sich aufhielt.

Vielleicht befürchtete er, dass ich eine Erklärung verlangte, warum er Maram unbedingt als Gefangene nach Gorée gebracht hatte, oder ich das gestohlene Pferd von ihm zurückverlangte – jedenfalls war der alte Krieger Seydou Gadio nicht nach Saint-Louis zurückgekehrt. Oder er ist direkt nach Nder zurückgegangen, da er Ndiak und mich ja im Auftrag des Königs von Waalo und nicht des Direktors der Senegalkonzession im Auge behalten hatte. Ich war mir zwar ziemlich sicher, dass Seydou, der Waalo-Waalo, vom Cap-Verd aus zunächst denselben Weg wie ich genommen hatte, nämlich die Grande Côte am Strand entlang, doch bog er dann wahrscheinlich in nordöstlicher Richtung nach Nder ab, ohne zuvor Estoupan de la Brüe über mein Malheur zu informieren. Ich bedauerte gar nicht so sehr, Seydou Gadio nicht wiederzusehen, da ich wahrscheinlich nicht ertragen hätte, Marams letzte Worte aus seinem Mund zu hören, ganz egal, wie sie lauteten.

Wenige Stunden vor meiner Abreise nach Frankreich

empfing mich Estoupan de la Brüe, als ich ihm Adieu sagen wollte, recht kühl. Die französische Sprache hat den Vorteil, dass man seinen Verpflichtungen zur Höflichkeit auch sehr halbherzig nachkommen kann, ohne dass es als Affront aufgefasst wird. Ich berichtete ihm daher in ebenso höflichen wie kühlen Worten über die Erfolge meiner Pflanzungen in dem von ihm gewährten Versuchsgarten. Die europäischen Obst- und Gemüsesorten, die dort üppig gediehen, zeigten die Eignung der Böden am Senegal für alle Arten von Anbau. Hätte ich die Lust und Muße dazu gehabt und wäre ich vor allem durch Zugewandtheit dazu ermutigt worden, hätte ich meinem landwirtschaftlichen Kurzbericht hinzugefügt, dass man die Tausenden Neger, die die Senegalkonzession nach Amerika verschiffte, besser heranzöge, die Äcker Afrikas zu bestellen. Zuckerrohr gedieh im Senegal prächtig und der Zucker, den Frankreich so dringend brauchte, ließe sich von dort günstiger beschaffen als von den Antillen. Aber Estoupan de la Brüe wäre der Letzte gewesen, der Interesse an meiner Idee gehabt hätte, auf die ich in meinem Reisebericht, der vier Jahre nach meiner Rückkehr nach Paris veröffentlicht wird, nur andeutungsweise eingehe. Mein Vorschlag war beileibe unvereinbar mit dem Reichtum einer Welt, die seit über einem Jahrhundert auf dem Handel mit Millionen von Negern beruhte. Wir mussten also weiterhin Zucker essen, der mit ihrem Blut getränkt war. Die Neger hatten nicht unrecht, wenn sie glaubten – vielleicht stimmt das auch heute noch –, dass wir sie nach Amerika deportierten, damit man sie dort fraß wie Schlachtvieh.

XXXIV

Ende 1753 fuhr ich also ohne Bedauern vom Senegal zurück nach Frankreich. Und als ich am 4. Januar 1754 im Hafen von Brest einlief, war der Winter so kalt, dass alle Baumschösslinge, und sogar die Samen, die ich für die exotischen Abteilungen im Jardin du Roi vorgesehen hatte, verfroren waren. Ein gelb-grün gefiederter Papagei, von dem ich gedacht hatte, dass er sich ans Pariser Klima gewöhnen könnte, starb ebenfalls. Auch mir wurde eiskalt ums Herz und ich war nicht mehr derselbe. Wenige Monate zuvor hatte ich meinen Vater verloren und meine Trauer wurde noch dadurch verstärkt, dass ich weder ihm noch meiner Mutter den Grund meiner großen Melancholie hätte erklären können.

Ich hatte niemanden, dem ich mich anvertrauen konnte, und alle, die mir nahestanden, schoben meinen Zustand auf die Strapazen meiner Afrikareise. Weil mir nichts Besseres einfiel, machte ich sie in meinem Herzen so klein wie möglich und widmete mich voll und ganz der Suche nach einem universellen Klassifizierungssystem für sämtliche Wesen, bis ich glaubte, meinen Kummer schlussendlich getilgt zu haben.

Wie bei allen jungen Leuten, so vermutete ich, würde die Zeit meinen Liebeskummer, meine Trauer um Maram, nach und nach heilen. Meine Leidenschaft für Botanik hatte in der Tat wieder Besitz von mir ergriffen, und abends vor dem Einschlafen oder in anderen Momenten, wenn mein Geist frei war, sah ich Marams Bild immer seltener. Manchmal öffnete ich reuegeplagt die Kiste mit meinen senegalesischen Schätzen und berührte die Haut ihres Totemtiers. Leider pflegte ich sie aber nicht ausreichend, so dass sie zunehmend austrocknete und ihre imposanten Farben, das Tiefschwarz und das Seidengelb, die an Zeichnungen auf Flaschenkürbissen erinnerten, langsam verlor. Und was die Schlangenhaut mir über Maram erzählte, wurde auch weniger. Meine Souvenirs schienen sich im Pariser Klima, im Dunstkreis der Rationalität, nicht gut konservieren zu lassen.

Manchmal verkümmern Erinnerungen wie ein Pflänzchen, das seine Blätter verliert, wenn der Geist, der sie bislang erhielt, nicht mehr dieselbe Fürsorge und Hingabe aufbringt wie zuvor. Vielleicht wird er von Ansinnen einer Welt absorbiert, die allzu anders ist, allzu weit von den Riten, den Lebens- und Todesvorstellungen der zurückgelassenen Welt entfernt. Da ich kein Wolof mehr sprach, träumte ich auch nicht mehr darin, wie ich es noch einige Monate nach meiner Rückkehr getan hatte. Und als ob beides miteinander verbunden wäre, entwich die Sprache, die ich mit Maram geteilt hatte, immer mehr aus meinem Kopf, je weniger Platz sie in meinen Erinnerungen und Träumen einnahm.

Mein erster Verrat bestand also darin, dass ich die Haut von Marams Totem Louis de Noailles schenkte, dem Herzog von Noailles, dem ich auch meine 1757 veröffentlichte *Nachricht von seiner Reise nach Senegal und in dem Innern des Landes*[1] widmete. Ich glaube, er schätzte das spektakuläre Geschenk mehr als mein Buch. Mir kam zu Ohren, dass er die Boa-Haut aus seinem Kuriositätenkabinett holte und

---

[1] Aus dem Französischen herausgegeben von D. Johann Christian Daniel Schreber bei Siegfried Leberecht Crusius in Leipzig, 1773.

sie zu seinem Vergnügen im Esszimmer seines Stadthauses in ihrer ganzen Länge ausbreitete, um seinen Gästen den Appetit zu verderben. Er nannte sie »die Haut von Michel Adanson«, und da ich nicht genau erklären konnte, wie sie in meinen Besitz gekommen war, behauptete er bald, ich selbst hätte die riesige Schlange getötet. Und weiter heißt es, das wäre mir aufgrund ihrer Größe nur unter Mithilfe von zehn Negern gelungen, die auf die Jagd solcher Monster, wie sie nur die Natur Afrikas hervorbringt, spezialisiert waren.

Heute bin ich wenig stolz, es einzugestehen, doch da Marams schönes Gesicht mit der Zeit aus meinem Gedächtnis verschwand, erklärte ich mir die Liebe zu ihr schließlich als einen überschwänglichen Rausch, als Torheit der Jugend ohne Konsequenzen. Mein Ehrgeiz als Wissenschaftler nahm mich damals so gefangen, dass ich Maram ohne Bedauern meinem Streben unterordnete. Auf der Suche nach Anerkennung und Ruhm veröffentlichte ich, da meine Kollegen mich als Spezialisten für alles anerkannten, was den Senegal betrifft, eine für das Kolonialamt bestimmte Notiz über die Vorteile des Sklavenhandels für die Senegalkonzession in Gorée.

Ich mutmaßte, argumentierte und reihte Zahlen aneinander, die, entgegen meiner nun tief in der Seele vergrabenen Überzeugung, für den schändlichen Handel sprachen. Vertieft in botanische Studien, gefangen von einigen kleineren Arrangements, die der Hoffnung geschuldet waren, eines Tages mit meinem *Orbe universel* zu Ruhm zu gelangen, verlor ich Maram und mit ihr die Wirklichkeit der Sklaverei aus den Augen. Oder zumindest habe ich meine Augen vor der Wirklichkeit verschlossen und sah nur noch auf die abstrakte, buchhalterische Darstellung ihrer Vorteile. Heute glaube ich, mit meiner Notiz zum Nutzen des Sklavenhandels auf Gorée, Maram ein weiteres Mal getötet zu haben.

Mein Vater hatte mir gestattet, nicht in den Dienst der Kirche treten zu müssen, wenn ich es schaffte, Mitglied der wissenschaftlichen Akademie zu werden. Also setzte ich das eine Weihamt an die Stelle des anderen und trat als weltlicher Bekehrer mit Leib und Seele in den Dienst der Botanik. Als freiwilliger Gefangener dieses Arrangements schöpfte ich irgendwann besondere Kraft daraus, gegen die Liebe zu einer jungen Frau anzuschreiben, für die ich fast in demselben Moment entbrannt war, in dem ich sie für immer verlor.

Gut fünfzig Jahre nach Marams Tod kam es zu einem Ereignis, von dem ich dir in meinen Notizen noch berichten werde, liebe Aglaia, durch das die schmerzhaften Erinnerungen an meine weiterhin tiefsitzende Liebe auch nach langer Lethargie des Gedächtnisses wieder hervorkamen.

Als ich deine Mutter heiratete, meine Aglaia, gab es Maram in meinem Kopf nicht mehr. Jeanne war viel jünger als ich und gerade in der ersten Zeit unserer Ehe hat sie mich, ehrlich gesagt, überhaupt erst wieder zum Leben erweckt. Ich ließ mich anstecken von ihrer Leidenschaft für das Theater, die Dichtung und die Oper. Etwa ein Jahr vor deiner Geburt gelang es deiner Mutter sogar, mich von meiner Arbeit loszureißen. Sie entführte mich zur Premiere von Glucks Oper *Orphée et Euridice*, die genau am 2. August 1774, im Théâtre du Palais-Royal gefeiert wurde.

Zu diesem Zeitpunkt kämpfte ich noch damit, meine Liebe zu deiner Mutter mit meinen akademischen Ambitionen in

Einklang zu bringen. Schließlich war es ihre Kraft, die mir 1770 half über die Enttäuschung hinwegzukommen, dass der mir in Aussicht gestellte Lehrstuhl am Jardin du Roi an einen Plagiator vergeben worden war, einen Emporkömmling der Botanik, seines Zeichens Neffe von Bernard de Jussieu, meinem einstigen Mentor. Deine Mutter war es auch, die meine Vorlesungen in Naturgeschichte, die von 1772 bis 1773 bei uns in der Rue Neuve-des-Petits-Champs von mir gehalten wurden, attraktiv machte. Sie besitzt eine Gabe für das weltliche Miteinander, die ich nicht habe. Deine Mutter wusste schon lange vor mir, dass ich ohne die Unterstützung bekannter Persönlichkeiten keine Chance hätte, mein *Orbe universel* zu veröffentlichen. Ihre Kontakte und ihr gesellschaftliches Geschick hätten Früchte tragen und das Glück mir hold sein können, wenn ich mich dem Händeschütteln und Stumpfsinnreden nicht jedes Mal entzogen hätte.

An jenem Abend im August 1774 war ich jedoch sehr froh, dass deine Mutter mich mit in die Oper nahm. Wir hatten gute Plätze in der Loge vom Herzog von Noailles. Es braucht keinen besonderen Scharfsinn, um zu erraten, dass er, der große Förderer von Wissenschaften und Künsten, dem ich die *Nachricht von seiner Reise nach Senegal* gewidmet und die Haut von Marams Riesenboa geschenkt hatte, meine Botanikvorlesungen nur besucht hatte, um deine Mutter zu umwerben. Da Louis de Noailles ihr gefallen wollte und ihre Vorliebe für große Opern kannte, stellte er uns seine Loge im Théâtre du Palais-Royal zur Verfügung.

Aus irgendeinem, mir entfallenen Grund waren wir ein wenig zu spät gekommen, wahrscheinlich trug ich die Schuld daran. Das Orchester im Graben hatte schon fertig gestimmt.

Als wir unsere Loge betraten, war es unten im Saal bereits still. Einige Operngläser richteten sich auf uns. Das Publikum war prächtig herausgeputzt, ich fühlte mich unwohl. Ich lehnte mich auf meinem Sitz zurück, während deine Mutter sich leicht vorbeugte und aus den Nachbarlogen somit als Einzige von uns zu sehen war. Ich erinnere mich an ihr strahlendes Gesicht, das Tausende Kerzen im großen Kronleuchter erhellten, unter dem die Kulisse für den ersten Akt schon bereitstand. Ein kleiner Hain, auf Leinwand gemalt, und davor ein Marmorgrab aus Pappe. Eine Schar Schäferinnen und Schäfer warf behäbig Blumen auf das Grab von Euridike. Dann erschien Orpheus, vom Chor bedauert, der den Tod seiner Geliebten beweinte.

Im Gesicht deiner Mutter erkannte ich genau, was die Figuren gerade fühlten und wie sehr die von der Bühne aufsteigenden und von Glucks erhabener Musik getragenen Gesänge sie bewegten. Tatsächlich waren es weniger die widergespiegelten Gefühle als vielmehr einige Regungen, die aus ihrem Inneren aufstiegen, als würde mal Euridike, mal Orpheus ihr Wesen erfassen, die Seele deiner Mutter anrühren und schließlich ihre Augen zum Leuchten bringen.

Da Orpheus' Klagen den Liebesgott Amor milde stimmten, setzte er sich bei Jupiter, der obersten Gottheit, dafür ein, dass der thrakische Prinz seine Euridike aus der Unterwelt zurückholen durfte. Der donnernde Jupiter willigte ein, doch nur unter der unmöglichen Bedingung, dass Orpheus sich auf dem Weg zurück ins Leben nicht nach Euridike umdrehen würde.

Orpheus steigt also in die Unterwelt hinab und ergreift Euridikes Hand. Die sanften Klänge einer luftigen Flöte erheben sich über die Violinen. Aber Euridike weigert sich, Orpheus zu folgen, weil er sie nicht ansieht. Sie versteht nicht, warum der Mann, den sie liebt, nach so langem Getrenntsein ihren Blick meidet. Liebt Orpheus sie überhaupt noch? Fürchtet er vielleicht, der Tod habe sie entstellt? Euridike leidet und sie zieht die Hand zurück, die Orpheus ergriffen hat. »Doch deine Hand umschließt nicht mehr die meine. / Wie, du meidest meinen Blick?« Die arme Euridike weiß nichts von der schrecklichen, von Jupiter auferlegten Bedingung, unter der sie ins Leben zurückgeholt werden darf. Verunsichert von den Ängsten seiner Geliebten und ungehorsam gegenüber Jupiters unhaltbarem Befehl, dreht Orpheus sich daraufhin als Beweis seiner Liebe zu Euridike um. Sogleich verschwindet sie wie ein Schatten, die Unterwelt hält sie wieder gefangen. Getöse der Geigen. Geschrei des Chors. Verzweiflung bei Orpheus.

Orpheus drängt es nun zum Selbstmord, der einzigen Perspektive, um Euridike wiederzusehen. Doch während Orpheus sich im Mythos am Ende töten lässt, um mit seiner Euridike in der Unterwelt vereint zu sein, möchte Gluck es anders. Zu einem lieblichen Gegeige und zarten Geflöte rettet Amor, indem er Euridike wieder zum Leben erweckt, den verzweifelten Orpheus vor dem Tod.

In allen drei Akten habe ich deine Mutter weinen sehen, mal aus Kummer, mal aus Freude, und ich glaube, ich werde niemals ihr tränennasses, strahlendes Lächeln vergessen, mit dem sie sich schließlich ganz zu mir hinwandte. Ich hielt ihre Rechte in meiner Linken und drückte sie fest.

XXXV

Die Zeit verging und entzweite deine Mutter und mich. Wenn es einen Beweis dafür gibt, dass wir uns geliebt haben, dann bist du es, Aglaia. Du trägst den Namen von Aphrodites Botin, der jüngsten, strahlend schönen. Ihn verdankst du deiner Mutter, deren Sinn für die schönen Mythen der Griechen mir, auch wenn ich nicht lange in sie eingeweiht wurde, immer gefallen hat. Ich hätte mit euch beiden glücklich sein können, wenn mir die Botanik nicht die euch eigentlich zustehende Zeit geraubt hätte. Die Wissenschaft war meine tyrannische Geliebte. Sie verschlang alles um mich herum, doch trotz ihrer brennenden Eifersucht vermochte ich es nicht, mich von ihr loszureißen.

Erst seit ich mich darangemacht habe, für dich, liebe Aglaia, diese Hefte zu schreiben, glaube ich, konnte ich mich gänzlich aus ihrem Griff befreien. Doch um ehrlich zu sein, habe ich erst Anfang April letzten Jahres damit begonnen, mich von meiner Besessenheit zu befreien, meiner Universalenzyklopädie, kurz nach dem Scheitern meines letzten Versuchs, sie in all ihren einhundertzwanzig Bänden zu veröffentlichen.

Ich hatte Napoleon abermals angeschrieben und um die Gunst gebeten, dass er der Mäzen meines *Orbe universel* würde. Seine Antwort mit der Inaussichtstellung einer Gratifikation von dreitausend Francs kam mir wie ein Almosen vor. Ein Almosen für die letzten Grillen eines alten Akademiemitglieds. Ich wollte es ablehnen, da es mir nicht darum gegangen war, eine zusätzliche Pension zu beantragen. Ich vertraute die Entscheidung meinem Freund Claude-François Le Joyand an, der sich redlich bemühte, mich davon zu überzeugen, die kleine kaiserliche Gabe doch anzunehmen. Schlüge ich sie aus, würde ihn das in Schwierigkeiten bringen, da er seine Beziehungen hatte spielen lassen, damit der Kaiser sich überhaupt herabließ, meinen Brief zu betrachten. Immer wieder sagte er: »Die eine Wohltat kann weitere nach sich ziehen. Der Kaiser wird schließlich den Wert Ihrer Enzyklopädie für den wissenschaftlichen Ruhm Frankreichs in Europa erkennen.«

Genau mit diesen Worten begrüßte mich Le Joyand am 4. April 1805 in seinem Haus. Ich war seiner Einladung gefolgt, um mich von ihm über die zigste verlegerische Enttäuschung hinwegtrösten zu lassen. Claude-François Le Joyand war einer der wenigen Akademiekollegen, die ich auch für einen Freund hielt. Jedoch wurde ich schwer enttäuscht, als ich im Vorraum seines Anwesens schon eine recht große Versammlung mir teilweise bekannter Herren entdeckte. Guettard, mein bester Feind, war da. Lamarck ebenso. Fälschlicherweise war ich davon ausgegangen, der einzige Gast des Abends zu sein. Le Joyand wirbelte kräftig, um zum Adjunkten des Ständigen Sekretariats zweiter Klasse im neuen Kaiserlichen Institut der Wissenschaften und Künste aufzusteigen, wollte sich als Versöhner zwischen der alten und der neuen Akademia hervortun.

Nachdem er mich dem Dutzend Gästen vorgestellt hatte, die er, wie er sagte, zu meinen Ehren versammelt waren, nahm er mich beim Arm und führte mich durch eine Flügeltür in einen großen Salon. Alle folgten uns, auch Guettard und Lamarck, die mich feierlich-förmlich, fast herzlich, begrüßt hatten, zumindest ohne die erwartbare, schlecht verbrämte Ironie. Doch kaum war ich ein paar Schritte in den Raum hineingetreten, erstarrte ich.

Sobald ich erblasste, unterbrach Le Joyand eine mich komplimentierende Frau, die ich nicht ansah, und präsentierte mir jene, die mein Gemüt so erregte. Bei ihrem Anblick glaubte ich, dass mein Herz sich verkrampfte. Seine Schilderung, wie er die Besitzerin dazu gebracht hatte, das Bild in seinem Wohnzimmer auszustellen, drang kaum noch zu mir vor, da es schien, Maram würde aus der Unterwelt zurückgekehrt sein und mich traurig anstarren.

Ein Gemälde! Das große Porträt einer Negerin in weißem Kleid und in Tücher gehüllt, auf einem mit nachtblauem Samt bezogenen Sessel, die eine Brust nackt, den Kopf im Dreiviertelporträt zu mir gewandt. Le Joyand hatte sie gegenüber dem Eingang seines Salons aufhängen lassen. Ich hatte sie zunächst nicht gesehen, da ich mit der Begrüßung anderer Gäste beschäftigt war. Erst als ich mich kurz im Raum umgeschaut hatte, war ich auf sie gestoßen.

Le Joyand war stolz auf sich, da er glaubte, mich in eine Zeit versetzt zu haben, die er für die glorreichste meines Lebens hielt. Ihm verdankte ich den Spitznamen »Pilger des Senegal«, den ich aus mangelnder Bescheidenheit leider ohne Einwände angenommen hatte. Er selbst hatte 1759 auf einer Forschungsreise unter der Leitung des renommierten Astronomen Nicolas-Louis de La Caille einen kurzen Zwischenstopp am Senegal eingelegt. Die Reise, auf der er den Vorbeiflug des Halleyschen Kometen am Himmel über Madagaskar beobachten wollte, war ein Misserfolg: Am Abend des angekündigten Vorbeiflugs hatten Wolken den Kometen der Beobachtung durch die Wissenschaftler entzogen.

Doch Le Joyand, der aus allem Nutzen schlug, erzählte gern von seiner bald fünfzig Jahre zurückliegenden Reise. Er rühmte sich, trotz der Kürze seines Aufenthalts die besonderen Merkmale der schönen Wolof-Frauen genau bestimmt zu haben:

»Schauen Sie genau hin, Adanson. Finden Sie auch, dass sie den Frauen ähnelt, die Sie und ich im Senegal gesehen haben?«, sagte er immer wieder.

Er berichtete, sie heiße Madeleine und stamme von Guadeloupe. Sie sei als Dienstmädchen bei Freunden von ihm tätig, der Familie Benoist-Cavay aus Angers, die sie beim Löschen eines Sklavenschiffs gekauft hätten, das von Gorée gekommen sei. Erst vier sei sie damals gewesen und könne sich nicht an ihre Heimat erinnern. Doch das Gesicht spreche für sich. Le Joyand war sicher, dass sie eine Wolof sei.

»Finden Sie nicht auch, Adanson, sie sieht wie eine Wolof aus?«

Die Gäste starrten auf das Porträt der Negerin Madeleine, und Le Joyand, der im Mittelpunkt der Aufmerksamkeit stand, ließ mir zum Antworten gar keine Zeit. Doch hätte ich auch nichts herausgebracht, so groß war der Kloß in meinem Hals.

Seine Freunde, die Benoist-Cavays aus Angers, hatten eine Schwägerin, Marie-Guillemine Benoist, die sehr gut malte und unbedingt ein Porträt ihres schönen schwarzen Dienstmädchens hatte anfertigen wollen. Als sie erfuhren, dass Le Joyand das Porträt zu Ehren von Michel Adanson in seinem Salon ausstellen wolle, hätten die Besitzer nicht lange überlegt und die Malerin gebeten, es ihm auszuleihen. Marie-

Guillemine Benoist sei einverstanden gewesen, sich von dem Bild zu trennen – jedenfalls für zwei Tage.

»Sie finden also auch, Adanson, wie ich den Benoist-Cavays immer wieder sage, dass Madeleine eine Wolof-Negerin und keine Bambara ist?«

Ich war schlagfertig genug, um Le Joyand zu antworten, ja, ganz sicher sei die junge Frau auf dem Gemälde eine Wolof, und dass ich sogar eine gekannt habe, die ihr erstaunlich ähnlich sah. Der gleiche lange Hals, die gleiche Nase, der gleiche Mund …

So weit, um Marams Namen zu nennen, kam ich nicht. Le Joyand, der mir hartnäckig Freude bereiten wollte, führte mich und die anderen Gäste zu einigen Stühlen, die im Halbkreis um ein paar Notenpulte standen. Mir wurde ein Sessel in der ersten Reihe zugewiesen und ich stellte fest, dass eine der jungen Frauen, die ich im Vorraum flüchtig begrüßt hatte, Opernsängerin war. Sie präsentierte sich mit großer Anmut und erklärte, sie würde nun, begleitet von Violine, Cello, Oboe und Flöte, einige Auszüge aus dem ersten und zweiten Bild des dritten Akts von Glucks *Orpheus und Euridike* singen.

Das war nicht einfach Zufall: Ich hatte Le Joyand gegenüber einmal erwähnt, dass ich in meinem ganzen Leben noch keine andere Oper als die von Gluck gehört hatte. Das brachte ihn darauf, an diesem Abend in seinem Hause ein paar Auszüge daraus aufführen zu lassen, als ginge es darum, mir, solange ich noch lebte, einen starken Beweis seiner Freundschaft zu liefern.

Als die Instrumente vor der ersten Arie zum Vorspiel anstimmten, musste ich mir eingestehen, Le Joyand für dieses

Konzert sehr dankbar zu sein, denn ich schien, während die Musik spielte, meine Gemütswallungen recht gut unterbinden zu können. Doch darin täuschte ich mich gewaltig. Denn sobald die Sängerin, eine Sopranistin, mit dem Vortrag von Euridikes Klage begann, darüber dass Orpheus bei seinem Besuch in der Unterwelt es nicht wagte, sie anzusehen, zog es mir den Boden unter den Füßen weg. Hinter den Musikern stand das Porträt von Madeleine, und ich hatte das Gefühl, Maram liehe sich die Stimme der Sopranistin, um mir den Vorwurf zu machen, dass ich sie vergessen hatte. Maram erschien mir weit entfernt und gleichzeitig nah, präsent und abwesend in ihrem eigenen Porträt. Es war genau ihr Gesichtsausdruck, den ich mir bei Euridike vorstellte, wenn sie, endlich glücklich, von Orpheus angeschaut zu werden, im gleichen Moment wieder dem Tod anheimfällt und mit einem Schlag den Grund seiner vorgetäuschten Gleichgültigkeit begreift. Diesen kurzen Moment, in der Schwebe zwischen Leben und Tod, hatte ich auch mit Maram erlebt. Ich war ihr Orpheus, sie meine Euridike. Doch im Gegensatz zu Glucks Oper mit dem glücklichen Ausgang hatte ich Maram unwiederbringlich verloren.

Die Flut von Erinnerungen, die ich über Jahrzehnte zum Schutz vor ihrer Grausamkeit hinter einem Damm aus Illusionen zurückgehalten hatte, brach über mich herein. Und ich sah, wie auch die Augen der Sängerin tränenfeucht wurden, als sie den alten Mann in der ersten Reihe sich solche Blöße geben sah.

Trotz aller von mir ersonnenen Ausflüchte, steckt der Schmerz, den Maram und ich damals auf dem Anleger von Gorée, nach unserer kurzen Flucht durch die Tür zur Reise ohne Wiederkehr empfunden hatten, noch immer in mir. Mir wurde klar, dass Malerei und Musik es vermögen, unser innerstes Menschsein zu offenbaren. Manchmal können wir mittels der Kunst eine Hintertür zu den dunklen Bereichen unseres Wesens öffnen, die düster sind wie der Boden einer Gefangenenzelle. Doch sobald die Tür einmal geöffnet ist, wird unsere Seele durch das eindringende Licht so hell erleuchtet, dass keine Selbstlüge darin auch nur den kleinsten Schatten findet, genau wie unter der afrikanischen Sonne, wenn sie im Zenit steht.

Meine liebe Aglaia, nun bin ich am Ende meiner Geschichte für dich angekommen und auch am Ende meines Lebens. Ich wage zu hoffen, dass du, während ich meine Hefte zu Ende schreibe, sie in ihrem Umschlag aus rotem Maroquinleder dort entdeckst, wo ich sie für dich versteckt habe. Die Ungewissheit, ob du sie eines Tages in der Schublade mit dem Hibiskus finden wirst, quält mich bestimmt noch bis in meinen nahen Tod. Aber diese Prüfung deiner Treue scheint mir notwendig. Sie ist wohl die Bürgschaft dafür, dass du die unsichtbaren Ketten kennst, in die mein Dasein geschlagen ist.

Falls du jemals mein Erbe annimmst, wirst du in einer Schublade des Schränkchens mit dem Hibiskus auch eine Kette aus blauen und weißen Glasperlen finden, die ich aus Senegal mitgebracht habe. Ich bitte dich, nach Angers oder Paris zu fahren, um Madeleine die Kette in meinem Namen zu schenken. Claude-François Le Joyand wird dir die Adresse der Leute, bei denen sie arbeitet, geben. Und falls er sich nicht darauf einlässt, was immerhin möglich ist, biete ihm dafür eine oder zwei Muschelsammlungen an.

Er wird etwas damit anzufangen wissen, um die Stelle am Institut zu bekommen, die er besetzen will.

Anders als die älteren Afrikaner, die nach Amerika verschifft werden und auf jeden Fall einige Samen der Pflanzen ihres Landes in einem kleinen Lederbeutel bei sich tragen, hatte Madeleine wahrscheinlich nichts dieser Art dabei. Als sie ihrer Heimat entrissen wurde, war sie einfach noch zu klein. Und da sie weder meinen Namen noch sonst etwas zu meiner Person kennen wird, bitte ich dich, der blau-weißen Glasperlenkette einen Goldtaler beizufügen, den du in der gleichen Schublade findest. Wenn sie Lust hat, soll Madeleine den Goldtaler ausgeben, im Gedenken an einen jungen Mann, der nie wirklich von seiner Reise nach Senegal zurückgekehrt ist. Madeleine sieht Maram so ähnlich! Geh für mich zu ihr. Sprich mit ihr oder sag ihr nichts. Geh zu ihr und du wirst mich sehen!

XXXVI

Madeleine hasste das Porträt. Sie erkannte sich darin nicht wieder und es schien ihr für den Rest des Lebens nur Unglück zu bringen. Die Männer, die es sahen, musterten sie anschließend, als wollten sie sie ausziehen. Die ganz Ungehobelten versuchten, ihr an die Brüste zu fassen. Sogar Monsieur Benoist, ihr Herr, hatte sich das erlaubt. Madame hatte es voller Eifersucht geahnt.

Seit sie der Malerin Modell gestanden hatte, der Schwägerin von Monsieur Benoist, geschahen seltsame Dinge. Es war, als würde das Bild an ihrer Stelle sprechen und jedem, der es mit Blicken befragte, alles Mögliche erzählen. Am Vortag war eine Dame gekommen und hatte ihr eine billige afrikanische Halskette und einen Goldtaler angeboten, um auf das Wohl eines Toten zu trinken, eines Michel Danson oder so ähnlich. Sie hatte die wertlose Kette und den Goldtaler abgelehnt. Sie wollte sich von niemandem verkaufen oder kaufen lassen. Außerdem war das längst geschehen: Seit eh und je befand sie sich im Besitz der Benoist-Cavays. Zwar war sie freigelassen, aber nicht frei.

Die Dame hatte sehr darauf bestanden. Es sei kein Almosen. Mit der Kette und dem Goldtaler wollte sie den letzten Willen ihres Vaters erfüllen, der eine Zeitlang in Afrika gelebt hatte. Und vor seinem Tod habe er das Gemälde von ihr gesehen. Sie sah wohl einer Mara oder so zum Verwechseln ähnlich. Und Mara war eine junge Frau aus Senegal, die Michel Danson als junger Mann geliebt hatte.

Madeleine hatte abgelehnt. Sie wollte keine Geschenke von einer anderen. Es war nicht ihre Schuld, dass Michel Danson seine Geschenke der Falschen geben wollte. Die Dame war weinend mit ihren Schätzen davongegangen. Das war gut so, denn sie hatte von den unmöglichen, quälenden Fragen selbst weinen müssen. Von Senegal hatte sie keine Erinnerungen und wollte auch nichts wissen. Man hatte sie ohne Andenken aus Afrika entführt. Sie war noch zu klein gewesen. Manchmal im Traum erinnerte sie sich an Sonnenstrahlen, die sich im Meer spiegeln, und an Fetzen von Liedern. Das war alles.

Ihr Zuhause lag nicht in Senegal, sondern in Capesterre-de-Guadeloupe. Sie hoffte, die Benoist-Cavays würden sich bald dazu entschließen, auf ihr Anwesen zurückzukehren. Vor allem hoffte sie, dass ihr Porträt in Frankreich bleiben würde und niemand in Capesterre sie mit nackter Brust an einer Wand ihrer Herren hängen sah.

Zu Hause in Capesterre kannte sie nur einen einzigen alten Mann, der sich an alles erinnerte. Der alte Orpheus, der an Tagen, wenn er zu viel Rum getrunken hatte, jedem erzählte, der es hören wollte, er heiße Makou und komme aus der Wüste Lapoule oder so in Afrika. Wir nannten ihn, um uns über ihn lustig zu machen, nicht Orpheus, wie Monsieur Benoists Vater ihn bei seiner Ankunft auf der Plantage getauft hatte, sondern Makou Lapoule. Wenn er betrunken war, erzählte er immer, dass ihn der böse Blick eines weißen Dämons, dem er als Kind begegnet war, zum Sklaven gemacht hatte.

Makou glaubte unumstößlich daran, er und seine Schwester wären entführt worden, weil er als Baby in ihrem afrikanischen Dorf einen vom Himmel gefallenen Weißen mal an den Haaren gezogen hatte! Makou Lapoule schwor, seine große Schwester habe genug Zeit gehabt, ihm das zu erzählen, bevor sie getrennt wurden und auf Schiffen in Richtung Hölle davonfuhren. Er selbst sei damals acht gewesen, die Schwester zwölf. Er habe nichts vergessen. Und er wiederholte, wenn er betrunken war, mit rauer Stimme, hätte er sich als Baby nicht an die roten Haare des Weißen geklammert, dann wäre er kein Sklave geworden. Denn die roten Haare waren das Zeichen des Teufels.

Die anderen lachten über ihn, aber ich, Madeleine, lachte nicht wie sie. Ich lachte nur, um über Orpheus' Wahn nicht zu weinen.